有華人的地方就有
龍人的作品

戰神之路

卷·1 職業殺手

龍人 作品集

CONTENTS

內容簡介

他能列位全球第一殺手，這只因他擁有一身奇特的絕技。

但他為了追求真愛，而進入了另一個陌生的國度——幻魔大陸。

在這擁有人、神、魔的幻魔大陸國度裡，他才知道自己的力量是多麼的渺小，但不知是宿命的安排，還是天地對他的憐惜，超越自然的能力與毀滅空間的魔法竟不能置他於死地。無數次的征戰中，他卻發現了自己的體內竟孕含著蒼天萬物之靈——天脈！他才知道他原本屬於這裡，於是——

他成了遊盪大陸的落魄劍士！

他成了一個強大帝國的未來君主！

他成了控制黑暗力量魔族的聖主！

他成了大陸萬族美女心目中的英雄！

他成了三界強者眼中不可擊敗的神！

但在擁有數種身分與無數情人的他，卻發現幻魔大陸出現了另一個強大的自己。

是什麼力量能複製幻魔大陸人、神、魔三界第一強者的身體？

會有誰擁有控制人、神、魔三界的能力？

他為了擺脫命運的安排，無奈之下踏入了挑戰自己的路！

序章

黑暗中，他點燃了一支煙。

煙霧繚繞，煙頭明滅可見，就像他此時的心緒。

桌上的收音機傳來一個女人冷漠的歌聲，略帶沙啞的嗓音從上個世紀生產的揚聲器中播出，遙遠而又顯得不真實，恍如隔世。

收音機是他和影從一個古董店購得的，價值八百美金。雖然所付出的價值不能與收音機所擁有的價值劃上等號，但是影喜歡，他便買了下來。

此時，收音機中傳來的女人的吟唱讓他又想起了影。影說，聽到這個女人冷漠的聲音從上個世紀生產的揚聲器中播出，彷彿就像聞到他的心所散發出來的味道。

他不知道影想說的到底是什麼，每次聽到影說起時，他只是嘴角微微翹起，露出只有影才能覺察到的笑。可此時，他卻很想知道影想說的到底是什麼，是他太過陳舊，像這收音機一樣，還是他太過冷漠，讓她無法接近？

現在，這是一個遙遠得永遠都不可企及的問題。

房間裡，香煙的最後一點星火也已隱去，他完全沈浸在黑暗中，收音機裡，那女人嘶啞的吶喊已經頹廢到了極點。

他不能自已……

影已經整整消失了一年。

去年九月十五，當他從維也納趕回來時，迎接他的不再是影那熟悉的笑臉，而是黑暗空蕩的房間裡從失真的揚聲器中傳出的另一個女人沙啞的吟唱，孤獨、落寞、陰冷……

地上，是他從紐約買回送給影掛在鑰匙圈上的史努比，這是影最喜歡的小飾品，從不輕易離身，此時，它躺在地上，同樣孤獨。

一種不祥的預感湧上心頭，憑藉直覺，他知道影一定出了事。

在接下來一年的時間裡，他尋遍了影在這個世界上可能出現的每一個角落，動用了這個世界上所有具影響力的媒體：網路、電視、廣播、報紙、雜誌……以一百萬美金的高價懸賞，瘋狂地尋找著影的下落，可影就像憑空從這個世界上消失了一般，音信全無。

隨著他在瑞士銀行戶頭的告急，影在這個世界上存在的最後一點希望也已破滅，她真的從這個世界上消失了。

他是個殺手。

是這個世界上最好的職業殺手，與影的名字一樣，他被人稱爲「影子」。這一年，他再也沒

有接過一樁生意，經紀人瘋狂地Call他，他都沒有回覆，可就在今天早上，他得到一個消息——

有人知道影的消息！

第一章　孤獨之影

幕色已經籠罩了這個城市，影子孤獨的身影出現在西郊墓地。

墓地濕氣彌漫，靜謐陰森，伴隨著不知名夜鳥的啼叫，有種讓人置身鬼域的感覺。

有人說，人死後都是一些陰離子，散發在死後所存在的空間，到了晚上，便能夠聚而成形，似電波狀，影響著人腦的思維，使人產生莫名的恐懼。當然，這是一種沒有根據的說法。

當影子到達時，想要見他的人已經來了。背對著他的女人身著黑色勁裝，短髮，在夜色中給人一種力感。

「你終於來了。」女人的聲音在夜空中擴散開來。

「影在哪兒？」影子淡淡地道，聲音有著久未說話的孤獨和生澀，卻又給人一種不能拒絕的感覺。

女人轉過身來，輕輕一笑，完美的臉龐在月光下閃現著冷豔的聖潔光潤，潔白的牙齒閃射著比月亮還要硬冷的光芒，她道：「你是殺手，你應該知道殺手的規矩：任何事情都是來自於等值的交換，你應該先問我找你的目的何在。」

影子的嘴唇動了一下，卻沒有發出任何聲音。

女人將影子這一細微的動作捕捉在眼裡，得意地道：「原來世界第一的殺手也有話不能說出口的時候，看來那個女人在你心中的地位確實不低，無怪乎這一年來……」

「你似乎忘了你今晚來此的目的。」影子斷然打斷了女人的話，他最不願聽的就是這些無聊的廢話。

「你不用如此著急，關於她的消息，該讓你知道的時候，自然會讓你知道。在此之前，有必要讓你認識一下我，我叫黑狐，是一個職業殺手，出道至今從未失過手，現今在殺手界的排名僅居你之後。有人說，我永遠都不可能超過你，我要證明，你和你的刀是否如傳說中那麼神，是否真的無法逾越！所以，今晚約你來此是特意向你挑戰，如果你能夠贏我，我自然會告訴你有關那女人的消息。」黑狐徐徐說道，等待著影子的回答。

影子望著黑狐閃著光潤的臉龐，他聽說過「黑狐」其名，也知道黑狐的槍法無人能及，卻沒想到是一個女人。他道：「你憑什麼證明影現在在你手中？」

「我從來沒有說過你的女人在我手裡，我只是說，我知道你女人的消息。」

影子死死盯著黑狐的眼睛，他想透過她的眼證實這個女人的話是否屬實，片刻過後，他道：「我接受你的挑戰！」

靜謐陰鬱的墓地，兩人遙遙站定，隨著夜色愈深，迷霧愈來愈濃，漸漸將兩人身形隱去。

不知名的夜鳥傳來一聲淒慘的鳴叫，兩股強烈的氣息在墓地彌漫開來，滲透進迷霧之中，陰鬱的迷霧有了一種無法承受的重，而迷霧在不知不覺中變質成為濃烈的殺氣。

殺氣彌漫，人已在殺氣中消失。

「砰……」突兀的槍聲在西郊墓地響起，子彈將迷霧燃燒，在虛空中留下一條淒紅耀亮的軌跡。

迷霧中，一道寒芒乍現。

是刀，飛刀，速度比子彈還要快！

「鏘……」

飛刀與子彈相撞，火星四射，刺耳之聲在墓地上回響不絕，同時也照亮了兩條黑色身影。

影子站在原地未動，黑狐眼中閃過興奮的光芒，因為這是一場她渴望已久的對決。身形飄動，快若靈狐般從原地消失，融入不可揣測的迷霧深處。

同時，槍聲連響，在尖銳的鳴嘯聲中，五顆子彈飛射而出，拖著長長亮麗的尾芒，從五個不同的角度，牢牢鎖定影子站立的方位和可能移動的方位。

影子沒有動，動與不動對他來說似乎沒有差別，他只是歎了一口氣，很無奈地一口氣。

黑色的披風無風飄動、展開，如一塊黑幕出現在虛空中，將五顆逼近的子彈掩蓋、吞沒，子彈瞬間消失得無影無蹤。

而這時，黑幕中一聲錚鳴響起，一柄飛刀以迅雷不及掩耳之勢射了出去。

只是一柄飛刀，但卻讓迷霧深處的黑狐有著一種強大的壓迫感，那種感覺捉摸不定。她的思維竟然有了十分之一秒的停滯，但槍中的子彈還是射了出去，不是一發，而是六發。

六發子彈竟然有三發是射向飛刀，而另外三發才是射向黑幕中的影子。

讓黑狐感到驚喜的是，自己的判斷完全正確，前面兩發子彈只是貼著刀面滑過，並沒有抑制住刀的殺勢，第三發子彈才真正地瓦解了飛刀的殺勢。

幾乎與此同時，另三發子彈也洞穿了展開的黑色披風。

所有的一切幾乎都在眨眼之間發生。

披風緩緩落下，然而黑狐卻沒有看到披風後的影子，正自驚愕，一個聲音從她背後傳來。

「你輸了！」

「這不可能，你的速度怎麼可能比子彈還要快？」黑狐驚駭萬分地道，她確實無法相信這個事實。

「你應該知道我的名字叫影子！」

「可……」黑狐想再說些什麼，可她知道再說任何話都已沒有意義，擺在她面前的是不能相信但又必須相信的事實。她無奈地苦笑道：「好吧，我帶你去見一個人，但我不能保證你一定能夠得到有關你女人的消息，如果她已死了的話。」

影子站在原地沒有動，他有一種強烈的被欺騙的感覺。

飛機在雲層中穿行，容易讓人產生往天堂去的錯覺。影子一直固執地認爲人死後是有歸宿的，這種歸宿不同於基督的進入天堂，也不是佛陀的輪迴，那是經過長途孤旅後的回歸，回歸一種安詳的寧靜。在地面的時候，他更多的體驗是被遺棄的孤獨和陌生，他常常不能讓自己的靈魂回歸自己的身體，而處於一種懸浮狀態。他感到周圍的世界並不屬於他，所生存的空間是一種虛幻的存在，隱約中自己並不是這個世界的人。當他殺人的時候，當他看到被殺之人生命在一剎那終止的時候，他會有那種回歸的安詳，因爲那飛升的靈魂在回歸的時候有著片刻帶著他的回歸。

黑狐告訴他，在赤道附近有一個古老的部落，部落已經存在五千多年，一直與世隔絕，維持著原始的生活狀態，並沒有隨著人類文明的發展而發展。部落裡有一種很古老的職業——魔法師。黑狐說，只要他的女人沒有死，魔法師便可以幫他找到她。影子無法確定黑狐的話是否屬實，但作爲目前唯一的希望，他只得相信黑狐的話。

現在，在脫離地面的飛行中，他不可思議地體驗到了回歸的安詳，他睡了過去。

黑狐看著這個靠在自己肩頭的男人，鼻中發出一聲輕笑，她無法相信當今世上最優秀的殺手，對一個女人竟然如此依戀。她不得不承認，任何堅強的背後都有脆弱的一面，無情的殺手只是大眾熟知的一面形象而已，而誰又能夠認識到殺手比常人更脆弱的另一面？

飛機在一個相對落後的第三世界國家停了下來，這裡正是那個古老的部落所屬國。此時天已經黑了下來，兩人找了這個城市最好的酒店住了下來，儘管房內開著冷氣，但仍然有著令人不能忍受的悶熱。

影子躺在床上，雙目凝視著手中的史努比。從踏上這塊土地的一刻起，他大腦的神經不自覺地由回歸的安詳變成莫名的緊張，這種緊張不同於以往殺人前的焦躁，而是忐忑不安，其中還夾雜著恐慌，一次次衝擊著他的大腦。無論影是否還存在於這個世上，他可能面對的是一個終結性的結果。

黑狐走了進來，手中提著一瓶紅酒與兩隻高腳杯。

「想不想喝一杯？這是法國一九七五年的干邑。」

在靠近窗戶的桌上，黑狐將兩隻杯子倒滿三分之一的酒。

影子在黑狐對面坐了下來，端起酒杯，晃動了兩下，淺酌一口，望向窗外。

「味道怎麼樣？這種紅酒是我隨身攜帶的必備品。」黑狐優雅地端起酒杯，美眸生輝地注視著影子詢問道。

此時，她剛洗過澡，身著絲綢的低領連身裙，充分襯托出柔韌優美的身材，並散發著若有若無的馨香，此時無論如何都看不出她是一個職業殺手。

影子的鼻頭嗅了嗅，這是一種他很熟悉的香味，他轉目而視黑狐，忙問道：「你用的是什麼香水？」

「蘭寇。」黑狐疑惑地望著影子。

不待黑狐有反應，影子已將鼻子湊近黑狐的耳際髮梢間，深深地吸著氣。是的，影的身上也是這種味道，都一年了，他是第一次聞到這種令人心醉的味道。

黑狐一時愕然，轉而光潔的臉上泛出紅暈。她從這個男人身上聞到了現代男人少有的野性，他舒出的氣息透過耳垂，更讓她全身有一種酥癢之感。

片刻，兩人都沒有動，燈光在酒杯的淺紅中搖曳。

熟悉的氣息強烈地刺激著感官，讓影子的身體有了反應。每次殺人之前，為了緩解緊張的神經，他必須要與影瘋狂地親熱，這成了他多年不變的習慣。現在，這熟悉的氣息讓他原本緊張的神經更加緊張，更挑起了他一年來壓抑的情欲。

「啪……」酒杯落地破碎，酒液飛濺。

黑狐正待要說話，香唇卻已被影子封住了，嬌軀一震，剛要反抗，卻連手帶腰都被影子強有力的手給摟緊。

影子瘋狂地在黑狐香唇上吮吸著，黑狐嬌軀扭擺，極力掙扎，然而她始終無法逃脫。

一陣陣奇異的刺激傳遍全身，黑狐的嬌軀漸漸酥軟，全身輕顫，呼吸愈來愈急促，緊閉的雙唇已經開始有了反應，回應著影子的熱吻，矜持與防禦已經徹底地被擊潰。

接著，黑狐竟然化被動爲主動，雙手從影子的束縛中抽開，透過衣衫，伸入他強壯的身體，不斷地上下撫摸，香唇更是熱烈地回應著影子的熱吻，甚至比他還要瘋狂。

影子的手解開黑狐衣裙的腰帶，一對高聳的酥胸完全暴露出來，手開始不規矩地在滑白如羊脂的肌膚上遊走……

世界在這一刻飛旋了起來。

暴風雨過後，影子雙目望著天花板，狠狠地抽了一口煙，悠然道：「對不起，沒想到你還是個處女，我不是故意的。」

黑狐望著影子滿含歉意的樣子，反問道：「是不是若我不是個處女，你就是有意的？」

「我不是這個意思，是你身上的香水味……」

「好了，你不用再向我解釋，反正遲早都要給男人，給誰都一樣，說不定其他男人比你還要差勁。況且你得到你所要的，我也得到我所要的，兩者很公平，不存在誰對誰錯。」黑狐打斷影子的話，面無羞色，一副無所謂地道。

影子知道黑狐是個很自我的人，這種人最不需要別人的憐憫和同情，她很清楚自己所做的一切，也能夠承受自己所做的一切。影子知道再多的廢話只會讓她鄙視，遂不再說什麼。

「有一個問題想問你，你的速度怎麼可能比子彈還快？按理說，這是根本不可能的！」黑狐的身子往上靠了靠，用床單的一角半遮自己豐滿的酥胸，問道。

影子輕笑一聲，道：「你明知這是不可能的，還問什麼？」

「那你告訴我到底是怎麼回事？這些天來我一直都想不明白。」黑狐充滿期盼地望著影子問道。

「眼睛，你被你的眼睛欺騙了。」

「眼睛？」黑狐似有所悟。

「不錯，在你的槍射出五發子彈的時候，我的人已經不在原地了，你看到的只是那件披風，而那柄飛刀也並不是我直接射出，而是彈射飛出的。」

黑狐回想著當時發生的過程，終於明白。「原來你只是製造了一個假像吸引我的注意力，才能在神不知鬼不覺的情況下來到我的背後。」

「其實你能夠用槍擊中那柄彈射而發出的刀，已經很不錯了，還沒有人能夠躲得了我的刀！」影子由衷地道。

黑狐從影子的手中接過半截香煙，狠狠地抽了一口，她是真的感到了兩人之間不可逾越的差距。

正當黑狐沈吟時，影子突然問道：「那個魔法師是否真的可以幫我找到影的下落？」

黑狐盯著影子的眼睛半天沒有說話，因爲她不允許有人對她的話表示懷疑，更不容許有人對魔法師表示懷疑。

七天後的一個中午。

影子與黑狐分別被綁在一個廣場上的一根木柱上，廣場上圍著眾多上身赤裸的男女，下身只是圍著一塊獸皮之類的東西，他們臉上塗著各式各樣的色彩。另有四人手持自製的標槍、刀戟之類的東西，虎視眈眈地盯著兩人，其他人則是好奇陌生地望著兩人，嘴裡發出捕獲獵物的興奮吆喝聲。

影子與黑狐是掉進陷阱被抓來的，此時，他們所處之地是赤道附近一個原始森林的中央。

影子望著黑狐問道：「怎麼辦？」

「不用急，我已經告訴他們認識他們的酋長，相信很快就有回應。」

正自說話間，一個身材魁梧、肥胖的男人被簇擁著來到了廣場，看來他就是酋長。

黑狐臉上露出興奮之情，用影子根本未曾聽過的語言，嘰哩咕啦地和酋長對談著。酋長看了看黑狐的臉，然後興奮地大笑，隨即吩咐隨從將兩人的繩子解開。

片刻，兩人被綁著的身子獲得了自由，黑狐走上前去與酋長緊緊擁在了一起，眼角溢出久別重逢後幸福的淚花。

酋長看了一眼影子，隨後兩人被帶進一間建在幾棵大樹之間離開地面、懸於空中的草房。

草房內掛滿各種獸皮、弓箭、刀槍之類，陳設極爲簡陋，一些東西只有在現今的博物館中方可見到。

草房內，黑狐與酋長對談著，影子雖然聽不懂，卻可以感受到黑狐是在極力說服著酋長，臉上甚至出現哀求的表情，充滿期待。酋長間斷地不時看影子幾眼，最後陷入了沈思之中。

影子正欲開口詢問，黑狐連忙示意他不要說話，然後重新以期盼、哀求的目光投向酋長。

半晌過後，酋長才極爲艱難地點了點頭，黑狐頓時出現興奮的笑容，連忙在酋長臉上很響地親了一口。

酋長眉頭盡舒，哈哈大笑，然後嘰哩咕嚕說了幾句，帶著黑狐下樓，黑狐向影子使了一個眼色，示意他跟上。

酋長帶著黑狐與影子來到兩里外的一個山洞前，身後沒有一個隨從。此處也顯得極爲安靜，沒有一個吵雜之人，顯然這裡不是一般人可以隨意來到的地方。

酋長對著山洞施了一個奇怪卻又顯得無比神聖、莊重的禮儀，然後十分恭敬地對山洞內說了幾句話，期待著山洞內的反應。

影子看到黑狐也跟著酋長施了一個同樣的禮儀，不由面露忐忑不安之情。

良久，山洞內終於傳出一個聲音，黑狐忍不住興奮地叫道：「太好了，魔法師終於同意見你了。」

影子的心一陣狂跳，他終於可以得知關於影的消息了，他問黑狐道：「那你呢？」

黑狐臉上興奮的光彩立即暗淡了下來，道：「魔法師只答應見你一個人。」

影子走近黑狐，緊緊地握著她的手，真誠地道：「不管結果怎樣，我還是要謝謝你。」說罷便大步往山洞內走去，背後傳來黑狐的聲音：「我在這裡等你的好消息。」

影子孤獨的腳步聲在山洞內回響，山洞四壁皆燃著火把，顯得異常詭異。

往山洞大概走了一百米，影子來到了山洞內的一塊開闊之地，最中央燃燒著一個大大的火堆，將山洞照得通紅，火堆後面，一個身披黑色斗篷，蓋住頭，身形枯瘦的女人站在那裡。

襯著火光，影子看清了她的臉，那是一張枯瘦若樹皮般的老臉，兩眼深陷進眼眶內，卻閃著可以洞穿肺腑的神芒，難道她就是魔法師？

「歡迎你來這裡，年輕人，我是居里魔法師。」

老女人蒼老卻具有穿透力的聲音在山洞內回響。

她會說漢語，她竟然會說漢語！影子感到十分驚訝，爲了證實自己的耳朵所聽沒錯，他問道：「你會說漢語？」

「是的，我不但會說漢語，還會說這個世界上所有存在的語言，甚至是獸語！」

影子感到萬分不可思議，他無法相信這是事實。

「說吧，年輕人，你找我有何事？」魔法師將影子從驚訝中喚醒。

影子定了定神，忙道：「我想找一個人，她叫影，去年九月十五，當我回家時她卻不見了，沒有留下一點線索，我找了一年都沒有她的消息，所以我想請你幫我找到她。」

「你爲什麼要找她？」魔法師乾枯的眼睛望著影子。

影子毫不思索，脫口而出道：「因爲她是我的女人，我不能沒有她。」

「嗯，原來是爲了自己心愛的人。好吧，你到我這裡來。」魔法師點了點頭道。

影子繞過火堆，來到了魔法師身旁。魔法師領著影子來到一張一米多高的石台前，石台上放著一個足球大小的水晶球，晶瑩剔透。

影子指著水晶球問道：「這是什麼東西？」

「這是魔法球，可以穿越時間和空間，可以讓世上任何一個角落發生的事在這裡顯現。」

影子不敢相信地盯著這個看上去很普通的水晶球，道：「那豈非無所不能？」

「可以這麼理解，但是首先必須有一個條件，就是當事人超強的意志感應，否則無法做到。」魔法師道。

影子還是無法相信，這種話只有在電影中說來才會讓人相信，所幸這一切對他來說並不重要，重要的是能夠找到影。於是他道：「我只是想找到影，我希望你能夠幫我找到她。」

魔法師枯瘦的臉上露出無法覺察的笑，道：「那要看你自己了，看你是否有超強的意志感應力，而且還要看她是否能接收到你的感應。」

「這樣說來，一切能否成功，尚未可知？」

「只要她還活著，只要她像你想著她一樣想著你，你就能夠得到有關她的消息。」魔法師悠然道。

影子看著魔法師的樣子，想起電影中往往飾演反面角色的巫師，試探性地問道：「你不會騙我吧？」

魔法師面露慍色，不悅地道：「從來沒有人懷疑過我，如果你不相信，可以走！」

影子忙道：「我並不是這個意思，只是覺得這一切在我看來無法接受而已。」

魔法師似乎不願過多地與影子廢話糾纏下去，沈聲道：「既然如此，你想知道那個女人的消息，一切按照我的指令做。」

說完，魔法師要影子集中注意力凝視著水晶球，然後回想著兩人在一起生活的詳細片斷，幻想著兩人現在就在一起。影子聚中心神，依言照做。

魔法師雙手磨擦著水晶球，口中念念有詞：「神之心靈，汝之心靈，吾之心靈……打開塵封的橋樑，讓心……」

水晶球開始散發著淡淡的光芒，而原本晶瑩剔透的球體裡面則開始出現模糊幻化的景象，不斷地飛旋、變化、轉換，似在搜尋著什麼。

突然，水晶球光芒大綻，球內出現了一個不斷旋轉延伸的黑洞。

魔法師大駭，驚訝地道：「這是怎麼回事？」隨即停止魔法的驅動，但水晶球內出現的異象卻不受控制。

此時，影子仍是集中心神，凝視著水晶球。

魔法師見情況不對，正欲阻止事情的進一步發展，此時水晶球內旋轉延伸的黑洞倏然消失，隨之出現的是一片似錦緞般湛藍的天空，畫面從天空急速下降切換，寬廣的大地，直插雲霄的高山，廣闊的海洋……影子看到了一片全新的大陸，隨即進入喧鬧的城市，穿過重重奇特古老的建築，最後停留在一個盤腿而坐、閉目入定的女子身上，女子所處是一間黑暗的石室內，四周一片死寂。

影子的心倏地有一種強烈的感應，這些景象竟是如此熟悉和親切，彷彿是在哪裡見過一樣，最後他竟然發現那盤腿而坐的女子正是影……

「幻魔空間，怎麼會進入幻魔空間？」魔法師不可思議地喃喃自語著，轉而她又手指影子，不敢相信地道：「你是……你是……」卻一句話也說不出來。

水晶球的女人倏地消失，「轟……」地一聲，水晶球發生爆炸，山洞內出現了一個與水晶球剛才顯現同樣的黑洞，強大的吸扯力將影子吞沒其中……

第二章　幻魔大陸

幻魔大陸西方，經緯三十七點二的交會點，地陷三千餘米，黑氣隱現，在這一片無人死域中，一道暗影從地底飛掠竄出，落於山之巔，此處屬於西羅帝國疆域。

微風輕拂，揚起她秀美的長髮，站立於積雪的白色山頂，素黑的衣衫顯得十分的不協調。此時，她抬起烏黑深邃的美眸，望著被稱爲太陽的發光體從東方升起，心中充滿了期待。

這是一個不尋常的日子，她在等待著聖主的臨世，拯救長期處於黑暗世界的族人，重新光復族人在這片大陸的輝煌歷史。

已經整整一千年了，一千年的時間在這片充滿神奇的幻魔大陸的歷史長河中，是如此的微不足道，但對於她的族人和她族人光復的希望，這一千年又是何其漫長，是一段不能忍受的屈辱歷史。

一千年前，聖主的元神離開了這片空間，這段不堪回首的往事讓族人陷入了分裂和戰爭之中，三大魔主爲了各自的利益互相殘害，而人族與神族趁機將族人趕出了曾經主宰的這片大陸，生活在見不得陽光的夾縫地底世界，魔族從此消亡。

一千年的等待，終於讓族人等到了聖主重新回到這片空間的一天，她在祈禱著。

此時，百多人出現在她的身後，望著東方太陽的冉冉升起，他們的心與她一樣。

「聖女，時辰就快到了，聖主很快就會重回幻魔大陸。」一黑衣老者走近她的身後，恭敬地道，生怕打擾了她的沈思。

她長長的睫毛輕輕眨動了一下，目不轉睛地道：「下令族人，集體跪禱！」

「是！」黑衣老者輕應一聲，退後下令。一百多人齊聲跪下，手頭伏地，隨後黑衣老者亦跟著長身跪地。

此時虛空中突然有一道黑色的軌跡，向太陽升起的東方逝去。

她連忙長身跪地，大聲唱道：「恭迎聖主重歸大陸。」

身後一百多人同時齊聲高唱：「恭迎聖主重歸大陸，恭迎聖主重歸大陸……」

洪亮的聲音在天空下飄蕩回響，久久不絕。

雲霓古國，位於東方大陸，以人文歷史和武技聞名於幻魔大陸。

「這件事你需要給我一個合理的解釋。」雲霓國三皇子府上，三皇子強壓著心中的怒意，冷冷地注視著站在眼前之人斯維特。

「我也不太確定這究竟是怎麼回事，但我可以確定的是，三天前我的劍確實刺穿了大皇子的心臟，看著他死去的。」斯維特無比肯定地道。

三皇子冷笑一聲道：「是麼，那我倒不明白了，一個已經死去的人又怎麼會平安無事地被人救回宮中？是他擁有不死之身，還是誰有起死回生之能將他救活了？抑或聞名幻魔大陸，被人稱之爲劍之神殿的暗雲劍派的劍是不能夠殺死人的？」

斯維特似乎十分不願意聽到三皇子對暗雲劍派的詆毀，「作爲暗雲劍派的人，以維護暗雲劍派的聲譽爲自己的第一職責，甚至超過對自己生命的維護。」這是暗雲劍派門下至死都必須遵守的第一教規，是以斯維特有些不客氣地道：「三皇子可以懷疑我的能力，但千萬不要將暗雲劍派牽扯在內，況且暗雲劍派這些年與三皇子的合作，三皇子應該完全信任我們暗雲劍派辦事的能力！」

是的，暗雲劍派一直是擁護他登上皇位的親信勢力，這些年辦事從未失過手，要不然刺殺大皇子這麼重大的事情，他也不會放心地讓暗雲劍派去執行。三皇子的語氣有些鬆軟，道：「我並不是懷疑你們暗雲劍派的能力，而是事實擺在眼前，我們不得不面對，若是被父皇知道這件事，我們唯有死路一條。」

「我不知道差錯到底出在哪兒，大皇子被接回宮中至今未醒，會否是大皇子的人故弄玄虛，讓我們自亂陣腳？」斯維特的心中不由得泛起了疑問，因爲他確信自己的劍足以要了大皇子的命。

三皇子何嘗未曾想到這一層？而且他還想到死去的或者現在的大皇子只是一個替身，但這一切都於事無補，關鍵問題是這次刺殺的失敗，使他暴露了自己的目標，將自己從暗處推到了明處。雖然大皇子那邊並沒有抓到自己的把柄，但這些年處心積慮暗中進行的一切不得不變成處處提防，這將他原先的計劃徹底打破。「現在的唯一之法只有我親自到大皇子府上以探虛實，畢竟在表面上，我和大皇子的關係是兄弟之中最好的。」三皇子心中忖道。

思及此處，他轉而對斯維特道：「不管怎樣，你們暗雲劍派必須給我一個確切的交代，別忘了我的存亡也是你們暗雲劍派的存亡，唇亡齒寒的道理，我相信你應該懂。」

斯維特道：「三皇子放心，我不會拿暗雲劍派的前途開玩笑，我一定會給三皇子一個滿意的交代。」

「你知道就好。對了，法詩藺現在怎麼樣？她有沒有受到驚嚇？」三皇子顯然甚爲關切地道。

「三皇子放心，妹妹沒事，受到的驚嚇也早已好了。」

三皇子點了點頭，這才放心。這位被譽爲雲霓古國的第一美女總是讓他又愛又恨，這次若非爲了皇位，他怎會讓自己最心愛的女人以身涉險，作爲誘餌去吸引那好色的大哥？思及此處，三皇子不由得一陣心痛，隨即搖了搖手道：「你下去吧。」

斯維特領命退下。

影子睜開了眼睛，卻發現自己置身於一個完全陌生的環境，四周佈置典雅輝煌，充分透露出富貴與榮華，照亮的不再是電燈，而是水晶之類的東西。牆上掛有裝飾豪華的古劍，自己所睡的床竟然是用白金打造的，精雕細刻，伴有各式各樣的花紋，床頭竟還有一幅帛畫維妙維肖，躍然紙上的巨幅仕女圖，畫中之人顯得無比聖潔高雅。

「我這是在哪兒？」影子有些懷疑自己是回到了古代，就像許多三流的電影電視所杜撰的那樣。他想起了那原始部落的魔法師和水晶球，想起水晶球內所見的景象和影，最後他想起了自己被一個平空出現的黑洞所吞沒……一幕幕如電影畫面一樣在腦海中顯現。

「難道自己來到的是水晶球內出現的世界？」影子顯得十分疑惑，但他的心卻有著一種莫名的安詳，彷彿回到了家一般，這種在此時不應出現的感覺，讓他感到疑惑，而且以往心靈上的孤獨感和對一個環境所產生的陌生感，都蕩然無存。

「回歸的安詳。」他不可思議地發現，此時的心境正是自己一直所企盼的。

他想移動一下身子，卻發現渾身痠痛，全身骨頭彷彿被拆過又重組一般，不由得倒吸了一口涼氣。他無力地扭頭望向窗外，窗外碧空如洗，繁星點點，此時已是夜間了。

他又不由得自我嘲笑，心忖道：「瞎想什麼呢？哪裡會進入什麼水晶球內的世界？根本不會有這種荒誕的事情，只不過是黑狐帶自己來到一個仿古的酒店而已。」

正自思忖間，窗戶處一道紅影一閃而進，影子待要有所反應時，卻發現一件紅衫在自己頭頂緩緩落下，而被窩內卻多了一個人。

「啊……」一聲嬌叫。

「好快的速度！」影子心驚道，不待看清進入被窩內的人是誰，手中的飛刀本能地刺了出去

空中，一條潔白如玉的粉臂很突兀地停了下來，看樣子是想抱影子。

飛刀停在了細滑光潤的粉頸處，影子驚訝地發現躺在自己身邊的竟是一個渾身赤裸的美女，一時目瞪口呆，不知如何是好。

「幹什麼呀，你想殺人啊？」美女白了影子一眼，沒好氣地道。說罷，空中的那條粉臂彎曲過來，將停留在頸脖處的飛刀用兩根修長白皙的玉指夾住，意欲移開。

殺手的本能使影子很快自驚訝中恢復如常，沈聲道：「別動！」

「我說大皇子，這飛刀可不是鬧著玩的，一不小心是會要人命的。」美女很不耐煩地道。

「大皇子？」影子十分驚詫這赤裸的美女對自己的稱呼，於是道：「你剛才稱呼我什麼？再說一遍！」

「大、皇、子！」赤裸美女一字一頓地重複了一遍，又道：「裝什麼蒜呀，難道你不知道自己是雲霓古國人人皆知、好色大膽的大皇子古斯特？」

「雲霓古國？古斯特？」影子如置身雲霧之中，他從來沒聽過地球上有這樣一個國家。

「唉……」美女歎息一聲，道：「看來這七天的失蹤讓你的腦袋出了毛病，不但連躺在你身邊的紅顏知己都完全忘記了，而且連自己在哪兒，自己是誰都不知道，更不可思議的是對美女動刀子，這傳出去簡直沒人敢相信。」

影子終於有些相信自己現在就是進了水晶球內的世界，而且被誤認爲是什麼雲霓古國的大皇子，這簡直比三流的電影還要離奇。

爲了證實自己的判斷，他又問道：「這裡是不是地球？」

「地球？什麼叫地球？」這次輪到那赤裸美女詫異了。

「地球就是我們所生活的地方，所生存的空間。」影子解釋道。

「我不知道這裡是不是地球，但我知道我們現在是在雲霓古國，雲霓古國則是在幻魔大陸的東方。」赤裸美女似乎十分厭煩這無聊的對白，沒好氣地道。

影子終於完全確信自己是離開了地球，那個魔法師讓自己來到了一個完全陌生的空間。

赤裸美女趁影子愣神的時候，將他手中的刀接了過去，遠遠地丟在了地上，然後嬌嗔道：「好了，不要玩了，你消失了七天，人家都想死你了。」說罷，整個赤裸的身子如八爪魚般地將影子纏住，香唇印上了影子的大嘴，瘋狂地吮吸著，並且將小香舌伸進影子口裡探尋，彷彿裡面有著可以令人長生不死的瓊漿玉液一般。

影子一時驚愕，隨即伸手去推，雙手卻正好按在了那豐富的充滿彈性的玉峰之上，又連忙抽回，一時推也不是，不推也不是，尷尬異常。

「嘻嘻……」赤裸美女的香唇移開了影子的嘴巴，一陣竊笑，道：「以往見了我就像狼一樣，今天怎麼這般含蓄矜持？像一個小女人一樣。」

影子這才一把將赤裸美女推開，他並不是一個怕女人之人，更不是一個保守之人，這一年來爲了緩解自己的情緒、壓抑，他也曾經與許多女人發生過關係，但在一個陌生的環境，與一個完全陌生的女人，更重要的是連自我都無法找到的時候，任何女人都不會引起他的興趣，儘管這個女人很美，很嫵媚動人。

赤裸美女重重地落在了床上，被子從她身上滑落，玲瓏剔透的嬌軀完全暴露在空氣當中，她也沒去遮掩，氣呼呼地道：「你到底怎麼了？竟這樣對待人家。」

「對不起，是我一時手重。」影子不敢看她，滿含歉意地道。

「我不是這個意思，你今天爲什麼對我這般冷淡？」赤裸美女斥問道。

影子知道自己無法跟她解釋清楚，也不想解釋，於是道：「對不起，我今天沒有興趣。」

赤裸美女滿懷疑惑地看著影子，她覺得眼前的大皇子根本就不是自己以前所認識的大皇子，以前的大皇子根本不會對自己這樣，更不會對自己說「對不起」這樣的話，兩者間除了長相相同之外，其他方面沒有一點相同，特別是眼神，眼前之人的眼神竟是如此深邃難測。她突然道：「你不是大皇子。」

「我根本就沒有說過我是什麼雲霓古國的大皇子，是你一直這樣稱呼我而已。」影子頭頂著雲帳，極為平靜地道。

「那你怎麼會在大皇子府？」

「連我自己都不知道我為何會在這裡，總之我一醒來就發現自己在這裡。」

「你真的不是大皇子？」赤裸美女聽影子句句承認，反而顯得疑惑重重。

影子鄭重地點了點頭。

「那你到底是誰？」赤裸美女的聲音變得嚴厲，心神頓時戒備。

影子沒有回答，因為這是一個很難回答的問題，就算自己將來歷說出，她也未必相信。他苦笑一聲，無奈地道：「我也不知道我是誰。」確實，在這樣一個陌生的環境中，他又怎能找出自己的定位，知道自己是誰呢？

赤裸美女用冰冷堅硬的目光注視著影子，大腦綜合分析著所擁有的資料。

七天前大皇子神秘消失，沒有人知道他去了哪裡，今天早上侍衛在城外三十里樹林的一片空闊之地找到了他，當時他衣衫全然破碎，全身到處灼傷，昏迷不醒。赤裸美女心中陡然升起一個念頭：「莫非他遇到什麼意外失憶了，記不得以前的事？而且他剛才對什麼都全然不知的表情，似乎也證明了這一點。」

「你是不是失憶了？」赤裸美女的目光變得溫和。

影子的心中一陣好笑，他又想起了電影中常出現的老套情節，沒想到這種事又發生在了自己身上。他心中陡然有一種想當一名演員的衝動，看看這個女人會有什麼反應，況且在水晶球裡，他感應到的影就存在於這個陌生的世界，有了一國皇子的身分，找起她來豈不方便很多？

於是，影子看上去顯得很茫然地道：「我也不知道，但我大腦中卻是一片空白。」

老套的電影情節上演了，影子維妙維肖地將電影中演員的表情和台詞照搬了下來。赤裸美女相信了，影子的表情、眼神、語氣、言語讓她深信不疑，於是她努力幫著影子回憶起「以前的事」，告訴他以前的大皇子是一個什麼樣的人，什麼樣的性格，而且告訴了他與之有關的一些人和事，還有宮中的一些情況，以及應該注意一些什麼人，最後赤裸美女告訴他，她的名字叫艾娜，是他的紅顏知己。

影子心裡笑著將這一切記住，原來雲霓古國的大皇子是一個好色大膽的狂徒。

當艾娜將這一切說完，天已經快亮了，艾娜赤裸著身子伸了一個懶腰，打了一個哈欠，最後在影子的臉上親了一口，道：「我要走了，明天晚上再來和你親熱。」嘻嘻一笑，紅影卷身，又從窗戶飛掠而去。

影子望著艾娜消失的紅影，莫名地笑了，他不知道自己會否真的成爲雲霓古國的大皇子古斯特，但他知道，原先的生活將會離自己愈來愈遠，遠得連自己都分不清到底哪是真，哪是假。可有一點他很清楚地知道——是影將自己引到這幻魔大陸，他一定要找到影！

第三章 紫晶女神

這一天，有很多人都來看影子，這些在他看來陌生的人，都在那個叫艾娜的女人嘴裡提到過。影子就以一個失憶人的視覺認識了這些人，這些人的臉上出現了或悲或喜或同情或憐憫的表情，透著有親情關係，卻沒有真實親情實質的情感，這些虛僞的情感讓影子心裡感到厭煩。

送走了一個自稱是他皇叔的人，影子長長地吁了一口氣，他這才體會到要做一個好演員，適應一種全然陌生的生活方式，確實不是一件容易的事。與榮耀奢華、擁有至高無上地位的皇家生活相比，影子反倒更喜歡擁有足夠自我空間的殺手生活，可以完全的支配自己，不爲外物所擾。

他抬頭看了一眼掛在床頭的巨幅仕女圖，上面有一行娟秀而陌生的字體，但影子卻驚奇地發現，這些字他都認識，儘管這些字他以前從未見過，不是地球上的任何一種字，但他確實認識，彷彿這些字早已存在於腦海中一樣，只待相識的一個機會。由此他又突然想到自己從昨晚和現在，與人交談所用的語言也不是以往所熟悉的任何一種，似一種條件反射般無意識地說出了他們所用的語言，而且表達毫無障礙，這一發現讓影子感到十分的不可思議。

影子仔細朝那行字望去，上面寫道：「紫晶之心，神之靈——紫晶女神碧顏。」

「紫晶女神。」影子吟道，仔細往那女子瞧去，除了昨晚看到的聖潔高雅外，還有一種讓人欲罷不能之感，特別是那雙眼睛，竟然可以收攝人的心神，使影子一時感到神情恍惚，這除了帛畫的工藝外，更重要的是人本身所具有的神韻，無怪乎古斯特將之懸於床頭，因爲此等女人沒有一個男人可以抗拒。

「看來殿下對她始終不能忘懷。」一身勁裝、手持古劍、身材修長、曲線優美的女子走近了影子的床前，有些鄙視地望著影子道。

影子知道此人正是將自己救回大皇子府的侍衛長，而且是古斯特的貼身護衛，負責他的人身安全。影子從今早到現在一直都未曾仔細注意過她，此時看去卻發現她有著畫中紫晶女神同樣的美貌，只是少了那種讓人欲罷不能的神韻，但她此時看著自己的高傲冷漠的表情，又別有一番味道。

影子詫異於她竟敢以這種口氣和眼神與一個皇子說話，於是道：「你以往都是以這種語氣和眼神跟我說話的嗎？」

「殿下不用再裝了，你可以騙過任何人，卻騙不了我，我知道你想借機對付那些欲與你爭奪皇位之人，但你剛才看畫中女人的那種眼神，與以前毫無二致，不用再裝著什麼失憶了。」侍衛長羅霞毫不客氣地道。

影子心中不由得一陣好笑，沒想到在這個女人眼中，自己也成了古斯特那樣的好色之徒，看來大皇子這個身分，改變的不僅僅是稱呼，連性情都會改變，看來自己以後也要變成古斯特那樣的好色之徒了。

「要是我真的失憶了呢？」影子注視著羅霞臉上的表情問道，他想知道古斯特最親近的女侍衛對他的失憶有什麼反應，因爲他知道一個被委任爲保護自己安全的人是絕對值得古斯特信任的人，只有她眼中的古斯特才是真正的古斯特，影子需要認識真正的古斯特。

在影子注視著羅霞表情變化的同時，羅霞也在注意著他，見影子問自己，她有些詫異，因爲在她面前，古斯特不會有任何隱瞞，就算有關登上皇位的事也是一樣，她心中忖道：「難道殿下真的失憶了？」

影子在羅霞臉上得到了自己想要的答案，儘管她掩飾得很好，但對於一個殺手而言，她的掩飾顯得太過稚嫩。殺手除了具備殺人的技巧外，更重要的是對瞬間出現情況的準確把握，羅霞的疑問雖然沒有顯露在臉上，但影子還是看到了她心裡的疑問。

沒待羅霞回答，影子道：「我知道羅侍衛長很關心我，但我確實記不起以前的事了。」影子的樣子顯得很真誠。

羅霞收回了投在影子臉上的目光，道：「殿下的話自是沒有人敢懷疑，我只是對殿下這七天的神秘失蹤感到不解而已，而且更令我奇怪的是，在我救回殿下時，殿下所穿的衣服很奇怪，我以前從未見過這種衣服，儘管破碎得面目全非了。」

影子自然知道自己所穿的不是這個時空的服飾，而是穿越原始森林時的迷彩服，與這個時空的服飾相差甚大，但他知道自己「失憶」了，自然不用回答這個他不能回答的問題，只見他茫然地道：「我不知道，我什麼都記不起來了，只知我醒來時就發現自己躺在這張陌生的床上。」

羅霞從腰間掏出一個小飾物，影子認得，正是自己隨身攜帶的史努比，他正想開口要回，突然意識到自己的身分，馬上打消這個念頭，幸好羅霞一直注視著史努比，沒有發現他的異常。

羅霞看著史努比，思索道：「這個奇怪的東西是從你身上找到的，我想你這七天的神秘失蹤一定與它有關，也許它是找到你神秘失蹤原因的重要線索。」樣子甚爲鄭重。

影子心中大爲嗟歎，看來要從她手中要回這什麼「重要線索」不是一件容易的事，但這是影留下給他的唯一東西，他必須拿回來，於是正色道：「羅侍衛長，這個奇怪的東西能不能給我看一下？」

羅霞看了一下影子，遲疑片刻，然後便將史努比緩緩遞給影子。

影子心中甚爲高興，待剛要將史努比接過時，羅霞的手突然收了回去，並且理直氣壯地道：「不行，若是給了殿下，殿下必定不會還給我，而且說不定會將之送給哪個女人，這麼重要的線索不能遺失。」

「該死！」影子心中暗罵道：「她又把自己當成了那個好色的古斯特了。」任憑影子如何巧舌如簧，也沒有從羅霞手中要回史努比，又由於影子不能夠準確地把握羅霞與古斯特主不主、僕不僕的關係，不敢貿然而動，也就無法制定有效的策略。

正當兩人圍繞史努比「打轉」時，門外傳來三皇子到來的聲音。

羅霞這時在影子耳邊輕聲道：「我懷疑殿下這七天的失蹤與三殿下有關。」說完，退居一旁。

影子首先看到的是一張以濃烈親情和關心包裹的臉，這張臉比他先前所看到的那些虛情假意的臉耐看得多，更容易讓人感動。有那麼一剎那，影子的內心被這濃烈的親情和關心所感染，但他並非是真正的古斯特，所以這種感覺乍現乍消，以第三者的角度對待，很快影子就發現了這濃烈外表的虛假，他在心裡對自己說：「這是一個有精湛的表演功底之人，那我就與他演好這齣戲。」

「皇兄，你感覺怎麼樣？是否好些了？」三皇子在影子的床邊坐了下來，眼含擔憂地道。

「你是三皇弟？……對不起，我想不起以前的事了。」影子用手拍著自己的腦袋，裝出一副很痛苦的模樣。

「皇兄你……難道真的失憶了？」三皇子愕然道。

影子點了點頭，又搖了搖頭，道：「我不知道，我只知醒來便什麼都記不得了，連我自己是誰都不知道。」

三皇子將影子的手放在自己兩隻手心之間，用力地握了握，彷彿是在傳遞一種無法言表的真摯情感，然後安慰道：「皇兄放心，過些日子，隨著皇兄對皇宮的熟悉，相信會慢慢找回記憶的。」

影子見三皇子用肢體語言來加強表演效果，暗呼「厲害」，然後很感激地望著三皇子，眼角硬擠出了一些模糊視線的液體，彷彿無助孤落的靈魂終於找到了依託，嘴唇動了動，卻沒有說出什麼話，看上去像感動得無話可說。

退居一旁的羅霞見了影子的樣子，詫異得嘴巴半天合不攏。

三皇子竟似真的受到了影子情緒的感染，更加緊緊地握了握影子的手，鄭重地道：「皇兄不用擔心，三弟一定會幫你找回記憶的，雲霓古國還等著皇兄來繼承大統！」

一番感情的深切傳遞表露以後，三皇子又道：「對了，皇兄，你胸口的傷怎麼樣了？」

「胸口的傷？」影子心裡十分詫異，自己胸口哪裡有什麼傷？只是一點皮肉的灼傷，全身都有，他怎麼會認爲自己胸口有傷？

三皇子見自己說漏了嘴，忙道：「我聽別人說，皇兄全身到處有傷，所以想問問你胸口的傷有沒有傷到心臟。」

影子哂然一笑，道：「還好，雖然很重，但還要不了命。」

……

待三皇子離開了大皇子府，影子立刻問羅霞道：「羅侍衛長，你怎麼懷疑大皇子……不，我這七天的神秘失蹤與三皇子有關？」

羅霞見影子鄭重其事的樣子，道：「因爲在殿下出事前，曾收到一封信。以往，無論遇到什麼事，殿下必會帶著我，可殿下收到這封信之後，避開所有人離開了大皇子府，接著殿下便失蹤了。後來我在殿下的房間裡找到了這封信，是暗雲劍派的法詩藺小姐寫給殿下的。」說著，便從腰間掏出了一封信箋遞給影子。

影子接過信箋，信中的內容是一個叫法詩藺的女子約古斯特在流雲齋吃飯。

羅霞接著道：「法詩藺小姐是暗雲劍派大劍師艾里克的掌上明珠，被譽爲雲霓古國第一美人，殿下多次追求而被她拒絕，誰料這次她竟然主動邀約殿下，而且暗雲劍派私下一直與三皇子相交甚密。當殿下失蹤後，屬下拿著這封信去找法詩藺小姐瞭解情況的時候，法詩藺卻說她並未約過大皇子，當天與三皇子在一起，並得到了三皇子的作證，而且指出這信也並非她所寫。後來我又去查過流雲齋，也沒有什麼收穫。」

影子點了點頭，憑藉殺手的直覺，此事確如羅霞所料，與三皇子脫不了干係。既然他敢殺古斯特一次，就敢殺第二次，那自己這個冒牌的大皇子豈不是他的刺殺對象？自己一心想借大皇子的身分找到影，卻不想陷入了權力爭奪的漩渦當中。

影子開始後悔假冒這個所謂的大皇子了。

三皇子走進了一間石室，石門緩緩關上。

石室內一片死寂，黑暗中，幽暗迷離的氣味衝擊著他的神經感官。

三皇子深深地吸了一口氣，這熟悉的氣味透過他的鼻孔進入他的體內，讓他躁動不安的心緩緩靜了下來。

多少年了，正是在這裡他才一步步走向今天，才有了今天的成就，這次，他又來了。

他閉上了眼，嘴唇翕動，像是在念動咒語，卻沒有發出聲音。

片刻，他突然睜開眼，黑暗的石室內閃過兩道幽藍之光，轉瞬又消失。

「主人。」三皇子的聲音在石室內響起。

「你將我喚醒，所爲何事？」一個森嚴無比、威不可侵的聲音竟然從三皇子的體內傳出。

「您的僕人需要您的明示。」三皇子的聲音無比恭敬。

「有什麼事你就說吧。」

「我今天去見了大皇子，他不但沒有死，而且彷彿換了一個人似的，令人不可揣測。我利用『觀心術』，卻發現根本無法入侵他的心神，無從瞭解他心裡的真正想法。更爲可怕的是，當我在入侵他的心神時，我的心緒卻有些紊亂，差一點敗露了行刺他之事。我不知他是否真的失去記憶，無法進行下一步的行動，所以來請求主人的明示。」

「這件事我已知曉，在你走進大皇子府的時候，我就被一種莫名的氣息所驚醒，這種氣息無意識地侵佔著我的元神，讓我感到不安。」那聲音顯得心有餘悸地道。

「那主人可知道這氣息來源於何處？」三皇子感到無比震駭，這種事尚是首次發生。

「氣息的來源正是大皇子身上，我的元神曾入侵他的體內探尋，卻發現他身上有著天脈護住心神，根本無法侵入。」

「天脈？」三皇子尚是第一次聽說。

「天脈乃神魔之脈，裡面宿有守護之神，就像你我，雖然你沒有天脈，但是可以通過訂立契約的關係擁有神魔之超然力量。」那聲音解釋道，隨即又自語著：「只是不知他的守護之神是何方神魔？」

三皇子不解地道：「那我以前為何沒有發現大皇子擁有天脈？以前我可以用『觀心術』隨意瞭解他的內心思想。」

「這一點我尚不太清楚，以前我也未曾感到他身上那莫名的氣息，也許是他以前有意將之掩藏起來，失憶後不自覺顯露出來而已。他自己似乎也並不知道自己擁有天脈，更不知道如何開啓天脈，一切都處於無意識狀態。」那聲音思索著道。

「請主人明示，那我該如何是好？」三皇子恭敬地請求道，他從來沒有像現在這般無所適從，如果以前大皇子真是有意將自己的實力掩藏起來，那此人實在太可怕了。

「宜早將之剷除，否則若是等他恢復記憶，知道如何開啟天脈，那你的皇位之夢也就愈來愈遙遠，也枉我對你的一番栽培。」

「我已派暗雲劍派去處理這件事了，不知主人怎麼看？」

「你的刺殺計劃已經失敗過一次，雖然大皇子已經失憶，但大皇子府中之人定會倍加謹慎，誰也不會傻到同樣的錯誤犯兩次。對於你來說，要想不犯同樣的錯誤，一切還須從頭計劃，貿然的行動只會壞事。」

「我已知道該如何做了。」

「羅侍衛長，你知道艾娜是什麼來歷嗎？」影子透過窗戶望向窗外，此時天色將暗。

羅霞看了影子半晌，疑惑地道：「你到底是真的失憶了，還是假的失憶？」

影子一時未明白羅霞此問的最終目的，茫然地道：「我當然是真的失憶了，怎麼啦？」

羅霞沒好氣地道：「怎麼別的都忘記了，就是女人忘不了？」

影子有些尷尬，一時倒忘了怎麼回答。

羅霞白了他一眼，接道：「真是死性不改。」說罷，便轉身離去。

影子一時大感無味，見羅霞已經走近門外，便又道：「你還沒有回答我的問題呢。」

「她是你九千九百九十九個女人中的一個。」背影消失處，傳來羅霞的大聲回答。

影子不由得一聲苦笑。

窗外已是繁星點點，這個時空的夜空彷彿特別澄清美麗。對於影子來說，這樣的夜景在先前的那個時空是難得一見的。

這時他又想起了影，想起了與影在天台一起看夜景的情形。

影說，每個人都擁有自己的一顆星星，只是在地球的夜空找不到屬於她的星星，她說，那顆屬於她的星星隱藏在宇宙蒼穹最深處的一個角落，而且她告訴影子，這裡的夜空也找不到屬於他的星星，他的星星和她一樣不屬於這裡。

「只不知這裡的夜空有沒有屬於自己和影的星星？」影子心中思忖道，並且在透過窗戶的那一方夜空，漫無目的地尋找著。

第四章 豔福纏身

影子並不是一個沈默孤僻之人，和影在一起度過的快樂時光就足以證明這一切，而且他有著和小孩一樣愛鬧的天性，只是在失去影的這一年來，讓他改變了很多。

在原先的那個世界，不可否認，影子是孤獨的，這種孤獨源自於內心，源自於環境對他造成的陌生感。影是他唯一的精神支柱，和影在一起，儘管並不代表他有多愛影，或者說，這種愛不是單純地源自於男歡女愛，更多的或許是一種依戀，一種類似於對母親的依戀。因爲在影的身上，他可以找到一種安寧、平靜、祥和的感覺，所以在影消失的一年中，他就失去了精神依附，陌生和孤獨讓他感到惶恐和不安，他不敢去面對外面的世界，從而把自己關在房間裡，拚命地尋找著和影在一起的片片斷斷，尋找著心靈的慰藉。

當他在幻魔大陸醒來之後，那源自心靈的孤獨和陌生感卻不可思議地消失了，而他被壓抑的本性已經開始漸漸顯露出來，這種潛在的變化，讓影子自己也感到十分不解……

「你在想什麼呢？是不是在想我啊？」艾娜的聲音突然在影子耳邊響起，說完對著他的耳朵輕吁出一口香氣。

影子大感驚詫，道：「你是怎麼進來的？」

「嘻嘻……」艾娜輕笑道：「我要進來還能夠讓你知道？那我的魔法就白學了。」說完，伸出充滿誘惑力的玉手，在影子眼前緩緩劃過。

影子驚訝地發現，艾娜竟突然在面前消失不見。他伸手去摸，竟然什麼都沒有摸到。

「你在哪兒？」影子問道。

「嘻嘻……我現在正在你的身上呢。」

影子眨了一下眼睛，卻真的發現艾娜赤裸豐滿的嬌軀正壓在自己身上，小口貪婪地在自己嘴上吮吸著，雙手不規矩地在身上亂摸。

「隱形術?!」影子又想起了電影電視中才會有的畫面，又一次將艾娜推開，他可不願不明不白地被人強姦掉。

「幹嘛啊你？」艾娜四腳朝天地躺在床上，眼睛瞪得大大地望著影子。

影子心中升起一絲歉意，道：「我……我不喜歡這樣。」

「你原來不是最愛我這樣麼？」艾娜反問道。

「我……我……」對於這個女人，影子有一種不知如何是好的感覺，「我失憶了。」

艾娜不高興的神情這才漸漸淡去，她幾乎忘了這個躺在眼前的大皇子已經失憶了，但嘴裡仍不想饒他道：「就算你失憶了，也不該對一個女人這樣啊！特別是像我這麼漂亮的女人！」

「這個女人倒是挺有趣。」影子想笑，但看艾娜的樣子又忍住了，他可不想再得罪這個會魔法的女人。不過，他對這個如此大膽的女人卻是充滿了好奇。

「對不起，艾娜，剛才是我的不對。」影子道歉道。

艾娜的俏臉這才展顏一笑，在燈光中閃著夢幻般光澤的身子移動著貼近了影子，玉手纏著影子的脖子，嬌嗔道：「殿下，艾娜想要你嘛，你愛一次艾娜好不好嘛？」

影子心中震蕩，面對如此充滿誘惑力的話語，如果說不動心，那是假話，但讓影子堅持控制著自己的是，他不願一個女人把自己當成另一個男人而與自己發生關係，這會讓他有一種趁人之危、被人鄙視的感覺，況且他現在身上的傷不容許與女人發生關係。

影子歉意地道：「艾娜，我身上有傷，所以……」

但很快，影子便十分後悔自己說出了這樣一個理由。艾娜是一個擁有魔法之人，而且修爲甚高，自己身上所謂的傷，在她眼裡簡直不值一提。

在影子十分難爲情和堅決反對下，艾娜依然剝光了他身上的衣裳，讓他赤條條地展現在艾娜的眼皮底下，影子有一種進了屠宰場、任人宰割的無奈感，因爲他的身子已被艾娜的魔法氣縛捆住，動彈不得。

「嘖嘖……沒想到你的身材竟比原先好多了。」艾娜肆無忌憚的目光在影子赤裸的身體上瀏覽著，口中更是不斷地發出讚歎之聲。

影子閉上了眼睛，男人的尊嚴在艾娜火辣辣的目光下已經蕩然無存，他實在不忍看到艾娜得意的樣子，道：「你會後悔今天對我所做的一切的。」

「我才不會後悔呢。」艾娜嘻嘻一笑，催動魔法，玉手無比輕柔地在影子受傷的身上滑過。

也不知是來自女人輕柔的手的魔力，還是魔法的作用，伴隨著深入骨髓的像柔水流淌過的感覺，影子發現身上由於受傷而產生的疼痛感蕩然無存。

「好了，你的傷全好了。」艾娜無比得意地道，然後重重地在影子閉上的眼睛上親了一口。

影子閉著眼沒有動。

艾娜發現影子的樣子有些不對，問道：「怎麼了？」

「請你離開這裡，請你馬上離開這裡！我以後不想再見到你！」影子一字一頓很緩慢地充滿力量地道。

「你怎麼了？沒事吧？不會剛才我的魔法口訣記錯了吧？」艾娜不相信這是一個受傷之人對醫治好他病的人該說的話。

「大小姐，你的口訣沒有記錯，是你不該對一個剛剛失去記憶的男人用這種方式療傷。」羅霞的聲音在房間內響起。

艾娜大感驚異，循聲望去，只見羅霞正倚門望向他們，「你……你是什麼時候進來的？」艾娜說著忙用被子將自己和影子赤裸的身子蓋住，她可以在男人面前不穿衣服，但她還從來沒有習慣過在女人面前裸體。

羅霞將目光轉向自己的纖纖玉指，道：「如果連你來了我都不知道，那我這大皇子府侍衛長豈不是吃軟飯的？只怕大皇子也早已被人暗殺一千次了！」

「那……那剛才的一切你……你都看見了？」艾娜的臉倏地紅了。

「這有什麼奇怪的，我早已不知看過你多少次了。」羅霞毫不在意地道。

「你……」艾娜無言以對。

一個女人做這種事被另一個女人在一旁偷看，任憑艾娜再怎麼大膽，也感到無地自容。

半晌過後，艾娜才道：「你下流！」

「下流？」羅霞不由得一笑，道：「與你比起來，我差遠了，自動送上門！」

艾娜知道這樣跟羅霞吵下去，只會自取其辱，不由恨恨地道：「你記住，羅霞，我不會放過你的！」說畢，紅衫飄動，將艾娜的嬌軀輕裹，然後整個身形往窗外飛掠而去。

羅霞笑著道：「我隨時奉陪。」

隨即又走近床邊，望著雙目緊閉的影子，戲謔道：「殿下，真的生氣了？她幫你把傷療好是一件好事嘛！」

影子沒有反應。

羅霞旋即又道：「以前的殿下可從不爲這種事生氣的，而且不知有多高興呢！」

「那是他，不是我，我可不喜歡被一個女人綁著不能動。」影子氣憤地道，可他發現在羅霞面前，再大的氣憤也很快被淡化。

羅霞咯咯一笑，道：「你和他還不都是大皇子殿下麼？」

影子不由得心旌一蕩，羅霞的笑聲竟是如此悅耳動聽，他睜開眼睛緊緊盯著羅霞的美眸，道：「那你對現在的大皇子是不是與對原先的大皇子一樣呢？」

影子一臉正色的樣子讓羅霞感到詫異，隨即她發現影子眼中有像火一樣的東西在湧動，她的心不由得「砰」地一下撞在肋骨上，把肋骨都撞痛了，她趕緊把自己的目光移向了一邊，道：「殿下，我幫你把魔法氣縛解開吧。」口中念念有詞，隨後一晃，影子就感到了重獲自由的輕鬆。

「原來你也懂魔法。」影子鬆了鬆剛才被縛的手，說道。

「我是雲霓古國第一位女大魔劍師，這小小的魔法還難不倒我。」羅霞輕鬆地道。

「魔劍師？它與魔法師有什麼區別？」影子不解地問道。

「唉……」羅霞深深地歎息了一聲，道：「看來殿下將以前知道的東西全忘了。」頓了一頓，解釋道：「魔法師分爲白術士、黑術士、魔劍士和策法士，而魔法又分爲白魔法與黑魔法。白魔法是以防禦性和修復性爲主的魔法，修練之人被稱爲白術士；黑術士則是擅長攻擊性魔法和可怕的黑魔法之人；魔劍士則擅長一至二門魔法，劍術高超；策法士則是兼修白魔法與黑魔法之人。而魔劍士與策法士通過修練可以成爲魔劍師及策法師，不過不是每一個人都可以修練魔法，能夠成爲魔劍師及策法師之人更是少之又少，像我一樣的大魔劍師，雲霓古國只有三位。」

「那艾娜學的是什麼魔法？」影子點了點頭，又問道。

羅霞道：「艾娜是魔法神院大執事的女兒，她的魔法已有策法師的修爲。」

「魔法神院又是一個什麼樣的地方？」影子甚感興趣地問道。在地球，魔法是一種巫術，甚至帶有欺騙的成分，沒想到在這一空間卻大行其道。不過，地球的所謂魔法也實不登大雅之堂，類同於迷信。

「魔法神院是爲皇家及軍隊訓練魔法師的一種機構，從魔法神院出來之人皆有中高級的職位，能力非常，深受皇家及軍隊的歡迎。況且雲霓古國以武技享譽幻魔大陸，魔法神院所教授的不僅僅是魔法，還有武技，所以從魔法神院出來之人皆是武技和魔法兼修之人，在整個幻魔大陸也是首屈一指的。而大執事則是掌管魔法神院之人，其地位足以與朝中宰相相比，甚得皇上看重。」

「那你是不是從魔法神院出來的？」影子望著羅霞，頗爲關切地問道。

羅霞道：「魔法神院從不收女子。」

「既然如此，你的魔法又是從何處學來？」

羅霞的眼中閃過一絲警惕，望向影子道：「你問這個幹嘛？」

影子見羅霞不願回答，道：「我只是隨便問問而已。」

「好了，殿下，現在時間不早了，你還是早點休息吧。」說完也不望影子一眼，逕自走了出去。

影子覺得自己有點傻。

隔日，影子從房間裡走了出來，強烈的陽光刺得他無法睜開眼。待適應了過來，望著陽光抱怨道：「與地球上的太陽倒沒什麼區別！」

隨即向前面的花園走去，活動了一下腰身，待他扭動著脖子，活動著脖頸的時候，卻發現羅霞無聲無息地站在了他的背後，倒把他嚇了一跳。

「看不出來，殿下失憶後倒變得勤快了。」羅霞語含諷刺地笑著道。

影子並不理睬，卻抱怨道：「你怎麼來去無聲無息，像幽靈一樣，把我嚇了一跳。」

羅霞道：「只有這樣，才不會讓你像上次一樣神秘失蹤七天。」

影子轉過身來，面對著羅霞，道：「羅侍衛長，我在家裡已經待了幾天了，你能不能帶我出去活動一下，熟悉一下環境？」

「不行。」羅霞果斷地道。

「爲什麼？怕我又神秘失蹤？」

「皇帝陛下有命，殿下康復以後，首先必須進宮見駕，不得有誤！」

「可不可以免去？」影子十分討厭那些繁文縟節，於是以商量的口氣對著羅霞說道。

「可以，如果殿下再一次受傷，躺在床上不能動的話。」

「那你會不會陪我一起去？」影子看著羅霞的眼睛，語含深意地問道。

「我自然會陪殿下一起進宮，但見陛下只有殿下一人去。」說到此處，羅霞發現影子語意的異樣，隨即又問道：「殿下問此是什麼意思？」

「因爲我想帶你一起去見見公公婆婆。」影子湊近羅霞的耳邊，輕聲說道，並且在她耳垂上輕輕吸了一口氣。不知爲何，影子一見到羅霞就有一種強烈地想捉弄她的念頭，就像他當初捉弄影一樣。在羅霞身上，他發現了和影一樣的關懷，雖然羅霞和影的性格不盡相同，關懷方式也不似影那般無微不至，但影子還是感到了那種內在的默默關心。

羅霞耳根一紅，一種異樣甜蜜的感覺傳至心底，但她本能地給了影子一巴掌，斥道：「下流！你以爲我和其他的女人一樣，可以隨意被你欺負？」

影子摸了一下留下五道玉指印的臉，心下陡然激起了男性的征服欲望，他還從來沒有被女人打過。

影子隨手一伸，將羅霞攬入懷中，整個抱著，正好壓於背後迴廊的欄杆上，低頭作怒意狀瞧著她俏秀清麗的臉容。

羅霞伸手打了影子一巴掌，正自無措時，卻不想被影子用身子抱住擠壓，立時驚怒道：「你想要幹什麼？」

影子惡狠狠地道：「當然是要你對殿下打一巴掌的無禮行爲作出賠償。」

羅霞大驚，奮力掙扎，她自出生以來，還是第一次被一個男人如此輕薄無禮，就算當初真正的古斯特偶爾有無禮行爲，也是被她嚴厲拒絕。

可令她感到奇怪的是，面對影子的無禮行爲，她的心裡卻有一種無意識的順從傾向，這不單單是由於身體所傳來的陣陣銷魂蝕骨的奇異感覺，而是影子身上偶爾散發出來的氣息讓她不能拒絕，甚至還有一種渴望。

「嗯……唔……」隨著嚶嚀一聲，羅霞的香唇已給影子封住。

就在兩人的熱烈痛吻之下，有府中婢女的腳步聲驟然停止，發出了驚異的叫聲。

羅霞迷失的意識陡然清醒，一把將影子推開，隨即對那婢女喝道：「看什麼，再看小心把你的眼睛挖掉！」

婢女連忙低頭急步而去。

突然，影子哈哈大笑，道：「沒想到你比我這堂堂雲霓古國的大皇子還要凶。」

「都是你……」羅霞說著，想起剛才的事情，頭就低了下來，滿臉紅霞。

影子看得心動，又湊近羅霞的耳根，低聲道：「味道怎麼樣？這種賠償的滋味還好吧？」

羅霞低著頭，轉身沿迴廊走去。

走了大半截，見影子沒有動，停下道：「還不快去見陛下！」

和影子想像中的一樣，雲霓古國的皇宮高大、宏偉、雄壯、富麗、堂皇，只是未免透著一種俗氣，也沒有引起影子多少注意。

聖摩特五世陛下是在後宮會見影子的，陪同會見的還有雅菲爾皇后，也是古斯特的親生母親。

兩人用真摯的情感問了一些別人已經問過好幾遍，而影子不知道也不能回答的問題。

影子繼續扮演著自己失憶者的角色，最後雅菲爾皇后抱著影子的頭，流下了傷心的淚水。

聖摩特五世沈吟了片刻，道：「看來皇兒這七天的神秘失蹤一定有人在背後策劃，欲對皇兒不利，爲了皇兒的安全起見，你最好還是先在皇宮住下，待事情查清以後再回大皇子府。如此一來也可以在皇宮書院看些書籍，將失去記憶的東西找回來，也好爲將來登上大典做準備。」

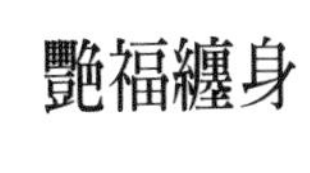

影子心想，若是在皇宮住下，成天在別人眼光的注視之下，自己豈不連自由也失去了？正欲推辭，雅菲爾皇后接道：「如此甚好，也好讓母后多多照顧你，你府中的那些婢女，哪知道照顧人，若是再有個三長兩短，你叫母后於心何安？」

影子見兩人都如此說，知若是推辭，也是無濟於事，於是跪道：「皇兒謝父皇母后恩典，只是皇兒尚有一個不情之請。」

雅菲爾皇后道：「皇兒有何話，但說無妨。」

第五章　美女劍士

影子見聖摩特五世也點了點頭，於是道：「皇兒近來所有之事，皆由侍衛長羅霞代爲打理，若是羅霞能夠陪同皇兒，相信對皇兒恢復記憶有所幫助。」

聖摩特五世像是知道羅霞這個人，道：「羅霞本非我國之人，原是皇兒要求，朕才答應讓她做你的侍衛長。按照皇族規矩，她是不能夠進宮的，但既然皇兒請求，朕也只好破此一例了。」

影子心中甚喜，看來這兩人對好色的古斯特還真不錯，於是謝過聖摩特五世恩典。

聖摩特五世微笑點頭，然後又道：「朕留你在皇宮住下來，尚有三個原因。朕知道，你們兄弟三人雖然表面融洽，但暗中對皇位卻你爭我奪，你的這次神秘失蹤，朕雖然不敢說是二皇子與三皇子所爲，但我敢說，他們也有此心，這種事朕也經歷過。你是皇家長子，朕早已詔告天下，立你爲太子，皇位本應傳於你。爲了免除你們兄弟間的明爭暗奪，傷了和氣，留你在宮中，也是爲了告訴他們，朕意已決，讓他們死心，免得弄出更大的亂子。第二，朕希望你在宮中學得何爲爲君之道，不似在外面那般任性胡來，惹得風言風語，傳出也不甚好聽。第三，雲霓古國以武技傳國，朕想讓你進入帝皇神殿，開啓心智，修練武道。」

影子看了聖摩特五世一眼，沒想到這個看似肥胖發福的老人，肚子裡裝的不僅僅是油水，考慮問題竟也如此深刻周全。

雅菲爾皇后喜道：「還不快謝過父皇恩典？」

影子第三次跪謝聖摩特五世，心想：照此下來，自己豈不很快就會成爲雲霓古國的皇帝？思及此處，他像是在做夢，也顯得荒唐，但似乎又是即將實現的現實，心中竟有種不知所措的感覺。

影子所住之處乃後宮的怡寧苑，兩邊前後皆是後宮嬪妃的別苑，影子覺得自己真有了一種置身花叢之感，他實在想不明白，那個所謂的「父皇」爲何會將他置身於此處，難道是爲了考驗他的「色心」？

影子一聲訕笑。

「你笑什麼？」羅霞抱了一堆書走了進來，看著影子兀自一人，傻傻發笑的樣子，不由詫異地問道，然後將那一堆書放在了桌子上。

影子從床上起來，走近前來，抱著羅霞的腰道：「我是笑有了你這樣的侍衛長兼老婆，那我下半輩子就可以不用操心了，一切都有你代我準備好，睡在床上成一個大肥豬就夠了。」

羅霞似乎已習慣了影子的舉動，也伸手攬著他的腰，道：「那敢情很好，當你成了大肥豬，我就免費將你送給哪個屠夫，把你斬了當肉賣。」

「你敢！」影子嘻笑著道。

「你看我敢不敢？」羅霞也笑道。

影子伸出一隻手作張牙舞爪狀，道：「你再嘴硬，我這大肥豬就把你給吃掉。」

「那我就在大肥豬的肚子裡大鬧天庭，要你痛不欲生！」

影子突覺鼻頭酸酸的，有一種特別感動的感覺，便將羅霞緊緊地摟在了懷裡，緊貼著自己的身體，深情地道：「你知道嗎？我第一次見到你就有一種很熟悉的感覺，你讓我想起了一個女人，一個對我很重要的女人，有時我甚至把你當成了她。」

羅霞詫異地道：「殿下，你說什麼？我怎麼聽不明白？」

影子道：「你不要說話，你聽我說。其實我並非什麼雲霓古國的大皇子殿下，我來自另一個世界，是一個魔法水晶球讓我來到了這裡，我來此是爲了找一個女人，她叫影，與我一樣來自另一個世界，可在一年前，她突然憑空消失了，不知怎麼回事來到了幻魔空間，我也不明所以地來到了這裡。」

羅霞輕輕推開影子的身子，一臉惶惑地看著他，彷彿不相信這話出自眼前這個男人之口。

影子於是將自己的情況一五一十地講給羅霞聽，連他自己都不明白他突然間有將這些講給羅霞聽的欲望。或許是他潛意識中將羅霞當成了影，不願意騙她，或許是這些天充當另一個人讓他感到厭倦，或許是那即將成爲雲霓古國皇帝的這一事實讓他感到無法承擔的責任……這一切都違背了他的想法，他的原則，他來到這裡只是爲了找到影，而事情則往不可預測的方向發展。又或許，長時間承擔在心裡的情感需要找一個人分擔。

半晌過後，羅霞仍怔怔地看著影子，眼睛一動不動，也沒有說話，她懷疑這個男人是在與自己開玩笑，可在他的眼裡，她絲毫沒有找到可以憑藉的依據。

他是在說真的？他是在說真的！

羅霞心裡有些迷茫，有些失措，她似乎感到了一種不可承受的壓力逼向自己。

影子從羅霞的腰間掏出那個史努比，對著羅霞道：「它叫史努比，是依一種叫做漫畫的書裡的卡通小狗做成的，在你們這裡沒有這種東西，是我送給影的。」

「你爲什麼要告訴我這些？」羅霞一臉正色地問著影子道。

影子搖了搖頭，道：「我也不知道，但我心裡有一個聲音叫我將一切告訴你。」

羅霞不語。

又是半晌過後，羅霞將影子摟在自己腰間的手分開，指著桌上的那些書道：「殿下，你要的書我已經給你找來了，對你瞭解幻魔空間會有所幫助。」說完便走了出去。

影子望著羅霞消失的背影，他知道她需要時間接受。

影子從房間裡走了出來，這是一個月圓之夜，潔白的月色就像一個女人冷漠的臉孔。

影子置身於冷漠的面孔之下就有了一種身在雪地裡的感覺，四周的冷氣在入侵自己的身體。但這似乎不是全部，在他心裡某一個未曾被開啓的角落裡，有一種莫名的力量在滋長，躍躍欲試地想主宰他的身體、他的思緒，當影子努力想抓住它的時候，它又倏地消失不見了。

影子感到很奇怪，在以往殺人的時候，他也感到體內有一種力量的存在，但那種感覺很模糊，而現在卻清晰得多，彷彿是另一個潛藏的自己，熟悉而又陌生，被漫長的一段不可逾越的距離所阻隔著……

正當影子思忖間，突然他感到了有什麼東西在向自己逼近，接著身子一震，好像有一個無形的東西侵入了他的身體。

他的思維很清晰，但他的手和腳似乎不受控制，一種力量在支配著他的手和腳，向前大跨步移動著，他想要停止，但手腳與大腦相連繫的神經彷彿被切斷。

莫名的力量推著他沿著長長的迴廊向另一座別苑方向走去，那裡住的是聖摩特五世的皇妃迪芙兒。

影子驚駭萬分，他搞不清楚到底是怎麼回事，怎會出現此等不可思議的事情。

「難道是鬼纏身？」

影子大腦飛速運轉，驚駭不已的同時，他的雙腳已經走到了迴廊盡頭，穿過一扇月牙門，來到了迪芙兒皇妃的別苑，並且疾步向皇妃所住的房間走去。

這時，一隊巡夜的皇宮禁衛剛好出現在影子的面前。

一名禁衛頭領看到疾步而走的影子，上前道：「殿下，這麼晚來此不知有何事？」

影子想說話，但他的喉嚨像被一隻無形的手掐住一般，發不出半點聲音。

而他的身子卻突然以閃電般的速度出動，在禁衛頭領毫無防備的情況下掐住對方的脖子，那禁衛頭領尚未來得及發出半點聲音，只聽「咔嚓」一聲，脖子已被強行扭斷。

眾禁衛見狀驚駭不已，腰間佩劍齊齊拔出，嚴陣以待。

「咔嚓……」聲音在空寂的夜空下迴盪。

一陣夜風吹過，九名站著的軀體頹然倒地。

影子心生寒意，他不知道接下來失控的自己會做什麼。

「砰……」門被踢開了，是迪芙兒皇妃的房門。影子逕自走了進去，走向迪芙兒所睡的床上。

受驚嚇而醒的迪芙兒驚恐地看著闖進來的大皇子，用被子掩住自己的胸部，露出粉嫩的手臂，顫抖著道：「殿下，你……你想幹什麼？」

影子欲辯無言，因爲連他自己都不知道自己想要幹什麼，但他卻聽到自己的聲音道：「深夜來此，當然是要與皇妃歡好囉。」

迪芙兒雖然素知古斯特大皇子是個好色之徒，卻沒有想到他竟如此大膽，竟然敢打父皇愛妃的主意，如此色膽包天之徒，真是人間少有。她顫聲道：「殿下可知這樣做的後果是什麼？陛下必定會將殿下斬首示眾，受天下之人所唾棄！」

影子恨不得咬舌自盡，如果真的將迪芙兒玷污的話，雖然不是出於自己的意願，到時恐怕跳進黃河也洗不清。但他的聲音卻無恥地道：「有美人相伴，何須管那麼多？不是有『牡丹花下死，做鬼也風流』之言嗎？我想若是真的發生了這種事，皇妃也不會笨到將這件事告訴父皇，讓自己下半輩子在冷宮度過。」說著，在迪芙兒皇妃猝不及防之下掀開了她的被子，潔白如玉、滑若羊脂的肌膚上只是輕裹著紅色的肚兜和褻褲，高低有度，凹凸有致的身材充滿著魔鬼般的誘惑。

迪芙兒身子蜷縮成一團，用手護住自己高聳的酥胸，退居到床的一個角落，央求著道：「殿下，不要，千萬不可……」

影子盡力地想要用自己的思維控制自己的手腳，但他卻相反地發現自己如餓狼一樣撲向了迪芙兒皇妃。

就在他閉上眼睛不敢看即將發生的一切時，他聽到了羅霞熟悉的聲音。

「殿下！」

驚呼中的羅霞飛身出手制止影子的撲勢。

就在羅霞的手抓到影子臂膀的同時，她感到一股沈重如山的壓力迫向自己的胸前。

羅霞連忙飛身後退，但她的反應還是慢了一點，一隻腳已經踢在了她的酥胸上。

羅霞連連倒退了十大步才穩住身形，陣陣疼痛透過酥胸傳遍全身，若非她反應快，禦去了一大部分力道，只怕要身受重創。

「好快的速度！好重的力道！」羅霞心中驚歎道。

「反應還挺快。」影子轉過身來，面對羅霞冷笑著道。

羅霞長劍指向影子，厲聲道：「你到底是誰？」因爲她發覺，如此大的力道和如此快的反應速度，絕不是以前的大皇子古斯特和現在的影子所應該有的。

影子聽到自己的聲音冷喝道：「大膽奴才，見了本殿下，竟然還敢如此放肆！」

如果說剛才羅霞還不敢肯定自己的判斷的話，現在她就對自己深信不疑了。她不屑地一笑，道：「如此把戲竟然敢來騙我，你當我是混飯吃的？何方妖孽，還不快點從殿下身上離開！」

影子也冷冷一笑，道：「你的眼睛倒挺厲害的，有本事你就將我趕出來啊？」

「如此雕蟲小技，你以爲我不能奈你何？」羅霞冷聲道。

「光說不練有什麼用？有本事就將我這大逆不道、褻瀆皇妃的太子殺死呀！」

羅霞心中一怔，對方明明是想用殿下的身體作掩護，如此一來，自己便有所顧忌，不能放開手腳施為。但羅霞並沒有將心裡的顧忌寫在臉上，她道：「你以為拿殿下的身體作擋箭牌，我就不敢拿你怎樣?那你就真的小看我了！」

說話中，羅霞手中的劍動了，不！劍沒有動，動的是劍鞘，她要在對方心神尚未完全集中時，打亂對方的陣腳。

劍鞘快若驚鴻，讓靜止不動的空間充滿了生機，就像虛空突然出現一道裂縫，而洶湧的勁氣從裂縫裡面四溢狂湧。

控制影子的力量沒有動，他很悠然，因為他根本沒有必要動，身體不是他的，就算是再厲害的外在攻勢，受傷害的也不會是他，況且，他相信羅霞不會傷害這具軀體。

他的判斷完全正確，羅霞確實不會傷害影子的身體，但他卻忽視了一點，那就是羅霞的實力，能成為大魔劍師的人絕對不是一個平凡的人，何況是一個女人?

劍鞘快若驚鴻地擊在影子身上，影子沒有感到痛，但他感到一道細線般的力量侵入了自己的身體。劍鞘正是由一道細線般的力量所帶動，那一線力量進入影子體內就爆發開了，像狂起的一道強勁的旋風，無形地在他肌理內滲透，似清除著什麼。

控制影子的力量讓影子臉色大變，他吐出了三個字：「風元素！」

第六章　魔士之劍

是的，羅霞修練的是風系魔法，任何邪異在風元素的清除下將無處存身。

但那一股風系元素似乎不夠強大，無法清除影子體內的潛在力量。

所以在劍鞘飛出之後，羅霞的劍也動了，一道厲風激射而出，繼而幻化成一個巨大的風球，向影子籠罩而去。

既然搶得先機，羅霞就不會再給對方機會。

那控制影子的力量終於意識到羅霞的厲害了，在對抗過風元素的入侵後，他不得不動。

「呼……」影子的身子突地在原地旋成一陣風，猶如一個陀螺般轉動起來，他的速度很快，在羅霞風元素形成的風球將他籠罩之前，他已經形成了另一個與之抗衡的風球。

風元素無法入侵，卻已被旋動著的風球給拋向了一邊，無形消失。

而一隻手從旋動著的風球中閃電般探出，將一丈間的距離在眨眼不到的時間內演化爲零。

他的速度無疑是快的，快得連眼睛都無法分辨，就算羅霞也沒有料到他的速度可以快到如此地步。

所以那隻手成功地接觸到了他的目標——羅霞的脖子，他要像擊殺那些禁衛一樣，扭斷她的脖子。

但那隻手尚未來得及使力，一隻腳已經重重地踢在了影子的腹部。

他的速度快，羅霞的速度也不慢，況且羅霞預先已經洞悉到了他的攻勢，所以在他的手停滯的一瞬間，腳已經搶得了百分之一秒的先機。

強大的力道將影子的身體踢飛，重重地撞在了床沿上，床沿立時被撞斷。

蜷縮一角的迪芙兒皇妃發出一聲尖叫。

這一腳實實在在地傷了影子，但對那控制影子的力量卻無半分傷害。

影子感到周身疼痛，但他連叫出口的機會都沒有，身形便彈射著飛沖攻上，務求在羅霞的風系魔法攻上之前將羅霞擊殺。

他所擁有的最大優勢是速度，他要用速度來扼制羅霞的所有進攻。

羅霞也無疑認識到了對方速度的可怕，剛才若非早已洞悉他的攻勢，此刻只怕已脖斷而亡，但她也似乎捕捉到了對方的弱點。是以，在面對對方迅若疾雷的進攻時，她沒有動，甚至面帶笑意，像一個驕傲的女神。

影子不解，那控制他的力量似乎也沒有多想，速度毫無停滯。

手，又是手，還有脖子，羅霞的脖子，似乎這股潛藏在影子體內的力量只對脖子感興趣。

但這次手與脖子的交接方位不是在羅霞的正面，而換成了背後，誰也不會傻到再犯同樣的錯誤。

這種自作聰明式的改變似乎是一個極大的錯誤，他雖然有足夠快的速度優勢，但羅霞卻有足夠的智慧，可以洞悉對手的進攻先機。除此之外，無論速度無論如何快捷，當速度轉化為力量時，必定有個剎那間的轉化停滯時間，剛才羅霞已經把握過一次，更不會錯過第二次。

所以，那控制影子的潛藏力量第二次進攻的結果，打一開始就注定失敗。

羅霞的風元素在對方將速度轉化為力量的一剎那，透過影子的手進入了他的體內，那是她劍上的風元素貼著她的肌膚準確射出的結果。

強大的風元素在影子體內刮起風暴，清理著影子的每一寸肌理經脈。

最後所有的風元素竟然彙聚於氣海穴，那是控制影子的力量所在。

「啊……」影子一聲慘叫，他的身形飛了起來，急速向前飛撲。

這時，從影子的氣海穴處竄出一股無形的氣束，早有準備的羅霞以強大的風元素魔法攻向那無形的氣束，欲使這邪異的控制力量元神俱毀，永不得超生。

可在門口突然出現的聖摩特五世及一干人等，讓羅霞的強大攻勢不得不強行收回。

而與此同時，羅霞的身後傳來迪芙兒皇妃的一聲驚叫，影子壓在了她的身上。

在聖摩特五世的盛怒之下，影子被打進了天牢，罪名是「企圖褻瀆皇妃，有傷國體」，與他一起連帶受罪的還有羅霞。

雖然羅霞極力辯解，但盛怒之下的聖摩特五世根本就不給她說話的機會，只是不停地安慰著啼哭的迪芙兒皇妃。

影子則是一句話都沒有說，他知道當時說任何話都沒有用，況且他根本就不想辯解什麼。

天牢內，影子躺在床上，羅霞坐在床邊，兩人都沒有說話。

空寂的牢房內響著兩人若有若無的呼吸聲。

「到底是誰請來了妖異族之人加害殿下呢？」羅霞終於將心中的疑問說了出來，因爲她知道妖異一族一直都住在人跡罕至的原始森林裡面，與世隔絕，怎麼會突然出現在繁華的雲霓古國呢？只有他們才會這種詭異的附身術。

羅霞想到可能是三皇子，但似乎又不太可能，因爲如果上次是三皇子害得大皇子神秘失蹤的話，他沒有可能如此快就再度下手，除非有了萬全之策，可以徹底地將大皇子擊垮，這次顯然不是很成功的一次行動。

「不要想那麼多，該出現的自然會出現，不該讓你知道的，想也是白想。」影子躺在床上閉著眼睛道，樣子很悠然，彷彿無事一般。

「哼……」羅霞冷哼一聲，道：「到你該知道的時候也是你該死的時候，到那時知道了有什麼用？」

「就算你想清楚了誰是幕後主使，又有什麼用？目前什麼證據都沒有，又怎能奈他何？」

「至少我們可以提前做好準備，提防著他。」

「可現在我們身在天牢，你怎麼提防他？還不如好好地睡一覺，養養精神。」

「這難道是你們那個空間最好的殺手對待事情的態度？」羅霞語含諷刺地道。

「作爲最好的職業殺手，最鬆弛的狀態也是最佳的戒備狀態，因爲只有精神最鬆弛的時候，才能夠把握周遭的一切變化。」

「那我倒不明白，既然如你所說，你又怎會被人控制身體？」羅霞不屑地反問道。

「我可以告訴你的是，雖然我已感應到了異樣，捕捉到了它的存在，但以我的力量根本就無法抗拒，所以也就只好被它控制了。」

羅霞不置可否地看著他，半天不語。

雖然影子閉著眼睛，但他仍可感到羅霞以犀利的目光審視著自己。他不喜歡這個女人用這種眼光看著自己，更何況是一個如此漂亮的女人？於是他道：「你想不想知道作爲一個職業殺手，最重要的一點是什麼？」

羅霞似乎被影子的話所吸引，情不自禁地道：「是什麼？」

「你把耳朵放低一點，我就告訴你。」

羅霞沒有多作考慮便將耳朵低了下去，可這時，她發現自己上當了。

影子突然將羅霞抱住，就勢一滾，將羅霞壓在了身下。

羅霞先是一驚，但很快便平靜了下來，她甚至在心裡渴望影子對她這樣，特別是影子將自己的真實身分告訴她之後，她感覺自己已與影子連成了一體。雖然在她剛聽到這件事的時候，心裡有些不能接受，甚至有些生氣，可她最終發現自己生氣的原因卻是那個叫做影的女人在影子心中的重要地位，那時她就發現自己的心已經不再完全屬於自己了。

影子撥弄著羅霞的小瓊鼻道：「你知道嗎？我最討厭女人對我狠狠的，特別是漂亮的女人，這種女人我要麼是殺了她，要麼便讓她成爲我的女人，你作個選擇吧。」

「那你就殺了我吧。」羅霞故意道。

影子邪邪一笑，道：「可我要你成爲我的女人！」說畢，大嘴印上了羅霞的濕潤小口。

而這時，隨著羅霞的玉指輕彈，一個結界將天牢內的兩人與外界隔絕，無法視聽。

「不要臉！」

激情過後，正當羅霞開口欲說話時，艾娜突然出現在兩人面前，並將羅霞製造的結界破除。兩人赤裸的身軀毫無遮攔地暴露在艾娜的眼前。

在艾娜氣忿的目光下，兩人無比尷尬地將衣服穿上，影子望著艾娜道：「你……你怎麼會到這裡？」

艾娜不理會影子，眼睛恨恨地盯著羅霞，道：「平時看你一派貞潔烈婦的樣子，沒想到背地裡也是一個不要臉的女人！」

羅霞很氣惱艾娜的突然出現，針鋒相對地道：「你也好不到哪裡去！」

「我起碼不會像你一樣，表面一套，背後又一套，那麼陰險！」艾娜毫不相讓地道。

「看來你的放蕩無恥不知什麼時候成了一種美德。」

「那不叫放蕩無恥，那叫做敢愛敢恨！你看我對其他的男人什麼時候這樣過？」

「除了大皇子殿下，還有誰喜歡你這放蕩的無恥之人？你想對其他人這樣，其他人也不一定要！」

「你……」艾娜氣得滿臉通紅，說不出話來。

「好了，你們不要再吵了。」影子出口喝止道。

「都是你不好，人家要你的時候你不肯，卻對迪芙兒皇妃無禮，還與這個無恥的女人勾搭在一起。」艾娜無處發洩的氣憤，一股腦兒全發洩在影子的身上。

影子一時無話可說，只得乾瞪眼看著艾娜，他不知如何與這直爽任性的艾娜進行溝通，只得道：「你到底是怎麼進入這天牢的？」

「還不都是爲了你！」艾娜說著，委屈的眼淚從美目流了下來。

「爲了我？」影子心一軟，他最見不得女人流眼淚。

「人家跑到大皇子府去找你，府裡的人說你進了宮，在後宮找你卻聽人說你對迪芙兒皇妃無禮而被打入了天牢，我滿懷擔憂地來天牢找你，卻發現你與這無恥的女人睡在一起，仿若無事一般！」艾娜不斷地抽泣著道。

影子從艾娜的言語中感到了她對自己的關心，心中不由得升起了一絲暖意，他還從未體驗到一個女人如此直接爽直的關心，動情地道：「謝謝你，艾娜。」

「你到現在才知道謝人家，以往你沒有感到我對你的關心嗎？昨晚還對我那麼凶。」艾娜得到影子的關心，萬般委屈的心情略爲好轉。

「昨晚是我不好，我向你說聲對不起。」影子由衷地道。

艾娜「噗哧」一聲破涕爲笑，道：「其實人家沒有怪你，你現在這個樣子倒讓人家有些不習慣。」

影子一時有些愣然，他沒想到艾娜的性情轉變竟如此之快，剛才還在啜泣，現在就笑了。

艾娜雙手掛在影子的脖子上，兩條玉腿如蛇般纏住影子的腰部，突然在影子的嘴唇上重重地咬了一口，嬌嗔道：「告訴我，你怎麼會去碰迪芙兒皇妃那個老女人，難道我不比她更有吸引力嗎？」

第七章　暗雲劍派

影子無奈地摸著被艾娜咬了一口的嘴唇，不知今天是怎樣一個倒楣的日子。

艾娜看著影子的樣子，又在影子被咬的嘴唇上親了一口，嘻嘻一笑，道：「怎麼了，是不是咬痛了？」

羅霞有些醋意地對艾娜道：「你不能站著好好地說話嗎？」

艾娜示威性地看了羅霞一眼，道：「不服氣啊，本小姐就喜歡這樣！」

影子怕兩人又繼續吵下去，連忙制止道：「你們兩人不要吵了好不好？」

兩個女人愣愣地看著影子，頓時閉口不言。

片刻，艾娜興奮地道：「殿下這威嚴的樣子我好喜歡，比以前更讓我心動，我這輩子跟定你了！」說完，又在影子的臉上親了一口。

影子心中好笑，卻繼續威嚴地道：「我最討厭女人在我面前吵吵鬧鬧，如果你們下次再這樣，休怪我不理你們。」

「我下次一定聽你的話，不與這個女人吵了。」艾娜看了羅霞一眼，半嘻鬧著道。

「那你現在從我身上離開，站好，不要一副沒規矩的樣子。」影子的語氣不給艾娜任何再嘻鬧下去的機會。

艾娜又仔細地確認了影子的表情，心不甘、情不願地應了一聲：「哦。」並將雙腳雙手從影子身上離開，乖乖地在一旁站好。

羅霞雖然知道影子的樣子是做出來的，但她亦發現在影子做出威嚴樣子的同時，確實讓人有一種臣服之感。

「好了，這裡不是什麼好地方，你待在這裡給別人看見了不好，快些離開吧。」影子又對著艾娜道。

「我制住了他們，他們不會知道的。」艾娜解釋道。

「時間久了，還是會給巡邏的人發現的。」影子說道，心裡這才明白，爲何自己等人在這裡吵了半天竟沒有一個人到來。

「那殿下在這裡怎麼辦？我這次來就是要帶你一起出去的。」艾娜關切地問道。

「我怎麼能夠出去？我要是跟你出去，事情就更說不清楚了，整個雲霓古國之人都會認爲古斯特殿下玷污了迪芙兒皇妃，畏罪潛逃。」

「難道你沒有蓄意玷污迪芙兒皇妃？」艾娜睜大眼睛，有些意外地反問道。

影子心中不由得一陣苦笑，連艾娜都相信自己會做出玷污迪芙兒皇妃的事，看來「自己」

色膽確實已經包天了。

羅霞見艾娜的樣子，於是將發生的事情一五一十地講給艾娜聽了。

艾娜似乎若有所悟道：「原來如此。」接著歡喜地道：「殿下放心，我一定會想辦法將你救出去的，還你清白！」

在影子不經意間，艾娜的嘴又在他臉上占了一回「便宜」，嘻嘻笑聲猶在，人卻消失不見。

在雲霓古國，你可以不知道聖摩特五世陛下，但是千萬不能不知道法詩藺，這個被譽為雲霓古國第一的女人不單單是因為其美貌，還有其不可親近的性格。

誰都知道在雲霓古國一直有兩個人在追求法詩藺，一個是以好色著稱的大皇子古斯特殿下，另一個是三皇子莫西多，而法詩藺對兩人都採取不慍不火、不理不睬的態度，在她心中似乎對於成為權傾天下的國母絲毫不感興趣，因此許多人認為法詩藺是一個討厭權術、追求平靜、安寧、自我生活的人，這給了許多江湖遊俠、翩翩公子一些希望，其他的王孫貴族有的揚言只要法詩藺答應嫁給他，甚至願意放棄目前所擁有的一切，但到目前為止，還沒有一個人真正贏得法詩藺的芳心。於是有人猜測，在法詩藺的心中已經有了人選，但這僅僅只是猜測而已，因為誰也沒有見到這個所謂的人選的存在。

從暗雲劍派出來，沿著長長的羅浮大街，經過皇宮門前，出了西城門，這對於法詩藺來說，是每天的必修課。在每天傍晚，她喜歡脫離喧囂的城內生活，到城外去尋找喧囂之外的靜謐，這是她多年來一直保持的生活規律。

黃昏，血紅的夕陽灑在青綠的樹葉上，有一種黯淡的美在她心底靜靜流淌，法詩藺很喜歡這種即將離去的沈澱的感覺，這會讓她有一種來自心底的踏實，她可以自由地徘徊在自我的世界，脫離於世。

晚風輕拂著她秀麗的俏臉，渾身有一種完全放鬆的愜意，彷彿人與晚風融合成了一體。

穿過樹林，沿著山間小路，法詩藺向山頂攀去。

這是一座石頭山，不是很高，山上樹木極爲稀少，只是在石縫間偶爾有之。

石頭山上有一座神廟，很破舊，平常根本渺無人跡，也就無甚香火。

神廟是用石頭砌成，據說已經有了上千年的歷史，雖然經歷無數風雨，卻依然孤單地佇立於山頂，面向著遙遠的方向，彷彿在等待著什麼人的到來。

神廟沒有名字，裡面供奉的也不知是何方神聖，不知是歲月的侵蝕，還是人爲的原因，那神像已經斑駁得再無法辨其形貌，只是徒見輪廓而已。

不知是何原因，自從法詩藺一年前來到這座不知名的神廟，見到不知其形的神像之後，她就喜歡上了這裡，連她自己都不知道是出自於何種情愫，只是很莫名地便喜歡上了這裡。

令法詩蘭感到很奇怪的是這神廟中還有一個人，似乎有了這座神廟之後，他就一直在這裡，不曾離開過。

從一年前到現在，法詩蘭沒有與他說過一句話，每次她來到這裡，都只看到他穿著素黑的衣服，面對神像盤膝而坐，一動不動。

而令法詩蘭自己都感到不可思議的是，她認爲這一切都是理所當然的，從來沒有試圖去瞭解他。若是破壞了這種氛圍，反而會讓她感到不正常。

此時，法詩蘭看了看那已斑駁至無形貌的神像，與那人並排，一起盤膝而坐。這是一年以來，她首次比較大的舉動，以往，她只是靜靜地待半個時辰就走，而今天，她卻想從這人的角度看看這形貌消失的神像。

她閉上了眼睛，讓心神歸於平靜，心中勾勒著神像的形貌。

半晌，除了斑駁的輪廓和虛無之外，她的心中沒有任何一點具體的形象。法詩蘭心想：「只有心中有神之人才能勾勒出神的形象，自己心中無神，縱然保持一樣的角度，也不能勾勒出別人心目中『神』的形象的。」法詩蘭爲自己愚蠢的行爲感到好笑，但轉而，她又想：「能否勾勒出自己心目中神的形象？」雖然她心中從未有過任何神的形象。

她首先勾勒出的是一座直插雲霄的高峰，雲海飄浮，縈繞其間。一人穿著黑色斗篷，長髮垂肩，半掩面部，孤傲地站於峰頂之上，雙眼睥睨眾生，俯瞰蒼茫大地，而深藏其後的還有著不可覺察的憂鬱，那是因爲某一個人，一個女人帶給他的。法詩藺又接著勾勒出他的面孔，一陣微風拂過，輕揚那遮住他面孔的黑色長髮，一張冷毅剛強的面容展現在她的面前。

法詩藺倏地睜開了眼睛，那張冷毅剛強的臉孔在那神像斑駁的頭部顯現，轉瞬即逝。

但法詩藺卻十分清晰地記得那張臉，那是屬於大皇子古斯特的臉容，雖然冷毅和剛強並不屬於古斯特，但臉容是確鑿無疑的。

「怎麼會是他？」法詩藺心中十分不解，這個令她討厭的好色之徒怎會是自己心目中神的形象？要說是自己喜歡他的緣故，那是不可能的，可爲何……

法詩藺心中一時竟有些惶恐和焦躁。

「你是不是看到了什麼？」一個平靜如水的聲音在法詩藺焦躁惶恐的心中響起。

法詩藺轉眼望向身旁之人，她看到了一張並不是她想像中般蒼老的臉，臉在平靜中充滿了生氣，儘管只是一個側面。法詩藺不敢肯定地道：「剛才是你在和我說話嗎？」

「是的，剛才是我在跟你說話。」那人平靜地道。

這一次，法詩藺清楚地看到了他側面的臉因說話而牽動的肌肉。她有些詫異，爲何他剛才說的話會在自己的心裡響起？雖然她知道有一種觀心術，可以洞悉別人的心機，「難道他剛才利用觀心術偷窺了自己的心？」

「你不用擔心，我並沒有偷窺你的心，是你的反應告訴了我，這裡只有你我兩人，你的任何細微變化都會被我捕捉到。」那人依然閉著眼睛，一動不動：「以你的心境，只有看到不可思議的事情才會有如此大的波動。」

「我相信你。」法詩藺脫口而出道，連她自己都不知道爲何會相信他，但這種相信似乎不需要任何理由。

「你更應該相信自己，無論你見到的是什麼，那都是真實的。神由心生，像由心形，無形相之於有形相，那是來自於心神之間的互爲感應。」那人無波無瀾地淡然道。

「你的意思是說，這殘破斑駁的神像就是我的心中所見？」法詩藺訝然道。

「這是你的心與神像所產生的感應使然，是靈心之間默然的契約。」

「不，這不可能，我所見之人根本不可能是這神像本來的面目，他是一個人，並存活在世界上，而且是一個我非常討厭的人！」法詩藺辯解道，如果那人所說的是事實，未免有些太不可思議了。

「是的，他已經出現了，所以我需要你的幫助。」那人眼睛突然睜開，轉向法詩藺，那深邃至虛無的目光讓法詩藺有一種深陷進去的感覺。「這目光不是自己一直期待出現的麼？」她的心猛然地跳動了一下，臉上不期然泛出一抹潮紅。

除了這深深吸引人的眼神外，這張臉平靜之中給人的是如火般的熱情，彷彿把法詩藺的心給點燃了。

這是她第一次看清這張臉，這張臉讓她有一種欲罷不能之感，對於棄天下男人如草芥的她來說，這種感覺是不可思議的，她終於低下了頭，雙手找不到可以放置的地方，道：「我有什麼可以幫助你的嗎？」

「我要你幫我殺了大皇子古斯特……」

法詩藺下了石頭山，往城內走去。她的腳步移動得很快，有一種歡欣的雀躍，臉上的笑意雖然極力壓抑，但是各種細微表情的組合，足以讓人看出這一點。

她今天認識了一個人，也記住了一個名字。

「漠。」她甜蜜地喊出了這個名字，一個給她無限遐思和憧憬的名字。

正當她徘徊在內心的甜蜜中，穿越過那片樹林時，她的腳步卻讓她停了下來，臉上的笑意漸漸凝固，變得無比冷峻。

殺機在她四周潛伏著。

法詩藺的鳳目輕輕閉上，將心弦調整至最佳狀態，然後又輕輕睜開，冷聲道：「既然來了，就無須藏頭縮尾！」

沒有聲音回答。

樹葉輕輕顫動，發出沙沙的響聲。

殺氣愈來愈重，一步步向法詩藺逼近。

法詩藺的心中有了一種前所未有的壓迫感，她集中心神卻無法發現敵人的所在。手中的劍緊緊握著，她知道自己遇上的是一群極爲厲害的對手。

夕陽的餘輝沈去，靜謐的樹林漸漸被濃重的黑暗所包圍，樹葉的沙沙響聲在黑暗中顯得十分突兀。

手，一隻手突然從地底竄出，抓住了法詩藺的腳。

法詩藺想也不想，劍已出鞘，往自己腳下疾砍而去。

鮮血四濺，手臂分離。

而在法詩藺的劍尚未回收時，凜冽的勁氣破空而至，那是一柄刀，與那隻手的配合達到完美的極致。

劍再出，那是另一柄劍，藏在法詩藺袖中的另一柄短劍。

劍反手刺出，貼著那柄刀的側面，瓦解了那柄刀的攻勢，同時刺中了對方，但法詩藺並沒有看到刺中之人，唯有從鋒刃上滾動的血珠證明劍確實刺中了對方。

樹林恢復一片死寂，只有幾片落葉在飛舞，殺氣也驟然收斂消失。

但法詩藺知道，對方並非真正的消失，只是剛才的貿然出手，讓他們更加警覺而已。

法詩藺並沒有因爲剛才的得手而慶幸，反而顯得更加沈重，剛才的得手確實有些僥倖的成分，若非對方沒有顧及到她袖中之劍，恐怕此刻已經死在對方的刀下了。而且潛藏在暗處的殺勢至少還有八處，也就是說，對方有十人之多，若非自己的兩次得手震懾了對方，十人的攻擊無論如何是阻擋不住的。

她想起了一個位於東方海島的神秘族派——隱殺鬼族，這是一個以暗殺聞名於幻魔大陸的一個族派，只要有人提供足夠的金錢，他們就能替其辦任何事。

法詩藺不明白何以他們會找上自己。

凝聚在劍刃上的最後一顆血珠落地粉碎，法詩藺的心陡然一緊。

而此時，天上地下，身體四周每一寸空間突然破裂而開。

弧光閃爍，寒風大作，如雪一般白亮的刀光充斥著法詩藺身體四周的每一寸空間，交織成密不透風的羅網，形同一個光球，將法詩藺重重包裹在內。

刀碎虛空！法詩藺所站之地被絞成一片粉碎，而法詩藺卻不見了，虛空中有著很重的血腥味，並且伴著塵土和碎葉有著絲絲飛舞的肉末。

法詩藺已經被絞爲碎末？

肉末、碎葉、塵土落定，在地下卻出現了一柄刀，一柄十分熟悉的刀。

以圓形站定的殺手一陣錯愕。

而就在這一陣錯愕之際，兩柄劍出現了，出現在這群隱殺鬼族之人最不願對方出現的地方

——他們的身邊。

劍光如寒夜的月芒，出現在眾殺手眼前。

劍氣蕩漾，似風般滲透進每一個角落，如水般傾瀉而至，如浮雲般虛無飄渺。

這是聞名於幻魔大陸暗雲劍派的劍！

「叮叮叮……」刀劍交鳴，九名殺手倏忽又消失。

死去的是那名被法詩藺以袖中之劍刺傷的殺手，雖然他很快隱身，但自他傷口處滴落的血背叛了他，法詩藺緊緊把握著他，當他再次出現時，法詩藺與他交換了一個位置。在刀光大盛之下，其他殺手的眼睛都被欺騙了。

而刀光這時再現，虛空之中似乎又彌漫著一片蒼茫的雪花，他們的人雖消失，但他們的刀卻並未消失，牢牢將法詩藺鎖定。

九柄彎刀如九個飛旋的彎月，從四面八方向她包抄過來，顯得格外燦爛，而且每柄彎刀所取的角度和方位都各不相同，但又互為依託，使之變得詭異難測。

法詩藺秀眉微蹙，以劍護身，幻成一片奪目的雲彩。

「叮叮……」借著彎刀的反擊之力，法詩藺脫離彎刀的重重包圍，向旁邊一棵樹上躍去，但並不能完全擋開這些以弧線軌跡飛行的利器，衣衫多處被彎刀碎裂，如飄舞的彩蝶。

「噓……噓……」彎刀似有靈性般迴旋飛至，交相輝映的銀芒，使得樹林一片蒼茫，而且難以置信的是可以避過樹木追殺法詩藺，似乎不殺死她，誓不罷休。

法詩藺的目光縮成一條直線，她已經僥倖地逃脫兩次必殺之勢，第三次的機會看來是愈來愈小了，而且他們採取的攻勢讓自己根本就無機可乘。

她不能再躲藏，她必須化被動爲主動，因爲她已經無路可退，必須出擊，這是她看來的第三次機會。

心動則行動！

法詩藺再度彈身而起，她所棲身的樹已經枝飛葉散，滿天滿眼盡是氾濫的綠影，還有銀色的光潤，整棵樹被九柄彎刀毀成只剩粗大的樹幹，片葉不留。

此時，居高而下的法詩藺在一剎那間發現了九名隱殺鬼族的行蹤，靈動變化的彎刀便是他們借助環境以眼睛不可察的身法竄行，互相擢動。

第八章　隱殺鬼族

半空中的法詩藺一聲嬌叱，兩劍齊出。

漫天幻影齊斷樹枝、樹葉，並且摧動樹枝樹葉，如萬千利劍，組成龐大的黑雲向地面疾壓而下。

天地昏暗，暗黑無光。

九名殺手收回彎刀，卻發現找不到法詩藺的所在，眼前只是一片黑暗，勁氣逼身，連法詩藺的劍也無法找到。

他們以隱殺聞名於世，卻無法找到對手的真正殺勢所在，這不能不說是一件極爲痛苦之事。

刀持手中已擊出些許。

電光石火之間，他們的刀還是揮了出去，沒有人會坐以待斃，就算是死，也必須作出掙扎，況且生與死尚未可知。

「轟……」一聲巨爆，劍氣刀光猶如怒潮般四散射湧而出，方圓兩丈內的樹木花草化爲齏粉。

天空之中，揚起無法揮去的塵土木屑，每一寸空間都變得囂亂無比。

而混沌之中突然射出兩道耀眼的冷芒，這才是法詩藺的真正殺招。

九名殺手的心神剛被以飛葉化成的劍雲吸引，此時心神略爲一鬆，還未來得及有所反應，劍飛速地刺進了他們的身體。

若單以個人實力而論，法詩藺根本無法勝過十名殺手的合擊，所幸利用戰術終於將他們全部擊殺。她深深地吁出了一口氣，香汗淋漓，刺進第九名殺手體內的劍已經累得無法拔出，剛才殺勢確實耗盡了她大部分的心神力氣。

「嗤……」一聲輕微的聲音傳入法詩藺的耳中，她的心陡地警覺，左手的劍用剩下的一點力氣第一時間往背後刺出。

而劍半刺在虛空中卻一動不動，法詩藺的身子也一動不動，她被人給制住了。而在此刻她看到了一個飄來的幻影。

幻影飄然落地，是一個人，身著黑衣之人。

「漠。」法詩藺高興地發現來人正是無名神廟之人，她看到了那張臉。

漠並沒有把目光投向法詩藺，他看向了法詩藺的背後。

在法詩藺背後站著的是一個面相顯得陰邪的男人，他似笑非笑地道：「你最好不要管我們的事。」

「她是我的朋友。」漠平靜地道。

「什麼朋友？你只不過是想利用她而已。」那人冷笑著道：「說穿了，你我的最終目的都是一樣。」

「我和你們並不一樣，我有我的原則，你們最好不要插手此事。」

「如此一來，你便可以一人獨得天脈，統一魔族，你的如意算盤未免打得太響了。」那人毫不買賬地道。

法詩藺沒料到漠認識要殺自己之人，聽兩人對話正聽得出奇，神智突然一下模糊，昏了過去。

那人又嘿嘿笑道：「看來，你是不想我當她的面揭露你的身分，但是你身爲魔族黑魔宗黑翼魔使的身分，無論如何都不可能改變的，瞞得了一時，瞞不了一世！」

「無風，你們暗魔宗與我向來井水不犯河水，我不想因此事傷了彼此間的和氣，有違當初我們訂下的協定。」

「既然如此，那你最好把她讓給我，這樣一來就不會有傷和氣了。」被稱作無風的人陰邪地笑著道。

「看來你並沒有說下去的意思。」漠仍然平靜地道。

「你我本來就沒有什麼好說的，很明顯人只有一個，而你我都想要，費再多的口舌也是徒勞無益。」無風道。

漠將目光從無風臉上轉到暈迷過去的法詩藺身上，淡淡地道：「我不想作無謂的比試。」

「早聞黑魔宗的黑翼魔使是一個極度傲慢之人，今日果真讓我見識到了你傲慢的一面，我無風倒要見識一下你的傲慢是否能與你的實力畫上等號。這世界實在是太多金玉其外、敗絮其中之輩了。」無風輕蔑地看著漠道。

漠的表情依然故我，毫不爲無風的言語所動，搖了搖頭道：「爲何這世界許多事情都非要動拳腳解決不可呢？千百年來總是這樣。」

「因爲那是一個人實力的象徵。」

無聲的風潛伏而行，四周的樹葉沙沙之聲又起，地面的落葉緩緩翻動著身子，破碎的月色零落地灑在了地上翻動的葉面上，反射出銀綠的瑩光。

無風身上散發出的氣機似水般緩緩流動，漸漸彌漫充斥著周圍二丈空間，眼睛犀利如箭般鎖定漠臉上的表情。

空氣緩緩變得沈重，令人有種無法釋懷的感覺。

漠，眼神低垂，眼中有一種無奈，更有一種蔑視，然後輕輕合上。他的心緒如同老僧禪定般，毫無波瀾，臉上的表情在一縷月色的映照下，淡然而平靜，無視無風瘋狂提升的氣機，彷佛根本沒有感到無風氣機的逼迫和侵進，唯有他的髮梢因殺機的侵進而拂動，有著一種飄然的優雅。

無風陰陰地一笑，道：「故作鎮定！」

於是，他動了，不！是空氣動了。

空氣發出刺耳的銳嘯，虛空中便出現了一柄利劍。

不知何時，樹上墜下了一片綠葉。葉隨風動，飄忽起伏不定，不斷轉換的葉面因殘破的月光，時而反射出有些刺目的光芒。

突然，爆動的空氣將綠葉捲入其中，捲入利劍之中。

強烈的綠芒一閃，無風感到眼睛一陣刺痛，那柄化空氣而成的利劍在漠的眉心一寸處頓時土崩瓦解，無風突然移動的身子驟然停了下來，呆呆地站在漠的面前一動不動，漠立於原地，似乎根本沒有移動過。

而此時，無風的髮髻突然散開，一縷斷髮在他的眼前零落飄散，那是他的斷髮，他想起了那片綠葉。

漠睜開了眼睛，繞過在面前站立的無風，將法詩藺抱起，踏著落葉斷枝而去。

腳步聲漸漸走遠，無風收手在脖頸處摸了一下，滿手都是血。

「怎麼回事，一年前，他還與我不相上下，一年後，卻怎地有如此的提升？」

如做夢般，無風有些不敢相信眼前這個事實，但又似乎無法不相信。

影子看到了影，影在對著他微笑，笑容是如此地親切和溫馨。

「影！」他興奮地喊了一聲，連忙跑上前去，將影緊緊地抱在懷裡，用臉貼著她的臉，聞著熟悉的幽幽體香，對著她的耳朵激動地道：「你知道我有多麼想你嗎？」

「我知道。」

「那你這一年到哪裡去了？」

「我一直在等你。」

「在等我？」影子離開影的臉，看著她的眼睛，面露疑惑之色。

「是的，我在等你。」影面帶笑意，無限親切地道。

影子正欲問明原因，突然感到心一陣冷，有種被堅硬冰冷的東西刺進的感覺。

他低頭一看，是一柄匕首，匕首的一端正握在影的手上。匕首直沒入柄，一股鮮血正沿著刺破的傷口流下。

影子驚駭萬分地看著影，道：「你……你這是幹什麼？」

影臉上親切溫馨的笑意驟然一斂，隨即顯現出的是兇殘的笑容，惡狠狠地道：「我在等著殺你！」

「殺我？你爲什麼要殺我？」

影只是笑，沒有回答。

影子看到那笑在漸漸擴大，漸漸變得猙獰，轉而化成一個血盆大口，一口將影子吞了進去。

影子驚叫一聲，從床上跳了起來，出了一身冷汗，原來是南柯一夢。

「怎麼回事？怎麼會這樣？」影子的心在急速跳動，他不明白爲何會做這樣的夢。心跳漸漸平復，他往自己的心臟所在部位摸去，卻發現心臟隱約有著陣痛。

「做惡夢了？」羅霞望著影子問道。

影子有些沈重地點了點頭。

羅霞有些不屑地道：「做了惡夢也不至於這樣啊？」

影子沒有吭聲，他回想著夢中發生的一幕幕。雖然他知道這只是一個夢，但不知爲何，他卻感到無法釋懷。

影子對夢這種潛意識狀態發生的事情有著研究，對於一個殺手，來自於虛幻感覺信號的傳遞很重要，往往可以從中得知危險的潛在，這是他綜合東方關於夢有虛幻的闡釋、西方的弗洛伊德理論而得出的結果。

而如今在心情相對較爲輕鬆、較爲平靜時所做的這樣一個惡夢傳遞出的訊息，他不得不重視，但這無緒的夢傳遞出的訊息是什麼呢？影子卻一無所知。

影子不想讓羅霞擔心，於是燦爛地一笑道：「是不是被我剛才的樣子嚇壞了？」

「鬼才被你的樣子嚇壞，我早就知道你在捉弄我，誰沒有做過惡夢？」羅霞毫不在意地道。

兩人正說話間，艾娜又出現在兩人眼前。影子也不知她每次是怎樣進來的，但一想到她是魔法神院大執事的女兒，也就不足為奇了。

艾娜一進來就高興地道：「殿下這下不用擔心了，我爹已經答應向陛下求情，相信殿下很快就可以離開這個鬼地方。」

影子見艾娜如此高興，彷彿是她自己的事一般，不由得被感動了，真誠地道：「謝謝你，艾娜。」

艾娜卻嘟著嘴道：「這是殿下第二次說這五個字了，好沒有新意。」

影子也記得上次對艾娜說過同樣的話，於是笑著道：「艾娜不知道感情到了極致，任何語言都是蒼白的嗎？愈是簡單的語言就愈能傳遞出情感。」

艾娜又撒嬌，攬住影子的腰道：「那殿下的意思是不是說，殿下很喜歡艾娜，很愛艾娜？」

影子不想這個女人得寸便進尺，問出這樣難以回答的問題來，很是頭痛。他望向羅霞，羅霞不懷好意地笑著，大有看他出醜之意。

艾娜卻不依不饒地道：「殿下快點回答艾娜嘛，殿下以前不是經常說很喜歡艾娜，很愛艾娜嗎？我要你再說一次。」

影子搔了搔頭，他從未對一個人說過「我愛你」三個字，就算對影也沒有，雖然只是簡單的三個字，但影子卻是無法說出口。

艾娜又催促道：「殿下快說嘛，艾娜要你說，艾娜想聽你說。」

影子不得已道：「艾娜是一個可愛的女孩，我很喜歡可愛的艾娜。」

羅霞這時不由「噗哧」一下笑出聲來，她沒有想到影子這樣鬼，這樣回答，但她也為影子這樣的回答感到失望，任何一個女人都可以聽出這話中的意思，這顯然不是艾娜想要聽的。

果然，艾娜不滿意影子的回答，道：「為什麼說喜歡『可愛的艾娜』？為什麼要在艾娜前面加上『可愛』兩字？我要殿下說愛我，沒有任何理由的愛我！」

「你聽，有人來了。」影子突然說道。

艾娜仔細一聽，果然有腳步聲漸漸近來，她卻並不理會這些，依然要影子說出那句話。

影子卻道：「你快些離開，否則讓他們看到就不好了，我也就更難離開天牢了，到時給你戴上意欲劫牢之罪，什麼話也說不清，那就麻煩了。」

影子的話果然起到了威懾作用，艾娜忙道：「那我馬上離開這裡。」轉身欲走，但又立刻回過頭來，認真地道：「你不要企圖逃避喲，我一定要你說出那三個字！」

說畢，玉指輕彈，牢門的鐵柱無聲無息地伸展擴大，到足可供一人進出時，艾娜狠狠地看了影子一眼，彷彿要他記住說出那三個字一樣，隨後紅影飄動便走了出去，牢門的鐵柱也恢復正常。

影子心中驚歎，艾娜的魔法竟是如此厲害，碗口粗的鐵柱彎曲回收自如，如同玩橡皮筋一般。

與此同時，一隊人正向影子所在牢房走來，突見眼前紅影飄動，這些禁衛皆受過魔法與武技的嚴格訓練，知是遇到了一個魔法修爲高深之人。

帶頭的禁衛大喝一聲道：「投擲標槍！」

十幾杆標槍頓如疾電般撕破空氣，向空中那團快速飄動的紅影投去。

艾娜頓有所覺，冷哼一聲，卻又不想惹事，心中默念咒語，手指間出現了一個火球，隨手揮出，火球迅速脹大，那十幾柄似疾電般掠至的標槍全部被火球所阻，攻勢頓時瓦解，頹然墜地。

而這時，艾娜留下一串笑聲，人影卻已消失。

十幾名禁衛正欲追去，那名禁衛頭領卻揮手止住了他們，道：「不用追了。」

他拾起地上的標槍，發現槍頭全被高溫所熔化，不由得脫口贊道：「好厲害的火素魔法！」

隨即想起牢內之人，忙道：「快到裡面看情況怎麼樣了。」

侍走進裡面，發現所有看守牢房的侍衛皆暈睡了過去，而牢內之人卻安然無事，禁衛頭領不由得吁了一口氣，幸好沒有出現什麼差錯。

他走到影子所在的天牢鐵門前，命令一位剛從夢魘中醒來的天牢侍衛將牢門打開，並走進裡面。

羅霞認識此人，他是負責雲霓古國皇宮安全的禁衛頭領——天衣，一個冷漠得近似無情之人，但不可否認，天衣在雲霓古國有著一定的地位。

天衣並沒有向作爲雲霓古國的大皇子，如今的階下囚施禮，其語氣並不冷，卻有些硬梆梆地道：「殿下認識剛才身著紅衣之人？」

影子看了一下這個並不怎麼討人喜歡的傢伙，微微一笑，極有禮貌地道：「請問你是在和我說話嗎?不知怎樣稱呼閣下?」

天衣的眼色微有些異樣，稍瞬即逝，隨即木然地道：「在下天衣，皇宮禁衛頭領，剛才我正是與殿下說話。」

影子對天衣的回答頗覺有趣，笑著道：「是的，我認識她，不知頭領對此有何指教?」

「按照雲霓古國律法，私闖天牢者，殺無赦！還望殿下能夠作萬民之表率，說出來者何人。」天衣不卑不亢地道。

「如此說來，我是應該道出來者是誰了，可我實在想不出有什麼理由必須向頭領大人說出來者何人，除非頭領大人給我一個足夠的理由。」影子仍然面帶微笑道。

天衣一頓，是的，身為大皇子，實在沒有必要向一個禁衛頭領交代任何事情，即使已經成為階下囚。天衣道：「在下收回剛才所說之話。」

「還沒有請教頭領大人來此有何貴幹呢？」影子無比優雅地道，毫不在意天衣的無禮行為。

天衣眼中突然射出懾人的殺機，道：「皇帝陛下讓我來將殿下解決掉！」

站在一旁的羅霞警覺性頓時提高，蓄勢以待，她的目光犀利地洞察著天衣將發出的任何攻擊，但天衣的話似乎並沒有出乎影子的意外，抑或影子心中的意外並沒有顯露於外。天衣凶煞的眼睛看到的仍是一張面帶笑意的臉，有著足夠的從容自若。

「那你就遵從陛下的皇命，將我解決掉吧。」

「那我就只好對不起殿下了！」

「你敢對殿下無禮？」身影飄動，羅霞站在了天衣面前，怒目而視。

「這是皇命，還望羅侍衛長考慮周全。」天衣冷冷地道，但語氣中含有一絲對羅霞的尊重。

「我不知你的皇命從何而來?有何諭旨?」

「陛下口諭，做臣下的只是依命辦事。」

「在下倒十分懷疑頭領大人所謂口諭的真實性。」羅霞咄咄相逼道。

「羅侍衛長似乎不信天衣所言?」

「此事非同兒戲，在下需要的只是憑據，非口中之言。若無憑無據，沒人可以動殿下一根寒毛。」羅霞斬釘截鐵地道，伴隨著話，羅霞身上的殺氣漸漸散發開來。

「看來羅侍衛長執意要阻止天衣執行皇命了!」天衣審視著羅霞的表情道。

「是!」

「那就休怪天衣無禮了。」天衣一字一頓，沈重有力地道。

「羅侍衛長請退下。」正值劍拔弩張之際，影子突然輕淡地道。

「我的職責是保護殿下的安全!」羅霞雙眼牢牢鎖定天衣，沒有絲毫退下的意思。

「我知道，請羅侍衛長退下。」影子再一次道。

羅霞沒有回答，亦沒有動。

「請羅侍衛長退下。」影子第三次道，口氣始終如一。

第九章　魔法神院

羅霞有些遲疑，但最終還是退了下去，她堅強的執著無法抵擋影子輕淡的言語，連天衣也從影子輕淡的言語中感到了一種不可抗拒的力量，這種力量發自自然，無須任何尊嚴、地位和表情的輔助。

影子笑對天衣道：「既是皇命，就請頭領大人不要浪費時間了。」

天衣的手握在了劍柄之上，令他感到詫異的是，他的手竟有些遲疑，雖然只是剎那間的感覺，但天衣還是清晰地感覺到了，他似乎有些看不透這個以「好色」聞名的大皇子了。但這些對他來說並不重要，他所要做的只是執行皇命，不出任何差錯。

劍出鞘，天牢內回響著鏗鏘之聲，光影浮動，劍回鞘，響聲不曾有著絲毫的斷絕。

「好快的劍！」

羅霞望向影子，她的臉色巨變，她看到了鮮血從影子的胸口——心臟所在部位噴射而出……

天衣回到了皇宮，向聖摩特五世報告道：「臣謹遵皇命，已經按陛下的要求將大皇子殿下解決了。」

聖摩特五世臉有沈痛之色，良久方道：「他有否說什麼？」

「殿下什麼都沒有說，只是他面對死亡之前毫不在意的表情讓臣下感到深深不解，這並不是臣下以前見到的大皇子。」天衣將自己心中所存的疑惑說了出來。

「你也看出了他的改變？」聖摩特五世問道。

「是的，殿下的改變讓我無法將他與以前的大皇子聯繫起來。」天衣如實道。

聖摩特五世看著天衣，道：「你是不是想說什麼？」

「臣下不敢妄加猜斷。」

「有話直說，無須顧慮！」

「臣下懷疑現今的大皇子殿下並非真正的大皇子，他的眼神深邃得讓人無法看透，這不應是屬於大皇子的眼神，更不是一個失去記憶之人的眼神。」天衣回想著所見影子的眼神道。

聖摩特五世對天衣的話並沒有表現出任何驚詫之情，相反，天衣的話彷彿正是他心中所想。他的臉色有些沈重，良久不語。

天衣躬身在殿下，不敢抬頭而視，只是靜靜等待著聖摩特五世發話。

半晌，聖摩特五世道：「你是否能夠肯定你的眼睛所見和你直覺的判斷？」

「臣下只有八成把握，殿下失憶的這幾天，不排除開啓了他的心智，心性發生改變的可能。況且天下相貌長得如此相似之人，是很難找到的。」天衣道。

「我現在已經不能考慮這個問題了，無論如何，事情已經按照計劃進行，沒有再停下來的可能，這是關乎雲霓古國生死存亡的大事，現在我所能做的是祈求上蒼的護佑！」聖摩特五世顯得有些無奈地道。

「陛下也不用過分擔心，因爲接下來的事情將會是在陛下的掌握之中，無論他是否爲大皇子殿下，他最終所能屬於的只是陛下。」天衣寬慰著聖摩特五世道。

聖摩特五世的表情這才漸漸放鬆，若非事情已經迫在眉睫，他也不會倉促行事，這是不得已而爲之的事情，他深深地吸了一口氣，讓自己的心緒保持平靜，然後對天衣道：「你現在就去辦接下來該辦的事情吧。」

「是，陛下！」天衣躬身退下道。

與此同時，殿外傳來魔法神院大執事求見的聲音，聖摩特五世揮了揮手，然後用手撐住了額頭，眉宇緊鎖。

大執事步進殿內，躬身施禮道：「魔法神院大執事天音參見陛下！」

聖摩特五世揮了揮手，道：「大執事不用多禮，快快請起。」

天音直身站立，望向聖摩特五世道：「陛下是不是遇到了煩心之事？」

聖摩特五世歎了一口氣，道：「看來什麼事都瞞不過大執事的法眼啊！」

天音道：「不知陛下所遇之煩心事可讓臣下替您分擔一二？」

「多謝愛卿美意，此事無人可以替我分擔。」聖摩特五世極爲痛苦地搖了搖頭。

大執事天音關切地道：「想必陛下是爲了大皇子殿下之事吧？」

聖摩特五世顯得詫異地道：「大執事怎會知道此事？」

天音如實道：「臣下是聽小女所言，故而得知。」

聖摩特五世也曾聽說過古斯特與艾娜之間的關係，因此不覺奇怪，道：「看來大執事的消息倒是靈通得很，我實在不願讓更多的人知道此等醜事，有傷國體。」

天音道：「陛下是否想過，殿下如此做可能另有原因？」

聖摩特五世抬頭望向天音，這才明白這個平時不太出聲的魔法神院大執事這次來是爲大皇子求情的，當下斷然道：「大執事不用多說了，犯下此等大錯，不管內中有何等原因，都不足以赦其所犯之錯，此事實在讓寡人感到痛心。」

天音見聖摩特五世餘怒未消，不好作更多的請求，只是道：「那陛下打算如何處置大皇子殿下？」

「如此孽子留他何用？我已經派人將他處死了。」聖摩特五世恨恨地道。

「什麼？陛下已將大皇子處死？」天音十分驚詫，他想不到聖摩特五世的動作如此之快。

「他所犯下的過錯，實在不容寬恕，若是傳出，我雲霓古國有何臉面立於這個世上？唯有殺之，方可解我心頭之恨！」聖摩特五世的手重重地拍在龍椅上，龍椅上的扶手頓時成爲木屑，四處飛濺。

「陛下可知，殿下是中了邪異之術，被人控制，才做出這身不由己之事？」天音忙說道。

「大執事不用替其辯解，他生性好色，有何事做不出來？況且我若不殺他，還不知他往後會做出怎樣有違倫理之事來。」聖摩特五世忿忿地道。

天音道：「近來雲霓古國有眾多族派趨至，其中不乏精通以元神控制別人軀體的種族，據殿下親口對臣下之女所說，殿下正是不經意間被邪異的元神侵入身體，方身不由己地做出了冒犯迪芙兒皇妃之事，實非殿下的本性所願。以殿下之性情，臣下也私自觀察過，絕不至於做出有違倫理之事。」

聖摩特五世見天音說得有理有據，口氣不由得放鬆道：「皇宮禁衛眾多，更有無形魔法結界，任何非人族入侵，必有所覺，豈會讓邪異族種深入皇宮，侵佔大皇子的軀體？」

「陛下應該知道，大皇子殿下曾失蹤七天，誰也不知道在這七天之中做過什麼事，更不能保證沒有邪異族類的元神侵入其體內。況且根據臣下所知，目前保護皇宮重地的魔法結界，尚不足以抵擋功力深厚族類的進入。」天音分析道。

聖摩特五世面上頓現凝重之色，道：「如此說來，是我誤會了皇兒？」漸漸地，凝重之色變成了悲痛：「怎麼會這樣？怎麼會這樣……」

聖摩特五世的身子不停顫動，如同遭受著天大的打擊，不能自制。

天音不敢再言語，他開始有些後悔自己所說之話，關切地道：「陛下沒事吧？」欲上前，卻又不敢上前。

聖摩特五世的嘴裡只是不停地喃喃道：「怎麼會這樣？怎麼會這樣……」最後不能忍受這打擊，竟然暈厥了過去。

三皇子莫西多又走進了那間熟悉的石室，室內依舊幽暗迷離。

石門緩緩關上，莫西多掩飾不住心底的興奮之情，喊了一聲：「主人！」

那熟悉而威嚴的聲音又自他體內傳出，道：「你今日似乎遇到了值得慶賀之事！」

「是的，主人，我剛剛得到了一個天大的好消息，我相信主人也已知道了吧？」三皇子莫西多激動地道。

「我並不覺得此事有何值得高興的，相反，對你來說應該是一個警惕。」那聲音平靜至極地道。

莫西多的興奮之情猶如遭到了一盆冷水當頭潑下，不解地道：「警惕？我不知主人此話何意。」

「有兩句話你要記住：天下沒有簡單的事；天下沒有無原因而單獨存在的事。任何事情的發生都不是孤立的，等你弄清楚了它的始末、它藏在背後的原因時，你才有資格表示興奮，或是激動。」那聲音告誡道。

莫西多的心情這才平靜下來，道：「主人是要告訴我，古斯特大皇子之死與父皇之病有著不是表面所見到之原因？」

「你還並不笨。是的，古斯特的所謂因玷污迪芙兒皇妃，被盛怒之下的聖摩特五世所處死，和聖摩特五世因弄清古斯特是身不由己被陰邪之術控制身體而病倒，表面看來有著因果關係，似乎理所當然。但你是否想到這可能是一個精心的安排，是一個騙局？」那聲音問道。

三皇子莫西多思索著道：「從古斯特進宮，繼而發生企圖玷污迪芙兒皇妃之事被打入天牢，接著被處死，再是父皇知道真相病倒，整件事情似乎顯得倉促了些？」

莫西多體內傳出一聲輕笑，道：「你終於看出了問題的癥結所在。」頓了一下，接著又道：「不過，這並不是一件值得稱讚的事，任何有點思維能力的人都可以想到這一點，這是一個十分拙劣的騙局。」

「主人的意思是說，這是父皇所演的一場戲？那父皇如此做的目的到底何在？古斯特是否已經真的死去？」莫西多心中升起了許多疑問。

「我尚不能確定聖摩特五世如此做法的真正目的，但有一點我可以肯定，那就是古斯特絕對沒有被處死！」

莫西多沈吟片刻，點了點頭，道：「不知父皇如此做法是不是針對我們的？我們接下來又該採取怎樣的應對策略？」

「一切順其自然，靜觀其變，無論什麼樣的騙局，最終揭穿謎底者終歸是他自己，你所需要的只是足夠的耐心，有了足夠的耐心，就會得到你所要知道的一切。」那聲音說道。

莫西多有所顧慮地道：「我只是有些擔心被二皇子卡西搶得先機，到時我們就會功虧一簣，什麼也得不到，抑或等我們知道謎底的時候，事情已經結束了。」

那聲音輕笑一聲，道：「那就讓卡西去搶得先機吧。這並不是一個簡單的遊戲，或許我們也只是遊戲的一部分，當看不清未來的時候，任何貿然的行動只會是自取滅亡！」

莫西多沒有再說什麼，因為他知道，主人所說的一向都是正確的。

羅霞回到了大皇子府，她實在想不通，她實在太想不通了，神情有些恍惚，恍惚得不知到底發生了什麼事，她唯一可以真切感受的是來自心底的落寞。

她推開了自己的房門，隨著「吱吖」的聲音，她的右腳踏進了房間，可在半空中她的右腳卻突然凝滯，與地面相持。

五官以外的東西讓她聞到了與這個房間不相協調的氣息，而此時，她聽到自己的心臟發出均勻有力、分外清晰的跳動之聲。

尚未等到羅霞有所反應，一個男人的聲音已在她耳際響起。

「既然回來了，就不要站在外面。」聲音透著陌生的懶散。

羅霞斥聲問道：「你是何人？」

「能在此等候你的人當然是想見你之人，羅侍衛長似乎不應該有此一問。」

「你到底是誰？」

來人歎了一口氣，道：「羅侍衛長實在是被雲霓古國的生活磨礪得失去了原有的閑淡和自然之性，更失去了心境的從容。警覺性太高，精神過度緊張是會讓女人容易變老的。」

羅霞看著房間深處分不清的輪廓，片刻，那隻停在半空中的右腳終於落在地面上，走進了房間，這個答非所問的男人身上並沒有潛藏著的危險。

她反手將房門關上，放鬆地道：「你來此到底有何貴幹？」

來人輕輕一笑，道：「這才是我心目中應該出現的羅霞。」頓了一下，接著又道：「羅侍衛長就不要客氣了，這是你的房間，請隨意。」

羅霞這才在一張椅子上坐了下來。

來人又釋然道：「這樣面對面地說話，才會讓人感到輕鬆。」

兩人在幽暗的房間裡默默靜坐，大概過了一炷香的時間，來人深深吸了一口氣道：「這種感覺真好，早就希望能有朝一日與羅侍衛長默然靜坐，細細體味從羅侍衛長身上所散發出來的氣息和幽香，今日總算得償所願了，實在是一件幸福的事情。」

羅霞似乎已經摸清來人的脾性，並沒有爲來人話中的唐突之意而有所反應，只是淡淡地道：「現在閣下應該說出來見羅霞的目的了吧？」

來人又是一笑，道：「羅侍衛長真是性情中人，快人快語！好，既然羅侍衛長不想囉嗦，那我又豈可婆婆媽媽？那樣就讓人見笑了。我叫歐，此次來見羅侍衛長是奉了一位與羅侍衛長同樣令人心醉的女人所托，代傳一句話。」

「歐？」

「是的，在下叫歐。」

羅霞很熟悉這個名字，可謂是在幻魔大陸每個女人皆知的名字，沒有人見過他，但每一個被他見過的女人絕對是國色天香，或是才藝出眾。此人有一怪癖，就是以遍尋天下美女爲樂，喜歡與女人在幽暗的環境中靜靜相待，體味著每個女人身上散發出來的那種獨特卻又各不相同的氣息。而一個女人最精彩的便是這獨特的氣息，這氣息是每一個女子集天地精華之所在。

羅霞不知這樣一個人怎會找上自己，她道：「請問歐先生是受何人所托？代傳的又是一句什麼話？」

歐悵然若失地道：「令在下遺憾的是，在下也不知受何人所托，只是偶然的一次機會讓我遇上了她，而且讓我體味到她身上絕對與眾不同的氣息，那種感覺似甘露，似瓊漿，似萬物之精華……彷佛集天地間一切最美好的東西於一身，但又顯得十分神秘，飄忽不定，不可把握，更不可捉摸，是我所體味到最美妙的女人，至今回想起來，那種感覺仍是韻味無窮……」

歐說著，彷佛又陷入了體味那個女人時的情形，如癡如醉。

羅霞尚未見過一個男人如此形容女人，令她感到奇怪的是歐竟然不知這女人是何人而代爲傳話，羅霞道：「那她叫歐先生代爲相傳的又是一句什麼話？」

「黑色的丁香死在黎明前。」歐顯得有些不解地道，感覺就像是一句魔咒。

「黑色的丁香死在黎明前？」羅霞失聲地重複著歐口中所念之話，她的心中響起了另一句話：「黑色的丁香開在黎明前。」

這時，歐在黑暗中站了起來，道：「今日有幸體味羅侍衛長身上的美妙氣息，令在下神醉不已，希望他日再能幸會羅侍衛長身上的獨特氣息。話已代爲傳到，在下就此告退！」於是開門，向房外走去，風吹過，掀起那潔白衣衫的衣角，有著一種超然的灑脫。

羅霞靜坐在椅子上，眼神顯得悠遠，在追尋著遙遠的記憶，彷佛她一直就在等待著這樣一句話，而現在這樣一句話終於到來了。

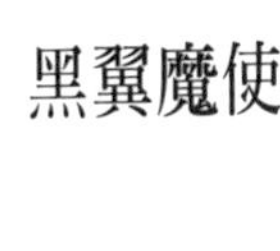

第十章　黑翼魔使

法詩蘭從昏迷中醒了過來，她睜開眼便看到了漠。

此時，他們置身的不是石頭山上的神廟，而是位於城西山谷裡湖中間的小亭上，與岸隔絕。

正值深夜，四周的山黑沈沈地將湖圍住，湖面上映照著白色的月光。

「我怎麼會在這裡？」法詩蘭坐了起來，茫然問道。

正在看著天上月色、欣賞著湖光夜景的漠轉過頭來，道：「你醒了，是我帶你來此的。」

法詩蘭憶起黃昏時分被十名隱殺鬼族追殺，再被人制住，最後莫名其妙地昏過去之事，道：「你到底是何人？」

漠不想欺騙法詩蘭，道：「我是魔族黑魔宗的黑翼魔使！」

「你是魔族？」法詩蘭的警惕心頓起，手抓起了身邊之劍。自從千年前的一場戰爭，人族便與魔族勢不兩立，兩族之間大大小小的戰爭不知發生過多少回，死了多少人。法詩蘭所受的教育告訴她，人族與魔族之間不是你死就是我亡，沒想到這個令自己心動的人竟是魔族，而且貴爲魔使。

「你不用擔心，我不會傷害你的。」漠平靜地道。

「那你將我帶到此處，到底有何居心？」法詩藺警惕之心毫不放鬆。

「這麼晚了，爲了安全起見，又不想別人打擾，就只好將你帶到此處。」漠輕淡地說道。

法詩藺冰冷的目光審視著漠的臉，漠的臉淡漠中透著堅毅，在月色湖光的映襯下有著滄桑之感。

法詩藺的心一陣跳動，月光的冰冷之感不期然被化解。

她心忖道：「怎麼會這樣？自己不是最恨魔族麼？怎麼對他卻生不起絲毫的仇恨之意？甚至連審視他的勇氣都沒有！」

漠望著微風之下閃動著銀光的湖面，道：「你是不是很恨魔族？」

「是！每一個人族之人皆視魔族爲敵人，人魔勢不兩立！」法詩藺提高聲音大聲道，聲音在湖面和黑沈沈的山群間迴盪開來。

「既然你這麼仇恨魔族，那你便殺了我吧，就算是我欺騙你，沒有向你道出真實身分的懲罰。」漠淡淡地道。

「你以爲我不敢？」隨著鏗鏘之聲響起，法詩藺將劍拔了出來，劍在月光下閃著森寒的光芒。

「那你就開始吧。」

「你少在此裝模作樣，出招吧，我法詩藺不會殺一個根本不作反擊之人！」法詩藺儘量使自己的聲音充滿殺意，她知道魔族皆乃狡猾之輩，不能讓對方看穿自己的心思加以利用。

漠淡然道：「我不會出招，因為我從不與女人打架。」

「哼！」法詩藺冷哼一聲，道：「看來，在你眼裡瞧不起女人！」

「我從沒有這樣說過。」

「那你為何不與女人過招？」

漠道：「我總認為女人是美的化身，無論是人族、神族，還是魔族，或者其他族類，我不想成為這種美的扼殺者。」

法詩藺心中訝然，這個人的理由倒是顯得怪異，於是道：「既然如此，我也不會殺一個毫無反抗之人，即使你是魔族！」說罷，長劍回鞘。

「你真的很恨魔族？」漠逼視著法詩藺的眼睛問道。

法詩藺還是第一次見到漠如此充滿執意的眼神，在她的印象中，還以為他不會對任何事太在意，道：「魔族殺了我萬千族類，人族皆將魔族恨之入骨，我豈有不恨之理？」

「是的，每一個人族皆應恨魔族入骨，因為魔族殺了太多人族。但每一個魔族也恨人族，因為人族也殺了我們太多同胞，有誰想過要放棄這種恨呢？這本就是一個充滿仇恨的世界。」

漠苦笑著搖了搖頭，望著湖面泛動的銀光。

法詩藺心中震動，她之所以恨魔族，是因爲魔族殘忍無道，殺了太多人族之人，卻從未站在魔族的立場去想過，魔族在殺人的時候，同時也遭受著被殺，他們同樣是受害者。這就頓時讓法詩藺心中的恨變得沒有意義了，甚至是一種愚昧。「這種恨難道是兩個不同的族類所導致的嗎？誰又願意死亡？誰又願意戰爭？是人族，還是魔族？」

她彷彿感到了漠心中那種無奈的悽楚，那是一種徹悟。她覺得自己對魔族的仇恨是如此盲目，如此可笑至極，就像是兩個對罵之人在笑對方的粗魯。

但法詩藺的心又馬上一緊，「不，魔族皆是狡猾之輩，自己切不可受他的騙。」可隨即法詩藺又在心裡笑自己這種擔心的無聊，「事實不是擺在這兒麼？難道自己連分辨是非的能力也沒有？」

儘管如此，法詩藺總覺得自己應該有不贊成漠的觀點的理由，她不知爲何害怕與漠有著共識。這種感覺微妙得連她自己都無法弄清楚，她只是覺得不應該被漠的感慨所感化。

法詩藺冷嘲著道：「看來你倒是一個多愁善感之人，而且心地也不錯。」

「所謂人族、魔族、神族只是一種信仰的區分，並無任何本質的區別，更無仇恨可言，皆有著肉體、靈魂、思想，是一部分人導致了相互間仇恨的產生。」漠說道，並不在意法詩藺的話語。

法詩蘭道：「你這些話似乎是說給我聽的。」

漠抬眼望向法詩蘭，道：「是的，這些話是說給你聽的，我不希望在你的心中有這種毫無意義，甚至愚昧的仇視。」

漠的語氣顯得極爲真誠。

法詩蘭將視線轉向天上的月亮，道：「我爲什麼要相信你這不知所謂的論斷？」

「你一定要相信，我需要你幫我。」

「要我幫你殺了古斯特？」

「是的。」

「你以爲我會幫助一個魔族嗎？」

「你會的，你曾經答應過考慮。」

「你很自信？」

「我相信你不會食言。」

「你爲什麼要殺他？」法詩蘭又將視線轉向漠的臉上。

「因爲他體內有著魔族天脈。」漠遲疑了一下，終於還是說了出來：「魔族天脈是魔族聖主出世的象徵，若是聖主臨世，人族、魔族、神族又會發生一場大戰，到時更是生靈塗炭，血流成河，所以我要阻止這場戰爭的發生。」

法詩藺沒想到古斯特竟會是魔族可能出現的聖主，可他卻屬於人族，她感到不解，於是問道：「你似乎在騙我，誰都知道雲霓古國好色的大皇子古斯特是人族之人，而你卻說他是魔族的聖主。」

漠道：「他並不是真正的古斯特，真正的古斯特已經死了。」

法詩藺大驚道：「那他又是何人？」

漠顯得茫然地搖了搖頭，道：「我也不知道，我所知道的只有這些。」

法詩藺顯得不可思議，但漠似乎並沒有騙她，她感覺得到這一點。

她炯炯有神的目光望向漠，牢牢地鎖定漠的眼睛，問道：「你爲什麼要我幫你殺他？」

漠正色道：「因爲我從沒有相信過人，但我相信你，唯有你能幫助我，也只有你才可以幫助我。」他的眼睛中有著似火一般的東西在燃燒。

法詩藺的心感到了火的溫暖，一種從未有過的溫暖，一種充滿力量的溫暖。

但她將心底產生的強烈反應壓了下去，平靜地看著漠，看著那張淡漠的臉。

良久，法詩藺道：「我現在無法給你答覆，但我會考慮。」

漠的臉上微微露出一點笑意，淡淡的笑與臉上的淡漠交融，他道：「我相信你會給我一個滿意的答覆的，我相信我不會看錯人。」

法詩藺也笑了。

清涼的夜風輕輕地吹拂著兩張臉上的笑，湖、山、月在靜謐中毫無聲響。

影子沒有死，他醒來的時候伸手摸了一下前胸，傷口卻已經不見，只是隱隱有著在天牢裡所做的夢中被影所刺的那處傷痛。

他知道自己不會死，在天牢做夢醒來，遇到天衣時他就知道，那是夢的啓示，但他不知道接下來會發生什麼事。

此時，他所在的環境讓他感到陌生，是來自心靈的陌生，或者說，此時不是他想像中會出現的地方。

——這是一間草舍，他所躺的是一張乾硬的木板床。他從床上爬了起來，正欲走出草舍，看看這是一個什麼樣的地方，一個女人走了進來。

俏麗清純的面容，幾綹被風吹亂的烏黑長髮間或地遮著俏臉，淡灰的素衣輕裹著婀娜多姿的嬌軀，讓人感到舒心和清爽。

這女子嬌脆的聲音輕喊道：「殿下醒了？」

影子不由得一聲輕笑，忖道：「自己現在不是站立著面對你麼？怎麼問出這等有趣的問題？」但他還是道：「是的，我醒了。」

這女子掩口輕笑道：「沒想到殿下是這樣一個有趣之人。」

影子望著這女子可人的樣子，饒有興趣地道：「那你眼中的大皇子殿下是一個怎樣的人？」

這女子又是燦爛一笑，顯得有些天真地道：「我眼中的大皇子應該是一個驕橫無禮、自由散漫、咄咄逼人、不可一世之人，而且據說他是一個特別好色之人。」說到最後一句話的時候，這女子把影子從上到下重新地審視了一遍，顯然是想從他身上找到是否好色的「罪證」。

影子不由尷尬一笑，這女子的目光讓他有一種全身衣服被剝光的難受感，絲毫不比上次艾娜剝光他衣服時的感受差。他苦笑一聲，道：「沒想到我在你眼中是這等形象，真是失敗，看來我要重新檢討一下自己了……」

「咯咯咯咯……」

沒待影子把話說完，這女子便大聲笑了起來，甚至有些上氣不接下氣。

「這是殿下的真心話麼？殿下會在意一個小小女子對你的看法？」

影子正色道：「當然。」

這女子看了影子半晌，似乎在確定影子所說之話的可信度，半晌她才說道：「其實……殿下是一個很可愛的人，這是我見到你時最深切的印象。」

「可愛？」影子大吃一驚，他怎麼也不會想到自己會與「可愛」這個詞聯繫在一起。

這女子肯定地道：「是的，殿下是一個很可愛之人，就像藍兒一樣可愛。」

說著，這女子的臉上竟然泛起了一絲紅暈，轉身跑了開去，留下一串輕快的笑聲。

「可愛？」影子站在原地，半天沒有動，他還在想著這個用在自己身上似乎並不恰當的詞，自語道：「我會可愛麼？就像藍兒一樣可愛麼……她叫藍兒？」

這是一個明快的名字，和那輕快的笑聲一樣。

影子也一笑，很輕鬆的笑，因爲他認識了一個愛笑的藍兒。

影子走出草舍，在他眼前出現的是一處明淨悠遠的山谷，山谷中間是一面平滑如鏡的湖泊，湖中間有一處小亭，與四周的山隔絕，靜臨湖面之上。

「山色如黛，湖光幽藍。」影子情不自禁地贊道，他曾經到過不少名山大川，雖然也見過不少新奇的自然景象，但是似這般明淨、通透之感的景象他卻從未見過，心境彷彿回歸了。

他深深地吸了一口氣。

一隻不知名的飛鳥平滑著雙翅從湖面飛過，輕觸湖面，驚起些許漣漪。

影子的心一陣急跳，彷彿這飛鳥劃破的不是湖面的平靜，而是影子心的平靜。

飛鳥發出一聲鳴叫，山谷內，水面上，叫聲連綿回響，經久不絕。隨即飛鳥便朝如黛的山色深處飛去，轉瞬即逝，而湖面上的漣漪，山谷內的回響，也相隨消逝，一切回復原先的幽靜，彷彿根本就未曾有這樣一隻鳥，作著這片刻的驚擾。

影子想起了「雁過寒潭，雁過，潭不留影」的至境，這是他心中美的最高境界。而此刻，此情此景，雖然少了一份內在不可言喻的情愫，但它對影子的視覺、思維的衝擊，讓他心中美的最高境界更形象化、具體化。

影子很入神，連有人與他並排站在一起都絲毫無察。

站在他身旁的是一個女人，並非藍兒，而是另一個女人。影子臉上的神情也出現在了這個女人臉上，唯一的差別是這個女人對此情此景多了一份習慣性的淡然。儘管如此，但仍可看得出，眼前景象的美被她的眼睛與心珍視著，就像珍視著與這景象同樣美的她的容貌一樣。

女子沒有言語，她只是靜靜地陪著靜靜而視的影子，些微的風侵擾著她天藍色的裙角與烏黑細滑的髮梢，讓她的身姿多了一份曼妙和靈動。

天，已是淡黃，幕色漸上，遠近之間因模糊、朦朧而平添些許神秘。

當明亮的光線完全消失時，整個山谷便顯得更加靜謐了，而靜謐背後潛藏的另一種生機開始在無形滋長。

影子輕吁了一口氣，心神這才完全回歸身體，而這時他也感到了站在身旁之人的存在，正欲發話之時，身旁之人已道：「世人都認爲光明與黑暗是不能相融的，原來光明與黑暗是不可分的，本爲一體。」

影子心中大爲詫異：「這不正是自己心中所想所思麼？」他轉眼看去，看到了朦朧中完美無瑕的側面，他心中又是一驚，這個側面是如此熟悉，彷彿突然從心中跳出來一般。

「你、你是誰？」片刻間，影子竟然不能讓自己的心保持平靜。

這女子沒有回答，卻反問道：「殿下可知道自己是誰？」女子的眼睛一動不動地望著前方。

影子的心霎時平靜了下來，悠然地道：「既然你稱我殿下，我想我應該是雲霓古國的大皇子才對。」

女子發出一聲輕笑，道：「一個十分有趣的問題得到一個十分有趣的回答。是的，既然是殿下，就不可能再是其他人，小女子失禮了。」這女子說著，便將俏臉轉而面向影子，露出淺笑。

影子仔細辨認著眼前這張臉，卻又越發顯得陌生，他也輕輕一笑道：「應該是我冒犯、唐突失禮才對，怎又輪到小姐陪不是？」

「沒想到殿下是如此禮讓之人，既然我們都覺得自己有失禮之處，那也就不用再謙讓談論這個話題了。我想殿下目前最為關心的是怎麼會出現在這裡，這裡又是何處吧？」

影子微笑著道：「我已有此等想法。」

這女子道：「很抱歉，我所能告訴殿下的是，是有人將殿下送至此處的，而接下來，殿下在此處將會與我們相處一個月。」

影子顯得極為不解，道：「這又是為何？你口中所指的『我們』又是誰？」

「很抱歉，我不能給你任何理由，況且許多事情本身就沒有理由，就算找出所謂的理由，也只是騙騙人而已。至於『我們』，是指我及藍兒，按年齡，殿下可以稱我爲姐姐，這一個月中，我們三人會一起度過。」說這話的時候，這女子的語氣讓人有一種不容拒絕之感。

影子道：「看來此事已經有人安排好了，由不得我自己的意願。」

「可以這樣理解。」

影子輕笑一聲道：「這讓我想起了一句話。」

「哦？」這女子頗有興趣地道：「不知是什麼話？」

「人爲刀俎，我爲魚肉。」

這女子當時一愣，隨即明白過來，道：「這是一個頗爲有趣的比喻。」

第十一章　情人之淚

深夜中的雲霓古國皇城如一隻沈睡中的雄獅，安靜、平和，天衣手下的禁衛隊不停歇地來回巡視著，保衛著這沈睡的雄獅在夢中神遊，不被人所侵擾。

天衣親自率領著十名一級帶刀禁衛，巡視著皇城各處，爲了雲霓古國，爲了聖摩特五世的安全，這是他每晚的必修課，無論颳風下雨，他都毫不懈怠。

正因爲如此，天衣才從一個遊歷於幻魔大陸的劍士成爲雲霓古國不可替代的禁衛頭領，對於一個遊歷各方的劍士來說，這無疑是能夠達到的最高榮譽。

整齊的腳步聲踏碎了夜的寂靜，鋥亮的鎧甲在月光下閃動著銀光。

天衣深邃冷峻的眼光巡視著夜空下的每一處所在，連在牆角快速爬動的蟑螂也無法逃過他的眼睛。

夜很靜，一如往昔。

天衣均勻移動的步伐停了下來，身後十名禁衛也停了下來。

天衣左手接住劍柄，蹲下身子，他的目光落在淡淡的月芒下隱約閃動著暗沈光芒的一小片東西上，他用手輕輕拾起，是一片深紅色的花瓣，花瓣上滾動著一顆晶瑩的露珠，那隱約閃動的光芒就是通過露珠反射出來的。

面對著這一片花瓣，天衣半蹲著身子半天沒有移動，他的目光只是靜靜地注視著這一片花瓣和那一顆露珠，彷彿他看到的不僅僅是一片花瓣、一顆露珠，透過它們，他看到的是背後所代表的一些傳說和一些人。

不用說出來這背後到底代表的是什麼，只要記住這片花瓣和這一顆露珠就足矣，它們有個好聽的名字——情人的眼淚。

「情人的眼淚」代表著的便是不可能中的可能，是失去的凄苦，是毀滅……

天衣從懷中掏出了一隻錦盒打開，將那一片嬌豔鮮紅的花瓣和晶瑩剔透的露珠小心翼翼地放進錦盒，因爲傳說中有一種說法，若是能夠將「情人的眼淚」保存到她殺你之前，你便可以在死亡前求她辦一件事。但這僅僅是一個傳說，從來沒有被實踐過，因爲還從沒聽說過有人將「情人的眼淚」保存到自己被殺之前。

天衣不知道自己爲什麼會收到「情人的眼淚」，他現在所能夠做的是保存這一片花瓣和這一顆露珠。

天衣將錦盒托在掌心，緩緩站起身來，舉步繼續向前走去。他身後的十名禁衛看著天衣的樣子，以相隨數十年的經驗，他們知道頭領遇上了極大的困難，雖然天衣一句話也沒有說。

十名禁衛相互對視了一眼，以多年的默契，他們的手同時按在了腰間的刀柄上，他們的心同時刻下了「以死相護」四個字。

十一人沈穩有力的步伐均勻向前移動著，整齊劃一的聲音沒有絲毫的紊亂之感。

夜風捲著地面的屑塵在十一人周圍飛舞著。

夜，此刻顯得格外的靜謐。

一道暗影自天衣眼前飛逝而過，「鏘……」十名禁衛的刀同時離鞘半尺，便又停住了，從眼前飛過的只不過是一隻夜鳥。

裸露的半尺刀刃閃動著凜冽的寒芒，懾人心魄。

天衣沒有說什麼，繼續往前走著，那隻夜鳥引起的驚亂不單單是十名禁衛，也許還包括他自己，只是沒有透過任何痕跡表露而已。

左手掌心托著「情人的眼淚」的那只錦盒，在夜中越發顯得珍貴了。

天衣帶著十名禁衛沿著長長的皇城衛道遠去，威武的身影，有力均勻的步伐在夜色中漸漸淡去。

城頭之上，一個人的笑容在臉上蕩漾開來，融入寂靜的皇城夜色之中。

是那種壞壞的笑。

天將破曉。

天衣拖著沈重的步履，終於回到了家裡，此刻他才輕吁出了一口氣。

一個女人滿面含笑地迎將出來。

是他的妻子思雅。

思雅輕柔地道：「你回來了。」

天衣點了點頭。

思雅細步而上，欲替他解下腰間的佩劍，天衣制止了她，道：「今天我要枕劍而眠。」

思雅略爲詫異，她望著丈夫的神情，從臉上她確實發現丈夫今天與往日不同。

天衣別開妻子，兀自走到房間的桌前坐下，將錦盒小心翼翼地放在桌面上。

思雅看著丈夫的異樣舉動，走上前去，雙手握住天衣那隻冰冷的左手，溫柔地道：「發生了什麼事嗎？」

天衣沒有出聲。

思雅又道：「你要知道，我們是一體的，在成親之時我們已經盟誓，就算是天大的事情，我們兩人也必須一起分擔！」

天衣看了一眼妻子溫柔的眼神，冰冷的手感受著妻子體溫的傳入，還有自己與妻子幾乎同步的心跳，一剎那間，他彷彿感到了自己與妻子是真正的一體。

突然，天衣哈哈大笑，隨即將嬌小可人的妻子一把攬進寬大的胸懷中，道：「傻瓜，瞧你剛才著急的樣子，我是騙你的。我天衣乃堂堂雲霓古國禁衛頭領，能有什麼事？又會有什麼事？這樣做都騙得了你，看來我的妻子現在是變得愈來愈可愛了。」說罷在思雅的俏臉上重重地親了一口。

在天衣懷裡，思雅一陣臉紅，每次與天衣親熱時她都會臉紅，嬌嗔道：「你好壞喲，每次都欺負思雅。」

天衣胸懷大暢道：「只有這樣，我才能夠見到我美麗的妻子可人的模樣，你可知道你擔心我時楚楚可憐的樣子實在讓人心疼，而且，只有這樣，我才能夠不斷地告訴自己，我的妻子是這個世界上最美麗、最好的女人，要不然，哪一天被皇宮裡哪一位漂亮的女人一不小心打動，跟著她跑了，那可就後悔莫及了。」

思雅滿臉幸福地道：「每次欺負我後都用這些話來哄我，要是哪一天你真的出了什麼事，我都不知道該相信還是不相信你的話。」

「那你就不要相信，因為你的丈夫是這個世界上最優秀的男人，他不會出什麼事，更不能出什麼事。」

說這話時，天衣的聲音很大，因為這些話不僅僅是對妻子思雅說的，也是對他自己說的。為了心中的信念，為了妻子，他絕對不能讓自己出事，就算是「情人的眼淚」又能如何？或許，所謂「情人的眼淚」只不過是一些好事者編造出來的一連串動人的故事而已。

躺在天衣的懷裡，思雅感到很幸福，她最愛聽的就是丈夫說的這些話。當初，她就是被丈夫的英雄氣慨所打動，成爲今天他的妻子的，儘管當初有著眾多的追求者，而在今天看來，這是她這一輩子所做的最明智的選擇，儘管天衣當初只是一個落魄的遊歷劍士，與眾多王孫公子相比，他所擁有的一切都差得很遠。

思雅幸福的目光落在了桌面上那只精緻的錦盒上，錦盒的紋路與色調是她平時最喜愛的那一種，適才沒有注意，現在看來卻是如此的奪目。思雅記得丈夫曾經說過，要請雲霓古國最好的銀匠打造一對手鐲給她，上面要有著月亮般至潔的光芒，有著花的芳香，有著風的輕柔。

思雅心裡想：「這樣一個漂亮的錦盒，裡面一定裝著這樣的一對手鐲。」她的手抑制不住向錦盒伸去，她的心迫不急待地想看看這樣一對絕無僅有的手鐲。

一個惡夢似乎已經開始了。

「住手！」一聲暴喝。

思雅嚇了一跳，那隻伸出的手凝滯在半空中，她的目光呆呆地轉過去，看到的是一張近似陌生的、猙獰的天衣的臉，她從未見過天衣、自己的丈夫有著這樣一張臉。

「不要碰它，那不是你的東西。」天衣繼續喝止道。

思雅感到結婚後從未有過的東西從眼睛深處流溢而出，她顫聲道：「天衣，你是在和我說話麼？」

妻子委屈的樣子讓天衣的神志一下子恢復清醒，他知道自己的神經繃得太緊，犯下了一個不可饒恕的錯誤，心中極爲自責。他以爲所謂的「情人的眼淚」並不會對自己的心神有所影響，至少會自如地控制自己的情緒，可此刻，他發現自己錯了。

天衣歉疚地道：「對不起，思雅。」

思雅看著天衣，道：「你不用說對不起，你只要告訴我到底發生了什麼事？」

天衣不敢看思雅充滿乞望的眼神，嘴唇動了動，但終究什麼都沒有說出。

「我是你的妻子，在我們成親的時候就已經對天盟過誓，你不應該對我有任何的隱瞞。」眼淚已經順著思雅的臉頰成行流下。

天衣歎息了一聲，還是沒有說話。

「你看著我。」思雅將天衣側過一旁的臉移正過來。

天衣看著思雅道：「有些事，你還是不知道爲好。」

「是麼？我倒要看看是什麼東西讓你如此緊張。」趁天衣不注意，思雅的手快捷無比地向桌面的錦盒抓去。

「不，不要動！」

天衣的手也伸了出去，他的速度無疑要比思雅快得多。

但這時，思雅的另一隻手也動了，速度相比天衣毫不遜色，手出動的目標是控制天衣手臂的肩井穴。

天衣那隻如閃電般探出的手頓時失去了知覺，凝滯不動，而此時，思雅那隻手幾乎已經觸及到了錦盒。

思雅手中托著那只錦盒從天衣懷裡站起，道：「我倒要看看是什麼讓我的丈夫變得如此緊張。」說著，便欲將錦盒打開。

「思雅，不要動它，我求求你不要動它。」天衣的聲音竟然變得哽咽，眼中有著眼淚在打轉。

思雅看著天衣，心中一陣絞痛，她從未見過丈夫如此脆弱和無助，她知道自己的丈夫實在是遇上了難以解決的問題，所以不想讓自己擔心，可自己是他的妻子啊，還有什麼話不能夠對自己的妻子說呢？難道自己只是一個能共富貴，不能共患難的庸俗女子麼？

她的眼淚開始大顆大顆地滴落，泣不成聲地道：「天衣，我知道你遇上了天大的困難，但我是你的妻子啊！」

天衣痛苦地閉上了眼睛，道：「好吧，既然你如此想知道，那我就不妨告訴你，錦盒裡面裝的是我送給南茜公主的手鐲，我答應過她不給任何人看，包括你在內。」

「送給南茜公主的手鐲？是在滿朝大臣面前大膽向你示愛而被你拒絕的南茜公主？我不相

信，你答應過是要送給我的。」

「我說過是要送給我最愛的人，而現在我發現我最愛的人是南茜公主，她有權有勢，可以幫我得到我想要的一切。」天衣說著抬起了他的頭，迎著思雅的目光，接道：「本來我是不想這麼快讓你知曉這些的，既然你執意想知道，那我現在就告訴你，反正遲早都會讓你知道。是的，我現在對你已經沒有感覺了，我現在愛的是南茜公主，我會成爲雲霓古國的第一駙馬……」

「不——你騙我！你又在騙我！你不可能愛上南茜公主，你說過你最討厭她的專橫跋扈，頤指氣使，不可能的！你是在騙我！」思雅近乎歇斯底里地喊道，她無法相信這是一個事實。

天衣冷冷一笑，道：「最好的解釋是時間可以改變一切，特別是當一個男人對一個女人產生出厭倦時，換換口味未嘗不是一件好事……」

「啪」！一記耳光搧在了天衣的臉上，留下五條清晰的手指印。

「我沒想到你竟會是如此下流！」思雅滿懷忿恨地道。

天衣不惱反笑，道：「你現在知道也不遲。」

思雅心碎地道：「我會記住你的！」

「你最好還是忘了我吧，這樣對你或許更好。」天衣似笑非笑地道。

思雅強壓著心中的悲痛，轉身向房外衝去。

天衣在背後道：「在你離開之前，請你把我送給南茜公主的手鐲留下。」

思雅毫不停步，順手揮動，錦盒在空中劃過一道軌跡，向天衣落去。

突然，一道幻影飄動，天衣迅速反應，可他的速度似乎還是慢了些，錦盒落在了一個身著紅衫的女子手上，女子臉上有著壞壞的笑。

是艾娜！

艾娜道：「看來我們的禁衛頭領騙老婆的本事還是一流。」

天衣自是認得魔法神院大執事的女兒艾娜，只是不解為何她會出現在自己家中。他冷靜地道：「不知艾娜姑娘造訪有何要事？」

「難道沒有什麼事就不可以來天衣大人的府中？」艾娜反問道。

「當然不是這個意思，我是想艾娜姑娘來此一定是有要事，不然的話，就算是請，也很難請得到。」天衣不想得罪難纏出名的艾娜，故而十分客氣地道，況且那只要命的錦盒現在在她手中。

艾娜笑道：「沒想到一向冷漠的禁衛大人今天大是反常，先是打老婆，不對，應該是氣老婆，然後又對人如此獻殷勤，若這些傳出去，恐怕雲霓古國沒有一個人會相信。今天我心情好，就長話短說，我來此的目的就是要大皇子殿下的消息。」

天衣正欲開口說話，艾娜又道：「在你回答我的問題之前，有必要讓你看清楚我手中的東西。」說著，手持錦盒在天衣面前晃了晃。

天衣道：「所有人都知道，大皇子殿下犯了褻瀆皇妃之罪，被處以極刑，艾娜姑娘也應該有所聽說才對。」

「天衣，你少拿這一套來騙我，我可不是你的思雅，大皇子殿下沒有死，你不用騙我。」艾娜一改笑臉，厲聲說道。

天衣不慍不火地道：「大皇子殿下是天衣親自處死的，這是不可更改的事實，艾娜姑娘說大皇子沒有死，我倒想聽聽，大皇子殿下身在何處？」

「你……」艾娜氣得說不出話來，這原本是她想問天衣的問題，沒想到反被天衣將了一軍，一時不知道該如何回答。

片刻，艾娜才道：「你少強詞奪理，這些天來，我已經暗中將整個皇城查了一遍，審問了許多人，連大皇子殿下屍體的影子都沒有看到，你說將殿下處死，怎會連屍首都沒有？難道死後就煙消雲散了嗎？」

天衣的心中吁了一口氣，他以爲艾娜發現了什麼秘密，沒想到她是憑一個人之力暗中查找不到屍體才發現古斯特沒有死，看來艾娜對大皇子倒是一片癡情。

於是天衣道：「陛下有命，大皇子殿下的屍體已經暗中進行處理，不得爲外人知，所以……」

不待天衣將話說完，艾娜便喝止道：「天衣，如果你想要回錦盒的話，我勸你還是以實相告，爲了殿下，艾娜什麼事都可以做得出來。」

天衣低頭沈吟了片刻，道：「艾娜姑娘真的想知道有關大皇子殿下的消息麼？」

艾娜道：「廢話，要是不想知道，我費盡心機找你幹嘛？」

「費盡心機？」天衣十分詫異艾娜所用之詞，找尋自己何須費盡心機？

艾娜似乎發現自己說漏了嘴，嬌手忙掩口而飾，轉換話題道：「那你快告訴我，殿下現在到底身在何處？」

天衣狐疑地看著艾娜，稍瞬道：「若我將大皇子所在的消息告訴你，艾娜姑娘可要將錦盒還予我。」

「那是自然，誰稀罕這個破玩意兒？」

天衣被思雅所制的手已經恢復自如，從座位上站了起來，道：「好吧，那我便帶艾娜姑娘去見大皇子殿下。」

艾娜突然警覺道：「你可不要耍什麼花招。」

「如果艾娜姑娘不相信天衣，儘可以不要見大皇子殿下。」天衣平靜地道。

第十二章　火系魔力

艾娜被天衣把握住了急切相見古斯特的心理，只得忍氣吞聲道：「好吧，那我便隨你去。」

就在艾娜心神鬆懈的一剎那，一道形如實物的壓力突然向她迫近。

艾娜心中一驚，不待看清襲來之物，手心中一團燃燒著的火球隨意念而生，並向壓力迫近的方向撞去。

一柄刀熔在了魔法火球之中，持刀的是天衣貼身的十名禁衛之一。

刀勢急轉，抽離魔法火球，再度欺進，虛空中一道火紅的軌跡往艾娜攔腰斬去，疾若驚鴻。

艾娜只得飄身而起，閃身避過。

與此同時，那隻空手憑空突然射出一柄火紅的利劍，刺向那名禁衛。

眼見憑空射出的利劍刺進那名禁衛的身體，艾娜又感到從相反的方向有凜冽的勁氣撕破空氣，侵逼自己的身體，憑剛才的經歷，她已知這是一柄鋒利的刀才有的勁氣，而且運刀者的修爲已臻一流刀客的境界，對時間的把握更是恰到好處，若是殺死那名禁衛，她必然會被這一刀所傷，幸好她的魔法修爲已到了收發自如的境界，隨意念而生。

那柄射向禁衛的火紅利劍倏然消失。

紅影飄忽連動，刀劈虛空。

艾娜剛剛站定身子，正欲破口大罵天衣時，凜冽的刀氣強行將她的話逼進肚子裡，這次不是一道，而是十道，自十個不同的方位攻進，相互依託，連攻之勢不留絲毫破綻，形如一隨勢而變的刀網。

艾娜不知何時已有十名禁衛潛伏在四周伺機而動，而她手中所持的錦盒又讓她不能貿然而動，她知道，若是有了大的動作，這只錦盒所存在的價值便會失去，而自己的苦心也將化作流水，但她又必須擋過這雲霓古國十名一級帶刀侍衛所織成的殺網。

要瓦解這十名帶刀禁衛的攻勢，唯一的出路便是全力反擊，而這樣還要保證錦盒價值存在，不被毀。

「魔焰燃空——破！」

艾娜的身子突然被火焰燃著，形成一個烈焰結界，並且迅疾向外擴散，猛烈地反撲向四周的十名禁衛。

整個房內的空間彷彿被燃燒般，然而這四散的烈焰所過之處並未燃著任何物事，只是有形似無形地集中於十名禁衛所催發的勁氣。

十名禁衛手中的刀已然被魔焰所侵噬，刀身一點一點地被魔焰熔化。

天衣心中一驚，他沒想到艾娜竟然可以沒有任何先兆，自如地運用魔法神院五大元素中的火元素，並且達到了「魔焰燃空——破」的境界，這不僅需要很高的天分，更重要的是以自己的心神意念破壞空氣所存在的無形的五大元素的平衡，激發火元素與體內的火系魔念相呼應，達到「破」的效果，集中以對外來的攻擊。

能夠成爲雲霓古國一級帶刀禁衛的絕非庸俗之輩，他們都是從魔法神院歷屆中挑選出的最好人才，他們集魔法與武技修練於一身，再經過特別的魔鬼式訓練才真正成爲一級帶刀禁衛，是雲霓古國最不可揣測的一支潛在力量。

是以，十名禁衛同時棄刀。

十名禁衛身影飄動，十人合一，竟也形成一個透明的結界，抗衡著艾娜火元素的攻擊。

而這時，一道耀眼的寒光似驚電般撕破艾娜的魔焰結界。

艾娜頓感自己的心臟猶如被利劍刺中一般，意念一動，魔焰結界頓時瓦解。

此時，艾娜托住錦盒的那隻手被狠狠地擊中，錦盒把持不住，脫落墜地。

艾娜定睛一看，是天衣，胸腔頓時如怒火中燒，暴喝道：「烈焰魔刃！」

另一隻手的手心又憑空出現了一柄赤紅利劍，並刺向天衣。

天衣正接向錦盒的那隻手不得不中途收回，閃身避過。

錦盒再度失落於空中。

「天衣，你這小人，我要殺了你！」

憤怒中的艾娜不待天衣有任何喘息的機會，手中以火元素形成的魔刃再度向天衣攻上，她寧可讓錦盒毀掉，也要一洩被天衣所騙的心頭之恨。

天衣見即將到手的錦盒再度失落，若是錦盒落地，那盒內所盛「情人的眼淚」必定花瓣與露珠分離，可他又不能真正傷了魔法神院大執事的女兒，只得拚命躲閃，試圖擺脫艾娜一次比一次更爲猛烈的攻勢，可艾娜並沒有給他任何擺脫的機會。

眼見錦盒即將落地，天衣心中大急。

「鏘……」腰間佩劍出鞘，將即將落地的錦盒再度挑起，並順勢揮劍劈向艾娜。

劍氣凜冽，有若寒風，尚未及體，艾娜便感到自己的身體不由自主地打了一個寒顫。

她沒有想到天衣的劍有著如此重的殺意，那是超越劍和人本身的殺意，一種另類的殺意，充滿魔性。艾娜無法用言語來形容這種殺意，有的只是一種感覺，一種令人心寒的感覺。

而這僅僅是天衣隨意揮出的一劍，平淡至極。

艾娜疾退！

天衣一聲冷笑，劍已回鞘，舉手去接自空中平穩落下的錦盒。

突然，天衣的雙眉緊緊一蹙，他的心感到了一種極強的劍意，深深撼動著他古井不波的心境。這種劍意不是來自艾娜，絕對不是！它彷彿潛藏在自己四周，只要自己稍有異動，必定血濺當場。

「何人竟可發出如此強的劍意？」天衣的心中電速搜尋著。

正自天衣的心神出現縫隙之時，一道黑影在他眼前飛掠而逝，劍意陡消。

天衣心中暗叫：「上當。」抬頭望去，半空中的那只錦盒已經消失不見。

這時，虛空中傳來一個故意裝得十分低沈的聲音。

「天衣，若想得到錦盒，明晚城西樹林見。」

天衣聽著這聲音，心中陡然出現一個人的身影。對於這一個早晨，事情似乎發生得太多。

艾娜望著黑影逝去的方向，顯得有些悵然，事情似乎朝她不可控制的方向發展了，不過她的心似乎有了一種新鮮的刺激，不禁雀躍，剛才的憤怒之意也無形消失。

於是，艾娜笑著對天衣道：「頭領大人，只要你一天不將大皇子殿下的消息告訴我，我就會一直這樣糾纏下去，反正我有的是時間。」

說完，身上紅衫輕拂，輕步往門外走去。此時，天已經大亮。

艾娜心情大暢地道：「今天的天氣真是不錯。」

十名禁衛看著走出的艾娜，又看看天衣，沒有說什麼。

三皇子莫西多一早便裝離開了三皇子府，身邊沒有帶任何侍衛。

他要去見一個人，這個人不喜歡他一身皇家貴族的派頭，所以他一切從簡，衣著樸素，只是懷中所揣之物的貴重性，似乎不是他這等衣著打扮所相配的。

他的腳步很輕快，他相信這個人一定會喜歡這樣一件禮物，這是他窮極數年以百萬紫晶石換之，才好不容易得來之物。

現在，莫西多的心彷彿已經離開了自己的身體，先自己的腳步到達所見之人的那裡。

此時，皇城內人潮湧動，一派舉世繁榮的熱鬧氣象。

離開三皇子府，穿過最爲繁榮的護城衛道，莫西多轉入了一條較爲幽靜的巷道。

這種巷道在雲霓古國皇城這等繁華之地應該是極爲少見的，但它又偏偏存在著。因爲這樣的地方不是隨隨便便的人可以到來的，或許說它所面對的是一些雅士，而且是一些有頭有臉的雅士，那又是因爲在這等幽靜之巷的盡頭有一處地方叫流雲齋。

所謂的流雲齋只不過是一間精巧別緻的店肆，它所在的地方是皇城內最有名的藍水湖中心，由一條編製的吊橋將岸與流雲齋相連。

莫西多走到巷之盡頭，眼前豁然開朗，所面對的便是藍水湖，碧綠的湖水在微風下輕輕蕩漾，岸邊的垂柳輕舞著身姿，與湖水共映。

莫西多無暇欣賞這湖光美景，大跨步走上吊橋，往流雲齋而去。

齋內，佈置十分秀雅，透著一種女性的氣息，不同於其他服務性場所的是這裡並無侍應人員，一切皆須自己動手，而所需之物倒是一應俱全。

莫西多走進一間雅軒，由於預先訂位，他見到了自己所要求的一切，臉上露出了滿意的笑容。

其實，他所要的只是一條藍水湖特產的被稱爲藍水之星的魚及一應配料。

在雲霓古國的皇城流行著一種說法：要想獲得心愛之人的芳心，就必須親自爲她燒做一道「藍水之星」。這是年輕人相互示愛的一種時尚，也是傳說，因爲關於「藍水之星」又有一個美麗動人的傳說。

相傳，古時有一女子，其丈夫隨軍遠征，數十年杳無音訊，這女子爲盼夫歸，終日以淚洗面，最後連自己的血肉也化作兩行清淚。上蒼爲感其心，將其歷年流下的血淚化作湖水，終成藍水湖，後其丈夫戰勝歸來，見妻因思念自己而化爲湖水，不能再活，遂投入湖水中化作一條魚，臨死前他道：「既然生時讓你傷碎了心，那死後我便做你的心吧。」於是後人便稱這魚爲「藍水之心」，後因覺其太過傷感，便改名爲「藍水之星」。

現在，莫西多親自在爲她烹煮「藍水之星」，他的懷中揣著另一顆價值連城的「心」，他的身體裡面還有一顆深情摯愛之心，他相信自己一定會贏得她的芳心。

魚已經燒好，莫西多很滿意自己的「作品」，從色、香、味來講，他花了三天時間向御廚學習，看來並沒有浪費。

他又看了一下時間，人應該快來了，他連忙又將雅軒內收拾一下，整裝以待。

人在該來的時間一點不誤地來了，但也沒有提前半分半秒。

莫西多熱情地迎上前去，但來的這張臉並沒有給他太多的熱情，他看到的是一種平靜，甚至是一種淡漠。

莫西多並不計較，這正是她與眾不同之處，更是莫西多喜歡她的原因。

來者正是他一直愛慕的雲霓古國第一美女法詩藺。

法詩藺在莫西多對面坐下，她的美目看到了莫西多親自烹煮的「藍水之星」，她自然知道當一個男人爲一個女人燒一道「藍水之星」代表什麼，但她只是淡淡地看了一眼，便將目光向窗外投去。

莫西多似乎早已習慣了法詩藺的這種態度，並不在意。

他陪著笑臉道：「聽說你很喜歡吃魚，所以這魚是我親自爲你燒的。」

法詩藺將目光投向莫西多的臉上，淡然道：「三皇子殿下托家兄『盛情相邀』，我想不是單單爲了吃魚吧？」

莫西多道：「當然，這次本該我親自上門，但爲避免人多嘴雜，所以只好請你移駕至此了，況且這裡確實是一個不錯的地方。」

對於莫西多的答非所問，法詩藺沒有說什麼，只是將目光重又投到了窗外。

莫西多強忍著心中的不快，強顏歡笑道：「當然，這次請你到此不僅僅是爲了讓你嘗嘗我親自爲你烹調的『藍水之星』，還有一件禮物送給你。」

法詩藺淡淡地道：「殿下送給我的禮物已經夠多了，我還沒有來得及多謝，豈可再次接受殿下的禮物？」

莫西多得意地一笑，道：「這次的禮物不同以往，我想全天下，整個幻魔大陸，唯有法詩藺你才佩擁有這樣一件禮物。」

法詩藺頗感意外，道：「唯有我才佩擁有這樣一件禮物？」

以往莫西多雖然送給她眾多價值不菲的禮物，都從未見過他說過此等「壯語」，況且以莫西多謹慎低調的性格，也不會輕易說這樣的話。

莫西多重重地點了點頭，道：「是的，唯有雲霓古國第一美女法詩藺才可以讓這樣一件禮物更有價值。」

「殿下不是在說笑吧？」法詩藺有些異樣地看著莫西多。

莫西多哈哈一笑，心中大快，他終於讓這個冷豔的女人動心了。

從懷中，他異樣慎重地掏出了一件東西。

第十三章 聖魔傳說

影子尋了一塊石頭坐了下來，隨手抓了一根野草放在嘴裡嚼，權當解煙癮。

他又想起了影，不知她在這個世界裡的哪一個角落，現在可好？隨即便想起了羅霞，還有艾娜，不知她們又怎樣了。

來到這幻魔大陸，接二連三發生了一些不可思議之事，就算是想像力再豐富的劇作家，也不能想像在他身上所發生的這些事。心想：若是回到自己當初的那個世界，寫出劇本，拍場電影，一定非常受歡迎，說不定到時可以大撈一筆。

思及此處，他不禁笑了笑，自己的命運都不知掌握在誰的手上，還想什麼回到自己的那個世界拍電影，況且自己來到這裡是爲了尋找影，一定要找到她！

影子的眼睛充滿了堅毅，望向遠方，雲間，有一隻蒼鷹，平伸著翅膀孤獨地滑翔。此時，他才想起了自己是一個職業殺手，而現在自己像一個殺手麼？

「姐姐」的腳步聲從神廟內傳出，影子心中陡生一念，雙眼閃過一道寒芒，他的手揮了出去，空氣被一件利刃所割開……

莫西多朝法詩藺詭秘地一笑，輕輕將手中一只雕刻精美的水晶盒打開，水晶盒內頓時綻放出紫色的霞光。

「天啊！」法詩藺發出一聲驚呼，這聲驚呼調動了她全身所有對美的讚溢情感，她的心狂跳不止，臉上充滿了憧憬。她看到的是一個心形的，幻動著紫色迷幻光彩的晶石，彷彿有著生命一般，在一下一下地與法詩藺的心發生著共振，不！那其實就是法詩藺的心在跳。

莫西多臉上蕩漾著得意的笑容，是的，沒有一個女人不會被「紫晶之心」打動，就算是法詩藺也不能例外，它是天地之秀，自然之美的集合物，是一種至高無上的殊榮，是昇華的、另類的一種命運……

「它，就是『紫晶之心』麼？」法詩藺抑制不住內心的激動道。

「是的，就是紫晶之心。」

「是聖魔大帝集九天晚霞煉化而成的『心』麼？」

「是的，它是聖魔大帝集九天之晚霞煉化而成的『心』。」

「它是聖魔大帝送給他最心愛的女人的禮物麼？」

「是的，現在我要像聖魔大帝一樣把它送給我最心愛的女人。」

莫西多心中充滿了無限驕傲，是的，他現在已經是聖魔大帝，他即將得到他最心愛之人的心。他突然抓住法詩藺的手，驕傲地道：「法詩藺，嫁給我吧，我會讓你像成爲聖魔大帝女人一樣幸福，我會讓你成爲整個幻魔大陸最高貴的女人！」

法詩藺望著「紫晶之心」，眼中的熾烈之情漸漸變得黯然，她抽回了自己的手，搖了搖頭，歎息道：「只是可惜，聖魔大帝最終還是沒有得到他最心愛的女人。」

她的眼角漸漸出現淚珠，潸然落下，彷彿是在爲聖魔大帝而心痛。

「紫晶之心」似被喚醒了千年的悲痛，紫霞之光亦變得黯然。

利刃劃過虛空，擊中了「姐姐」。

鮮血從她胸前滲出，染透了她潔白的衣衫。

「姐姐」垂頭看了看胸前的傷口，又緩緩抬起頭來，平靜地道：「你是不是很討厭我？」

影子一時顯得驚慌失措，他不明白自己何以突然有殺她的念頭，更不明白以「姐姐」的身手，爲何不躲閃。

一切似乎發生得太突然，他根本抓不住自己心裡所想。

「姐姐」歎息了一聲，兀自道：「也許，一切才剛剛開始。」

影子沒有聽見「姐姐」所說的話，他的眼睛只是看到「姐姐」胸口不停溢出的鮮血，他的整個心神都集中在「姐姐」的傷口上。

「血，血，血……」他的大腦裡滿是流血的場面，許多殘破的片段乍現乍滅。

「不，不能讓血再流了，不——」他猛地衝了上去，抱住「姐姐」，拚命地撕扯自己的衣服，去堵從傷口處流出的血。

「姐姐」看著他，靜靜地看著他，眼中溢滿痛苦。

法詩藺匆匆地跑出了流雲齋，靜候在外的斯維特忙衝上前來，攔住她問道：「怎麼了，妹妹，三皇子殿下對你說了什麼？」

法詩藺雙目噙著淚水，充滿怨恨地看了一眼斯維特，繞身跑開。

斯維特有些茫然地道：「怎麼啦，我又做錯了什麼？」

這時，三皇子莫西多也從流雲齋走了出來，斯維特忙又走上前問道：「殿下，發生了什麼事？」

莫西多道：「你問我，我問誰去？」然後便只是笑，放聲地大笑。

天，下起了小雨。

法詩藺沿著大街失落地走著。

她的口中喃喃自語：「爲什麼？爲什麼要讓我見到『紫晶之心』？難道你們不知道聖魔大

帝是個可憐的人嗎？」

「人人都以為他擁有整個幻魔大陸，其實他什麼都沒有，連自己最心愛的女人都不能與之長相廝守，誰又能夠理解他的痛苦與孤獨？」

「愛一個人原來是如此之難。」

……

十年前的一個夜晚，在法詩藺八歲的時候。

天上的月兒很圓，星星很多。

小法詩藺依偎在媽媽的懷裡。

「媽媽，你今晚給藺兒講一個什麼樣的故事？」小法詩藺充滿渴望地望著媽媽道。

媽媽看了看天上的月亮，又看了看小法詩藺可愛的臉，道：「媽媽今晚就給你講一個有關聖魔大帝的故事。」

「好啊，好啊。」小法詩藺興奮地道：「大人們都說聖魔大帝是幻魔大陸有史以來最偉大的人，你說是嗎？媽媽。」

媽媽微笑著點了點頭，道：「是的，聖魔大帝是幻魔大陸有史以來最偉大的人。」

「可他也是一個不幸的人。」媽媽的眼睛黯然失色，充滿同情。

小法詩藺從未見過媽媽有過這樣的眼神，小小的心靈被撞擊了一下，對媽媽即將講的故事充滿了從未有過的期盼。

媽媽於是講道：「在很久很久以前，人、神、魔三族共存於幻魔大陸，三族之間連年混戰，死傷無數，聖魔大帝當時只是魔族不起眼的一個小青年。」

「是蘭兒這麼小嗎？」小法詩藺眨著眼睛天真地望著媽媽問道。

媽媽笑著道：「是的，他像小法詩藺一樣的小。」

媽媽於是又接著道：「每天，他都喜歡坐在高高的山上，看著太陽從山上落下，望著滿天炫麗的晚霞。有一天，當晚霞映滿天際，太陽淹沒於地平線的時候，天際突然紫霞之光大盛，一個身著紫衣的女神從天邊飛至，落於小青年的面前。小青年看見她的第一眼就愛上了她，因為在每天的夜裡他都做著同樣的一個夢，現在夢變成了現實，夢中的女神真實地出現在他的眼前。小青年第一句話便道：『我愛你，我要你做我的妻子。』那紫衣女神淡淡一笑，道：『好啊，如果你能夠完成我三個願望的話。』小青年立即道：『哪三個願望？』紫衣女神道：『一，統一人、神、魔三族，還幻魔大陸以和平。』小青年想也不想地道：『我答應你。』紫衣女神燦然一笑，又接著道：『第二，要讓幻魔大陸人人安居樂業，不再有人、神、魔之分，更不允許發生戰事爭端。』小青年又是爽快地答應了。」

「那第三個要求呢？」小法詩藺迫不及待地問道。

「第三，紫衣女神要小青年以九天之晚霞煉化成一顆心，代表著他對她的愛，同時，要像愛她一樣愛天下所有的子民。」

「那小青年答應她了嗎？他有沒有集九天之晚霞煉製成一顆心？」小法詩藺問道。

「有。」媽媽緩緩地點了點頭，接道：「小青年花了十年的時間統一了人、神、魔三族，成爲聖魔大帝，又花了十年時間化解了人、神、魔三族之間多年的隔閡與積怨，使幻魔大陸出現了從未有過的安定與繁榮，人人安居樂業。最後，爲了採集九天的晚霞，代表著日益增長的熾烈的愛，聖魔大帝整整花了三十年，比前兩個願望加起來還要長十年的時間，耗盡心血，終於煉製成了這樣的一顆心。它的顏色是紫色的，就像紫衣女神所穿的衣服，它的樣子是透明的，就像紫衣女神的眼睛一樣晶瑩剔透……最後，它是有著生命的，是跳動的，因爲它有著聖魔大帝心的一半，聖魔大帝給它取名爲『紫晶之心』……」

從這一刻，小法詩藺便記住了這個名字「紫晶之心」，她還看到了媽媽眼裡充滿憧憬的光芒，純淨得像水晶一般。

小法詩藺問媽媽道：「後來呢？」

「後來？」媽媽的眼神轉而變得黯然，良久不語。

小法詩藺看著媽媽沒有再出聲。

也不知過了多長時間，媽媽終於開口道：

「在聖魔大帝將『紫晶之心』煉成的那一天，期盼了五十年的紫衣女神終於出現了。然而，聖魔大帝看到的不是無數次在夢中出現的場景，他看到的是一個惡魔，一個在自己的精神中苦苦與之搏鬥的惡魔。」

「儘管聖魔大帝是第一次見到他，但聖魔大帝還是一眼便認出了他，那個人彷彿就是聖魔大帝自己。而此時，紫衣女神正與他相偎著並排走在一起，聖魔大帝感到自己剩下的半顆心在這一刻彷彿絞成了碎末。聖魔大帝強忍著心中的悲痛，指著與自己長得一模一樣的人問紫衣女神道：『他是誰？』紫衣女神低下了頭，似乎不敢看聖魔大帝痛苦責備的目光，那人卻道：『你不用知道我是誰，你只要知道我是她丈夫便行。』」

「聖魔大帝再次問紫衣女神道：『告訴我，他是誰？』那人又道：『剛才我已經告訴過你了。』『不，我要她親自告訴我。』聖魔大帝嘶吼著道。紫衣女神終於抬起頭來，迎上聖魔大帝的目光，黯然道：『是的，他是我的丈夫。』」

「聖魔大帝繼續嘶吼著道：『那你爲什麼要欺騙我？』『我……』紫衣女神無言以對。這時，那人卻哈哈大笑，道：『其實你不用如此介意，在這個世界上神和魔是永遠不可能共存的，霞之女神（即紫衣女神）屬於神族，她永遠不可能與魔族結合在一起，自然應該是我神族之人與之相結合，況且對於你我，在某種程度上本就不分彼此，你就是我，我也就是你，在你將自己的心的這一半煉化成紫晶之心的時候，便注定是我成爲她的丈夫，而不是現在的你。換而言之，如果你是將心的另一半煉化成紫晶之心，那成爲她丈夫的人便是現在的你，這是宿命，無可抉擇。』……」

小法詩蘭有些不明白地望著媽媽，但媽媽並沒有理會她，繼續講道：「聖魔大帝淒苦地搖了搖頭，自語道：『是的，這是宿命，冥冥中自有安排。』但轉而他又道：『這個世界上本不存在你我，你我只有一人能夠存活在世上。』那人笑著道：『所以，我今天來此便是要將你消滅掉，幻魔大陸不可能被一個魔族所主宰！』聖魔大帝最後看了一眼霞之女神，舉起了手中的聖劍……」

小法詩蘭正聽到緊張處，媽媽的講述卻戛然而止了。可等了半天，她都沒有聽到媽媽再講一個字，只是在媽媽的眼裡，她發現了從未出現過的東西，她知道，那是眼淚，只有悲傷時才會流出的東西。

小法詩蘭看著媽媽的樣子，終於還是忍不住小心翼翼地問道：「媽媽，後來怎麼樣了？聖魔大帝有沒有將那惡魔殺死，娶到霞之女神？」

「這是一個沒有結局的故事，誰也不知道聖魔大帝有沒有娶到霞之女神，只是知道他們再也沒有出現在幻魔大陸。」媽媽淒苦地道。

小法詩蘭若有所失，突然，她興奮地道：「最後聖魔大帝一定攜著霞之女神到了一個沒有人知道的地方去了。」

媽媽憐惜地看著小法詩蘭，最後將她緊緊地抱進了懷裡。

小法詩蘭記得，那是她有生以來感到最溫暖的一次媽媽的摟抱。

……

此刻，法詩蘭獨自一人走在下著雨的大街上，她依然覺得那是有生以來最溫暖的一次媽媽的摟抱，只是媽媽現在已經不在了，沒有人再摟著她講有關於聖魔大帝的故事。

她的心中淒苦萬分，這不僅僅是因爲媽媽的失去，更重要的是「紫晶之心」真正地在她眼前出現了，她心中那個有關於聖魔大帝攜霞之女神隱去的幻想已經徹底破滅了，她心中對愛的幻想，對一切美好的幻想已如昨日黃花……

正當法詩蘭沈緬於自己的哀傷中時，一輛馬車由正面急馳而來，快如離弦之箭。

馬車見了人毫不避讓，直衝而過，而法詩蘭卻渾然未覺，眼見法詩蘭就要被踐踏於馬蹄之下，一條幻影疾衝而過，及時將法詩蘭從馬蹄下救出。

法詩蘭從哀傷中驚醒，抬頭一看，原來是大皇子府的侍衛長羅霞救了她。

羅霞望著漸漸遠去的馬車，自語道：「這不像是雲霓古國的馬車。」

第十四章　百思不解

在臨街的一家茶樓裡，法詩藺與羅霞相對而坐。

待喝過一杯茶，回過神來，法詩藺由衷地道：「羅侍衛長，謝謝你剛才救了我。」

羅霞無所謂地道：「謝什麼謝，我可不願意我們雲霓古國的第一美女就這樣葬送於馬蹄之下，那樣豈不是暴殄天物？再說，要是雲霓古國的男人知道我見死不救，一定會每人拿一把刀把我大卸八塊，那樣豈不更慘？」

「噗哧……」法詩藺不由得一聲失笑，道：「想不到羅侍衛長是如此有幽默感之人。」

「哪有什麼幽默感，只是實事求是而已。」羅侍衛長輕淡地道。

「不過，我還是要謝謝你。」法詩藺再次道。

「謝是不用了，不過，今天的茶水你請，倒是一件頗爲愜意的事情。」

法詩藺笑道：「那是當然。」

閒聊幾句，羅霞頗爲不解地道：「爲何法詩藺小姐會在大街上顯出一副失魂落魄的樣子，是不是最近遇上了什麼不開心的事情？」

法詩蘭的面容立時顯得有些黯然。

羅霞立刻道：「對不起，只不過是隨便提起，不一定要回答的。」

法詩蘭滿臉歉意地道：「應該是我說『對不起』才對，有些事情實在不願向外人提起。」

羅霞深有同感地點了點頭，道：「我明白。」

法詩蘭感激地望了一眼羅霞，然後又頗感興趣地道：「難道羅侍衛長也有什麼不願向外人提起的秘密？該不會是和大皇子殿下好上之事吧？」

羅霞聽得一時愕然，隨即便訕然一笑，道：「法詩蘭小姐的嘴巴可是夠厲害的，一點都不饒人。整個雲霓古國恐怕沒有幾個人不知道大皇子殿下喜歡法詩蘭小姐，前些天大皇子神秘失蹤之事不是已經鬧得滿城風雨麼？只是現在……」她想起了影子已經被聖摩特五世處死的「事實」，神情無比黯然。

法詩蘭自是記得漠對自己所講之話，以及他要自己幫他所辦之事，她請羅霞喝茶，一方面是出於真誠的謝意，另一方面，她需要驗證一下如今這個不是古斯特的「古斯特」是否真的已被聖摩特五世所處死。她已經探到在「古斯特」被處死之時，與之在一起的還有羅霞。

法詩蘭道：「羅侍衛長真的見到大皇子殿下被陛下賜死了麼？」

一說完這話的時候，法詩蘭後悔不迭，還從來沒有一個人笨得像她這般探聽消息的。

羅霞對法詩蘭的問話自是感到驚訝，一時之間竟也不知道這話的意思到底是什麼，只是反問道：「法詩藺小姐是以為大皇子沒有被陛下賜死？」

法詩藺感到大為尷尬，道：「不，我不是這個意思，我只是對這件事發生得如此突然，感到不可思議而已，所以……所以有一些好奇。」

羅霞喝了一口茶，黯然道：「就是連我也百思不得其解。」

夜，又降臨了，雲霓古國的夜色總是那麼美，連下著的小雨也不願驚擾這麼美麗的夜而停止了，空氣顯得格外清新。

天衣獨自一人，一身便裝在夜色來臨後離開了家，在城西的樹林裡有著他的一個「約會」。

夜色中的城西樹林霧氣很重，或許是因為剛下過小雨的緣故吧。

天衣在樹林的一片空曠地帶停下，拄劍、閉目，在一塊巨石上坐了下來。

他要等的人似乎還沒有來。

月上樹梢，沈重的霧氣已經在他頭上凝聚成一顆顆晶瑩剔透的露珠，也不知它們又是誰的「眼淚」。

他的睫毛忽然顫動了一下，兩顆露珠從睫毛上滑下，墜落於地。

天衣的心裡聽到它們破碎的聲音，格外地清晰。

他要等的人已經來了，樹林的青草發出似有似無的被碾碎的聲音，許多晶瑩的露珠隨著這聲音化爲水，不復存在可人的模樣。

這種破壞的踐踏總是讓人心裡有些微的不好受，與血腥帶來的刺激相比，或許它是微不足道的，但它的存在本就值得讓一些更細緻的心去體察它。

正如天衣，露珠化爲水讓他感到的是一種生命的消亡。

來人終於在與天衣相隔五米處停了下來。

天衣緩緩睜開了眼睛，他看到了那個身著黑衣，不敢以真面目示人之人，但他知道這人是誰。

他從石頭上站了起來，許多露珠從頭上滾落。

他道：「說吧，你想幹什麼？」

來人的嘴角輕輕一笑，道：「很簡單，我也要有關於古斯特的消息。」

天衣目光如冷電般射向來人，道：「你應該知道這是不可能的。」

來人又是一笑，道：「在這片大陸上，沒有什麼是不可能的事情，禁衛大人不要將事情說得太絕對。就好比今天你來此，心裡應該清楚會遇到一些什麼問題。」

天衣道：「是的，我也猜到我今天會遇到什麼人。」

來人裸露在外的兩隻眼睛閃過一絲詫異。

天衣接著道：「所以，我希望在事情尚未發展到不可收拾的前提下，當作什麼都沒有發生。」天衣犀利的目光迎上來人。

來人哈哈大笑道：「看來，要想從你口中得到古斯特的消息，不是一件容易的事了？」

天衣斷然道：「應該是絕對沒有可能的事情。」

來人道：「天衣大人如此年輕便成爲雲霓古國的禁衛頭領，看來並非浪得虛名，三言兩語就將劣勢轉化爲優勢，實在令在下佩服。看來，這件本該好好利用的東西已經沒有什麼用處了，不如棄之。」

來人從懷裡掏出那只錦盒，隨手便往地上扔去。

天衣心中一驚，左腳不由自主地往前小移半步，欲作撲救之勢。

來人又是哈哈大笑，本已扔出的錦盒又平穩地回到了他的手裡。

來人道：「看來天衣大人對這所謂『情人的眼淚』，不是一點感覺都沒有。」

天衣無言，剛才的舉動已經完全暴露了自己內心的真實想法，再辯也是徒勞。

來人見狀接著道：「所以，識時務者爲俊傑，天衣大人應該爲自己和妻子考慮一下。況且，我想得到的只是一個消息，與天衣大人無礙，誰也不能夠證實是天衣大人告訴我這個消息的。抑或，在某種程度上，我和天衣大人通過這件事成爲朋友也說不定。」

天衣沈吟著，良久未語，忽然他抬起頭來，隱含隱痛地道：「難道我天衣在你們眼裡是這等見利忘義的小人麼？」

來人一震，他沒有料到天衣會有這等反應。

天衣神色變得冷峻，接道：「實話告訴你，我天衣今天來此的目的並非是爲了要回『情人的眼淚』，從它失去的那一刻起，我就不曾想過，或許我會因此而死，或許我妻子會因此而亡，但這些並不重要。我來此，是爲了驗證一個人，驗證一件事：究竟是誰，讓古斯特殿下神秘失蹤七天！」

最後一句話猶如一個霹靂，讓來人腳下站立不穩，但他很快讓自己恢復了鎮定，他道：

「你是否真的知道我是誰？」

天衣冷冷一笑，一字一頓地道：「斯、維、特！」

來人反而顯得十分平靜。

他笑道：「有趣，真是有趣，原來想將你一軍，沒想到反而被你將了一軍，看來今天只能有一個人離開這裡。不過，有一件事我差點忘了告訴你，就是你的妻子，思雅姑娘現在在我的手裡，如果有可能的話，你應該先見她一面。」

說著，斯維特扯掉自己的面巾，露出其本來的面目，然後拍了拍手。

隨著腳步聲，思雅被人帶了出來。

天衣看到了妻子充滿怨恨的臉，他想說些什麼，但最終什麼都沒有說，只是冷冷地道：

「看來在這個時候，連你都要拖累我。」

思雅也冷冷地道：「是你拖累我也說不定。」

斯維特道：「看來兩位的誤會還沒有化解，不過我可以告訴思雅姑娘，天衣大人今天凌晨對你所說之話完全是欺騙之言，他不想拖累於你，因爲他收到了『情人的眼淚』。」

斯維特說著便將錦盒打開。

思雅除了看到自己夢寐以求的那對銀色手鐲以外，還看到了一片紫紅色的花瓣，花瓣上有一顆滾動著的，晶瑩的淚珠一樣的東西。

她的眼睛濕潤了，嘶啞著嗓子對天衣道：「你怎麼可以騙我？你怎麼可以又一次騙我？」

天衣低下頭道：「我不想拖累你。」

「可我們是夫妻啊！」

「兩位如果有什麼話要說，不如回頭再談。現在，天衣大人應該更爲直觀地瞭解自己目前的處境了吧？」斯維特悠然道。

「你想怎樣？」天衣有些妥協地道。

「很簡單，你現在已經驗證了你想要驗證的事情，目前唯一的出路便只有你我合作，否則必定會出現一些大家不願意見到的場面。」斯維特散慢地說道。

天衣沈默著，此時霧氣愈來愈大，身上的衣服都被霧氣所浸濕，不時地有露珠順著他的髮梢、臉頰滾落。

許久，天衣道：「我可以與你合作，但我有一個條件。」

斯維特道：「不妨直說。」

「我想與妻子說一句話。」

斯維特大感意外，道：「說一句話?你現在不可以說麼?」

天衣道：「有些話是不能夠當著別人的面說的。」

斯維特的眼中透著謹慎的目光，他實在不明白天衣的背後有著什麼樣的目的，但他想起了一件事，心中也就釋然，天衣不可能逃出自己的手掌心。

他道：「你最好不要耍什麼花招，我可以告訴你，爲了這次見面，我已經做好了充足的準備，就算我現在把思雅姑娘送給你，你也不可能把她帶離這片樹林。」

天衣淡淡一笑道：「如果你覺得有什麼不放心的話，可以當我沒說。」

斯維特盯著天衣看了一會兒，道：「我答應你。」隨即揮手示意。

思雅被解開了穴道，她如飛般撲進了天衣的懷中，哭泣著道：「你可知道我好傷心?」

天衣微笑著看著妻子，幫她理了理額前有些零亂的髮梢，輕柔地道：「我知道。」

「那你爲什麼還要這樣傷害我?」

「有些事情不是自己想怎麼樣就能怎樣的。」

「可我不願你在遇到困難的時候將我排除在外，我要與你一起分擔所有的事情，你答應我，好嗎？」思雅充滿期盼地望著天衣道。

天衣點了點頭，道：「我答應你。」

思雅幸福地偎在天衣的懷中。

片刻，天衣道：「有一件事我想問你。」

思雅道：「你說吧。」

「你怕不怕死？」

思雅望著丈夫，堅決地搖了搖頭。

天衣緊緊地將思雅抱住，幸福地道：「真是我的好妻子。」

迷霧中，寒芒一現。

斯維特突然意識到情況不對，可一切已經晚了，天衣的劍已經刺穿了思雅的胸膛。

這突如其來的變化大出斯維特的意料之外，他曾經見到天衣是那麼地愛著自己的妻子，可現在他卻親手殺了自己的妻子，這簡直太不可思議了。

被利劍刺中的思雅似乎並沒有感到意外，她臉上猶帶著笑容，道：「我知道你會這樣做的，我一直等著你這樣做，只有這樣，我才感到自己是你的妻子。」

天衣笑著道：「我知道。」接著，他又湊近思雅的耳邊，輕聲地道：「我愛你，思雅。」

思雅臉上的笑意更盛了，像怒放的玫瑰，而此刻，她的生命也終結了。

天衣緩緩地將思雅放下，對著斯維特道：「現在，你應該知道，爲了雲霓古國，我可以放棄一切吧？」

「是的，我已經知道！」斯維特道，他又看了看手中的錦盒，接道：「這無謂的東西有何用？反而將自己牽扯出來。」他順手一揮，錦盒朝迷霧深處飛去。

「鏘……」斯維特手中的劍拔了出來，他今天絕對不能讓天衣離開這裡，爲了自己，也爲了暗雲劍派。因爲，若是給天衣逃脫，暗雲劍派就有可能毀於一旦，而這也勢必牽扯到三皇子。

一種濃烈至極的殺機在斯維特身上瘋漲，身子借地面反彈之力彈上半空，融入迷霧中。

一道驚芒自迷霧中透析開來，肅殺狂暴的霸殺之氣霎時猶如一張大網般緊罩以天衣爲中心的五米範圍。

草木、泥石在刹那間彷彿被一種生命所啓動，變得狂野無比。

而耀眼的劍光將這一片空曠的地帶照得形同白晝。

「破空——」斯維特豁盡全身力氣暴喝，而虛空也在這一刹那間開始扭曲。

接著，每一寸虛空、每一點空氣全被一股莫可匹禦的氣旋給撕得粉碎，包括劍氣所籠罩的一切生命或非生命的物體。

破空，乃是暗雲劍派被幻魔大陸奉爲劍之神殿的三大劍勢之一，與「遮日」、「映月」共稱三勢，全憑精神力進行牽發，最耗心神，若是不能駕馭，必定遭受自噬。這是斯維特第一次真正面敵而用，今天他對天衣是採取必殺之心，所以一出招便欲置其於死地，使出「破空」之勢。

天衣沒有動，或者說，他根本就無法動，暗雲劍派之所以被譽爲劍之神殿，便是其劍無可匹禦的霸氣，還有便是隱藏在劍勢中的精神控制力，攝人心神。

他不能動，外在破壞力並不可怕，可怕的是內在的精神控制力已經進入了他的心神，他若是動，必定遭受所有劍氣、殺意的聯合性攻擊，況且他不能讓這道劍氣毀了妻子的身體。

斯維特的劍氣、殺意在尋找突破口，而天衣在抗衡著。兩人無疑都是強者，本就很難分出高下，此時的局面，無形中變成了誰也不願意見到的僵局。

而此時，在樹林外，天衣的十名貼身禁衛倏然出現，卻同時遭受到了潛藏在暗處的無數黑衣人的猛烈攻擊。

但僵局似乎只是相對的，一種在兩種對抗力量之外的第三種力量在滋長，而且已經成形。

這種力量來自一柄劍，天衣的劍。

劍突然從天衣的手中飛了出去，就像突然有了生命一般。

破碎的虛空由於這柄劍的突然出現而有了一種另類的動，因爲劍不僅僅牽動的是自己，而

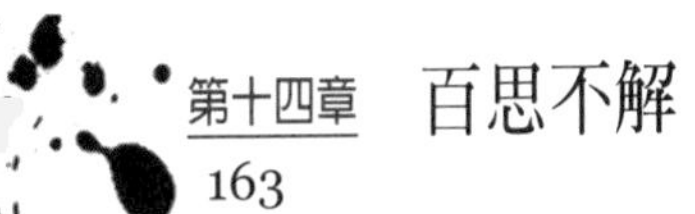

且讓破碎的虛空重組，然後扭曲、變形，造成一種不真實。

劍如驚電射向了斯維特，卻又似不存在。

原來，天衣並不是真的不能動，他只是在抗衡著斯維特的劍芒、殺意的同時，聚斂著一點點的真氣，驅動著手中之劍的復活，而這就是他採取的策略，他要在斯維特全身心集中於突破自己抗衡的時候，猝不及防地射出一劍，發出毀滅性的一擊。

他同樣知道，今晚只會有一個人走出這片樹林。

第十五章　第三力量

這是一柄斯維特從未見過，也從未想像過的劍。這時，他才覺得自己開始認識了天衣。

現在，斯維特已經沒有選擇了，他唯有收劍。

劍收！

同時再出！

瘋狂的劍氣、殺意逆回體內，沒有經過轉化、控制再出。他沒有想過會出現什麼樣的結果，他只是想到不能這樣不明不白地死掉，就算是死，也要魚死網破，生與死，成與敗，也全都繫於這不敢想像，也無法想像的一劍之上。

「轟……」劍與劍相擊，準確得駭人，如同兩種意念、兩種感覺撞在了一起。

兩人皆狂退，分別撞在兩棵大樹上，樹幹皆應聲而斷。

逆回的劍氣讓斯維特五臟六腑全部移位破損，而天衣以精神力控制的第三種力量更被斯維特的思維擊成不能連續的碎片。

耗盡心神驅動的第三種力量在遇到斯維特不可控制的攻擊時，也讓天衣的心神難以爲繼，所有精神力和功力全部渙散。

「殺了他！」

樹林深處，一人發出喝令。

「嗖嗖嗖……」箭如飛蝗，密密麻麻，從四面八方充斥每一寸空間射向天衣。

突然，樹林內到處燃起了熊熊大火，火光滔天。

就在天衣失去知覺之時，一道紅色幻影撕破重重箭雨，挾著他向西北方向逃去。

「決不能讓他們逃走！」

箭雨又緊隨紅影追至，然而滔天的火光已將紅色的幻影吞沒。

火光映照下，無數身影縱躍騰掠，向紅色的幻影消逝的方向追去。

影子呆呆地望著這靜謐的湖水半天，終於還是跳了下去。

「噗通……」平滑如鏡的湖面濺起好大的浪花，浪花在空中散成無數水珠，漫布天空，每一顆都映出金色的太陽光輝。

影子的頭從水裡鑽了出來，沒有目的地拚命游動。

劃破水面的回聲在山谷間此起彼伏地響著，他要釋放身體裡的每一份力量，然後看看自己的身體裡有些什麼樣的東西。他愈來愈不明白自己爲何老做一些奇怪的夢，做一些奇怪的事，他心中始終無法擺脫殷紅的血從「姐姐」胸前流下的一幕……

終於，他累了，四肢平躺著浮在湖面，柔滑的湖水輕托著他，清新的氣息衝擊著他的感觀，他的身心得到徹底的放鬆，終於，他睡了過去……

當再次醒來的時候，影子聽到了歌聲，或者說，是這歌聲讓他醒了過來。

歌聲在如黛的山林間環繞，在每一片樹葉間迴盪，在湖面上飄蕩，彷彿就是這一片山谷、這一面湖唱出來的。

影子抬起頭來，四處張望，卻不見歌者。

終於，他看到了鳥，無數的鳥兒在向一處匯合，他想都沒有想就游了過去。

在一片林間，他赤著腳走著，腳下是柔軟的落葉與蔓草，飛鳥一隻隻地從他頭頂滑過，循著歌聲傳來的方向，他看到了歌者。

她正在低緩地唱著，無數的飛鳥在她四周的草地，在林間的樹上，專注地聽著她吟唱。

歌聲彷彿是在講一個故事，一個因年代久遠而變得模糊不清的故事，歌聲中有著深深的哀傷。

影子的眼睛陡然變得十分冷酷，他的心中有著一種殺意在燃燒，腳步開始移動，緩緩地向那歌唱的女子靠近。

女子仍在低迴地吟唱，樹上、草地上的鳥兒仍在專注地傾聽，她和牠們彷彿都沒有感到影子的一步步逼近。

影子的手突然伸了出去，歌聲倏地停止。

一時林間很靜，忽地所有鳥兒都展翅飛起。

影子一下子有些恍惚，他看了看自己停在空中的那隻手，有些不明所以。

女子緩緩抬起頭來。

影子在女子晶瑩美麗的眼睛裡，看到一絲極爲兇殘的殺意。

一柄森寒無比的匕首閃電般刺向了影子。

影子的身形下意識地側動，匕首偏過他的心臟，刺進了他的手臂。

女子冷冷一笑道：「我今天就爲姐姐報仇！」

還沒來得及讓影子有所反應，匕首拔出再度刺來。

影子感到一道寒芒直逼自己的咽喉，暗道：「吾命休矣。」眼睛不自覺閉上。

而正在這時，影子突然感到自己的身子飄了起來，脫離了那女子殺機重重包裹的範圍。

他睜眼一看，「姐姐」那熟悉的面孔出現在自己的眼前，此時她正托著自己在空中虛渡，他心間陡然充盈著溫暖。

兩人落地站定。

那女子緊步上前，冷冷地道：「看來你來得倒很及時。」

「姐姐」淡淡地道：「我不會讓你傷害他。」

那女子手中匕首直指影子，道：「沒有人可以阻止我殺他！」

影子感到十分不解，爲何這女子對自己充滿恨意，非殺自己不可？

「姐姐」道：「那你必須先過我這一關。」

那女子恨恨地道：「難道他對你造成的傷害還不夠深嗎？難道他對族人造成的傷害還不夠深嗎？」

「姐姐」渾身一顫，旋即道：「不管怎樣，沒有人可以傷害他。」

那女子笑了，仰天狂笑，笑得連眼淚都流了出來，她用衣襟拭去眼角的淚水，道：「好一個癡情的女子！」

「姐姐」沒有言語，影子望向她，在她眼裡，影子分明看到了一種幽怨。

那女子眼睛裡卻忽然充滿了悲痛，她道：「可我不行，我不能容忍他把姐姐害死！你可記得姐姐當時死得好慘啊，她的那隻手，那隻死前想抓住什麼的手，最後卻什麼都沒有抓到。」

淚水從「姐姐」的眼角溢出，她同樣悲痛地道：「我知道，我當然知道，我怎麼會忘記呢？」

那女子陡然怒指著影子，道：「都是他，若不是他，姐姐怎麼會死？若不是他，姐姐怎麼會連元神都毀滅了呢?!」

影子愈來愈聽不明白，難道什麼事情都是自己造成的？這又怎麼可能？自己才剛剛來到這個所謂的幻魔空間，或許她們口中所指的「他」只是古斯特，自己又一次蒙了不白之冤，看來那好色的古斯特惹的麻煩事還真是不少。

影子於是道：「對不起，我失憶了，我不知道你們口中的『姐姐』到底是怎麼回事，以及我怎麼樣把你們姐姐害死了，麻煩你們講清楚一些好不好？」

那女子怒斥道：「你少給我裝蒜，你以爲你真是……」

「歌盈住口！」「姐姐」突然厲言喝止道。

「怎麼啦？你怕我說出來啊？我今天倒偏要說出來！」被稱爲歌盈的女子轉向影子繼續怒道：「你以爲你真是雲霓古國的大皇子，誰……」

幻影重重，凜冽的殺氣沖向了歌盈，歌盈的嘴不得不閉上，她的手同時如迅雷般探出，身形化作一道青色寒芒，衝進了重重白色幻影之中。

虛空如同突然被撕開了一道巨大的裂縫，適才還草長鶯飛，輕風和徐，流光漫舞，如臨天堂仙境；轉瞬間陰風怒吼，濁浪排空，陰森肅殺之氣如墜煉獄。

影子驚駭萬分，被狂風捲起，撞上一棵大樹，他連忙緊緊抱住，誰知大樹竟被狂風連根拔起，人和樹一起向無盡的虛空之中飛去。

……

影子突然從床上跳了起來，他的頭，他的身上全都被汗水所浸濕。

他喃喃自語道：「這是個夢嗎？」卻又覺得這個夢過於真實，彷彿就在眼前。

「殿下醒了？」

藍兒端著一盆水，笑盈盈地走了進來。

影子沈重地點了點頭。

「既然醒了就起來洗臉吧，看你滿身都是汗，一定做惡夢了吧？」藍兒將影子從床上拉起，按到椅子上，然後將水放在他的面前。

影子彷彿在夢中還沒有醒過來，想著夢中的人，想著夢中的事。

「想什麼呢？」藍兒見他呆呆的樣子，出言問道。

影子自語般道：「奇怪，怎麼會做這樣的夢？」

「不要發呆了，快點洗吧，姐姐要見你。」藍兒催促著道。

「誰？誰要見我？」影子一時沒有聽清，重複著問道。

藍兒沒好氣地白了他一眼，嘟著小嘴大聲道：「是姐姐要見你！」

影子尷尬地對她一笑，心裡卻想道：「不知她的傷好了沒有？」

很快，影子洗了澡，又換了衣服，從草舍裡走了出來，卻發現「姐姐」在湖邊的一條小船上等他。

他心裡想：「這裡何時多了一條船？」也不去多想，遂走了過去。

因上次誤傷了「姐姐」，影子見到她，心裡未免有些忐忑不安。他走到船上，站在那兒，有些拘謹地道：「不知姐姐找我有何要事？」

「姐姐」正伸出一隻手在湖面上劃著圓圈，神情顯得極爲專注。

影子更感拘促不安，於是又加大音量道：「不知姐姐找我有何要事？」

「姐姐」輕抬螓首，凝視著影子不語。

影子的拘促之感更增幾分，心裡想道：「肯定是上次傷了她記恨在心，卻不知她要怎樣對我？」

大概靜靜凝視著影子看了兩分鐘，「姐姐」方將目光移開，只是淡淡地道：「開船吧。」

影子不知她葫蘆裡賣的是什麼藥，故不敢吭一聲，只得乖乖地操起槳漫無目的地划起船來，所幸他以前曾划過槳，船在湖面上倒還能操控自如。

船在滑如平鏡的湖面上遊動，「姐姐」仍舊是一言不發，她伸出一隻手在水裡，移動的船讓手在湖面上劃出一道道波紋。

影子實在忍受不了這種令人窒息的氣氛，正欲開口說話，只聽「姐姐」突然說道：「知道我爲什麼約你一道划船嗎？」

影子沒好氣地道：「想必不是爲了遊山玩水吧？」心裡卻想：「還有什麼好事，肯定是上次之事記恨在心，找機會報復。」

「你一定以爲是我對上次之事耿耿於懷，所以找機會報復，對嗎？」「姐姐」淡淡地道。

影子心中一驚，忖道：「怎麼自己的心事每次都被她看穿？」嘴裡當然不敢承認，卻道：「姐姐找我我想必一定有姐姐的理由。」

「不錯，我今天找你是想告訴你一件事。」

「一件事？姐姐有什麼話就不妨直說吧，不用給我打啞謎。」

「你父皇設計殺你，再將你送至此處是有他的理由的。」「姐姐」望著水面說道。

影子平靜地道：「這一點我一開始就知道，只是不知道他所謂的理由是什麼。」

「因爲有人要殺你。」「姐姐」淡然道。

「有人要殺我？這也算不上什麼稀奇古怪的事，我是雲霓古國的大皇子，是雲霓古國的儲君，人人都想登上帝位，自然有很多人想殺我。」影子毫不在意地道。

「並不僅僅是這個原因。」「姐姐」抬頭望著影子說道。

「並不僅僅是這個原因？」影子顯得頗意外，他實在想不出還有其他的什麼原因，如果是自己的身分被看穿，那也不太可能，那樣第一個要殺自己的便是聖摩特五世，而不是其他人。

他接著道：「那到底是誰想殺我？他們爲什麼要殺我？」

「姐姐」顯然不願作過多的解釋，只是道：「要殺你的人現在已經來了。」

影子看了看山，又看了看水，山一如往昔，水亦一如往昔。他再看看「姐姐」的臉，開玩笑般地道：「姐姐不是騙我的吧？」

說這話的時候，影子集中心神感受著周圍的異動，憑他殺手的靈覺，在周圍一百米之內根本沒有潛藏的任何殺機。

「不用再運用你的靈覺，憑你的精神力根本就不可能感覺得到他的存在。」「姐姐」淡淡地說道，但影子卻從她臉上看到了大敵當前的凝重，他的精神也不由得處於高度戒備狀態。

他道：「那姐姐又爲何將我帶至船上？這樣豈不是無路可逃？」

「姐姐」的美眸輕輕閤上，片刻，重又睜開，她語氣凝重地道：「待會兒，無論發生什麼事情，你都要保持冷靜，不得輕舉妄動，明白嗎？」

影子點了點頭，心中卻想：「自己不知何時要一個女人的保護。」

突然，影子高度戒備的心神被一束極爲陰戾的氣勁所竄入，心神一鬆，整個精神力頓時瓦解。

而這時，小船四周的湖面上如被煮沸一般，無數氣泡從水底冒出，變成一圈圈快速擴散的漣漪。

隨著這漣漪的擴散，影子感到一道一道無形的衝擊波侵入自己的身體，猶如千萬把鋒利無比的小刀在侵割自己的血肉，而頭部也如被煮沸的鍋一樣，到處冒著泡泡。

但他仍在聚集著已潰散的精神力，因爲他知道意志若一消散，便再也不可能重新找回。

「姐姐」坐在船上一動也沒有動，她的神情安然，彷彿根本就沒有發生任何事一般。

倏地，一條水線從湖面直竄上空，當空的烈日彷彿被這條水線一分爲二，中間出現了一道陰影。

水線轉勢落下。

虛空中出現了一柄刀，一柄以水化成的巨刀。

第十六章　水形結界

刀朝小船疾劈而下，所過之每一寸空間彷彿被冰凍過一般，變得晶瑩透明，反射著肅殺的寒芒。

就在巨刀劈上小船的一剎那，「姐姐」玉手輕揚，一道無形的氣旋撞向湖面。

白浪翻湧，小船如離弦之箭般向前疾射而去，脫離水面，與水面平行掠飛。

巨刀斬空，直沒入水中。

倏地，一聲巨響，如同發生海嘯一般，一道水柱直沖入天。

突然，水柱暴散，化作漫天水珠，如有著生命一般，水珠直撲向沿著湖面疾馳的小船。

影子看到，在每一顆水珠裡，都有一個變了形的人頭像，目露森寒之光，不！是一柄劍，每一顆水珠都是一柄劍，千千萬萬顆水珠變成千萬柄劍，如密雨般朝他們疾射而至。

「姐姐」見狀，手成刀狀，從水面貼滑而過，一張薄如蟬翼的水片從水面脫離開來，隨即一個以透明的水做成的結界在小船上空形成。

劍雨悉數被阻，而這時一柄真正的劍突破了水形成的結界，散發著張狂的魔意，直取影子。

急馳中的船驟停！

那柄劍貼著影子的鼻尖快速掠過，船上空的結界也隨著那劍急逝而過。

影子心中驚駭不已，只差分毫，自己便會命喪異國。

一個人這時站在了船頭上。

影子舉目望去。

是歌盈，是夢中見到的歌盈！

此時，他真的分不清哪是夢、哪是現實了，或者夢便是現實，現實便是夢。

「歌盈？」影子不由自主地脫口而出。

歌盈冷冷一笑道：「你還記得我。」

這時，「姐姐」也望著影子，頗感詫異。

影子不敢相信地道：「你真是歌盈？」

歌盈冷冷地道：「你還認爲這世界上存在第二個歌盈麼？你少給我裝糊塗！」

影子還是不敢相信地道：「那你唱那首歌給我聽聽。」

「什麼歌？」歌盈顯得極爲不解，又道：「如果你想引開我的注意力，那你就錯了，今天我是非殺你不可！」

影子毫不理睬，爲了證實哪是夢，哪是現實，他道：「就是那首古老的，模糊不清的，引得許多鳥兒來聽的那首歌。」

「咯咯咯……想聽歌麼？自從姐姐死後，我就發誓，今生再也不唱歌，你若想聽歌，就去死吧！」

歌盈的劍破空刺出。

湖光、山色、空氣、陽光竟全都以劍刃爲中心，被劍刃所牽引，刺向影子。

影子正當不知如何是好時，一顆水珠突地出現在他的面前，不！是一朵花，一朵水做成的花，晶瑩燦爛，反射著肅殺的劍氣。

霎時，花碎，同樣是一柄劍，從飛花中刺出。

「噓……」劍尖與劍尖妙至毫巔地相撞一處，發出可撕金裂玉的銳鳴。

小船一分爲二，水面出現了一道深達十米的裂縫。

影子落入水中，歌盈與「姐姐」貼著水面急速飛退。

「你真的要阻止我殺他麼？」歌盈站於水面，對同樣立於水面的「姐姐」冷冷地說道。

「是的。」「姐姐」淡淡地道。

「你這樣做值得麼？」

「姐姐」不語。

「那好，那我就先將你殺了再說。」

歌盈話音剛畢，左腳尖輕點湖面，湖面一道細微的漣漪蕩開，身形化作一道幻影飛升。與此同時，「姐姐」也已脫離湖面，手中之劍直追那道幻影。

「鏘……」電光交鳴。

影子浮於湖面，空中兩人已經完全消失，只見兩道光影飛錯交疊，金鐵交鳴聲不斷。

影子心中擔憂著「姐姐」，但可悲的是他的擔心根本就找不到附著點，更枉論幫忙了。

空中兩道光影飛錯交疊愈來愈快，轉瞬便變成了不斷飛旋的氣團，零星的金鐵交鳴聲已經組織成一聲長長的、沒有間斷的尖嘯。

影子知道，結果已經快出來了。

「轟……」飛旋的氣團從中被一道驚雷劈開，強大無匹的衝擊波使整個湖面沸騰，巨浪滔天，樹木被狂風吹彎，山中之鳥到處驚飛。

影子看到了「姐姐」，此時，她就像斷了線的風箏般從半空中墜落。

「噗通……」「姐姐」落於湖面之上。

「姐姐！」影子大叫著，朝「姐姐」墜落的方向拚命游去。

終於，他看到了「姐姐」，他終於游到了，他將「姐姐」沒入水中的頭抬了起來。

鮮血已經染紅了他四周的湖水。

而且，影子還看到，鮮血正從那個傷口，那個他刺傷的傷口源源不斷地流了出來。

「血、血、血……」影子的腦海中又出現了血，許多殘酷的血的場面。

「不能讓血再流了。」影子又一次拚命地撕扯著身上的衣衫，去堵「姐姐」傷口的血。

一柄冰冷的劍抵在了影子的脖子上。

影子在血水裡看到了一張臉，一張是他自己卻又顯得很陌生的臉，他緩緩地回過頭來。

他的眼神很冷，比脖子上的劍還要硬冷。

他看著歌盈。

「不要用你仇恨的眼睛看著我，我心中的恨意比你更勝萬倍！」

歌盈手中的劍刺了下去。

一顆水珠從影子手指間彈落，以比劍還要快數倍的速度貼著劍面逆向滑行。

鮮血激射。

是歌盈的鮮血。

歌盈跌落湖面，她捂著自己的右手傷口，茫然道：「他醒了？他真的醒了？」

此時，影子抱著「姐姐」，向岸邊游去。

天突然變得十分陰涼。

「這鬼天氣，怎麼這個季節也會冷！」艾娜抱著自己的雙臂，小聲地咒罵道。

此時，她正躲在幾塊大石頭的石縫之間，在她旁邊躺著一個昏迷不醒的人——天衣。

「再仔細找找，我就不相信他們能夠突然遁跡！」外面傳來一個人陰冷的叱喝聲。

艾娜馬上閉住自己的嘴巴，連大氣都不敢喘一下。她已經躲在這個可恨的石縫裡面一天一夜了，要不是她心懷愧疚，她才懶得救這個死不死、活不活的人，搞得她現在身子又冷，肚子又餓。

「沒吃到羊肉，反而惹了一身騷。」見外面搜巡的人已走，她又小聲嘟囔著。

這時，她不小心碰到了身旁昏迷過去的天衣。

「咦？他身上怎麼這般熱？」艾娜顯得極爲奇怪，再伸手在天衣的額頭上摸了摸，自語道：「好像在發燒哩。」

「不管他，把我害得又冷又餓，救他一條命算是對他不錯了。」艾娜頓了一下，又抱怨道。

「可是……總不能見死不救吧？照這樣下去，一定會燒死人的耶，反正我現在很冷，不如……嘻嘻……」艾娜想著，不由得發出得意的竊笑。

於是，她將躺在地上的天衣輕輕扶起，面對面坐定，然後便將昏迷著的天衣緊緊摟在懷裡。

原來，她是想借發燒的天衣來給自己取暖。

可不過片刻，艾娜又將緊緊抱在懷裡的天衣放開，心裡道：「不行，不行，這樣豈不給他占了大便宜？再說，這樣也對不起大皇子殿下，萬一哪天我成了皇妃，若今天的事傳出去，那還不要人命啊？」

可她轉念又一想：「要是我不將此事傳出去，誰會知道？他這個死人昏迷不醒的就不會知道了。何況，現在冷得要命，若是不借他取暖，我要是冷死了怎麼辦？還做什麼皇妃的夢？」

艾娜想到此處，便又緊緊地與昏迷中的天衣抱在一起。

待得發冷的嬌軀借用天衣發燒的身體暖和過來以後，她口中深深地吁了一口氣，感到無比愜意。

「原來暖和的滋味如此美好，我現在才覺得。」艾娜思忖道。

由於長時間一個姿勢與天衣抱在一起，艾娜感到手都發痠了，她想換一個姿勢，可身子剛一移動，她就感到一個硬梆梆的東西頂得自己腹部很痛，她伸手在自己懷裡掏出來一看，原來是天衣的那只錦盒，是斯維特扔掉的時候，她神不知鬼不覺撿到的。

她打開錦盒，那片深紅花瓣上的淚珠已經不見，所謂「情人的眼淚」已不復存在。

艾娜神情有些黯然地自語道：「都怪自己一時興起，弄什麼『情人的眼淚』捉弄天衣，逼他說出大皇子殿下的下落，沒想到半路殺出一個斯維特，把他妻子害死，又把他害成這樣……」

艾娜想著，眼睛竟有些濕潤了。她拿衣襟在眼角擦了擦，然後便將錦盒裡的那片花瓣狠狠扔掉，嘴裡罵道：「什麼狗屁『情人的眼淚』！」但她卻看了花瓣下的一對手鐲。

錦盒內的手鐲發出柔和的光芒，艾娜一時興起，便將那對手鐲戴在手上，她立即感到有著花的芬芳，風的輕柔。

艾娜驚奇地道：「原來這個世上竟有如此美妙的手鐲！」顯得愛不釋手，然後又黯然道：「只有一個男人對一個女人深深的愛，才會有這樣的手鐲。」

「不行，我不能讓他就這樣死去，我要把他救活，爲他妻子報仇！」艾娜突然下定決心。

她緊閉自己的雙目，手按天衣頭頂百會穴，以自己的精神力作爲導引，去彙聚天衣已經渙散的精神力。

一股無形氣束通過百會穴，沿著經脈運行，進入天衣體內……

終於等到傍晚時分。

法詩藺匆匆地離開了家，穿過羅浮大街來到了西城外，向石頭山攀去。

她的心感到無所依傍，極想見到漠。

等她喘著嬌氣來到神廟時，卻發現漠並不像往日一樣盤坐於神像前靜默。

神廟內只有殘破的神像。

她頓時感到心裡空蕩蕩的，似乎失去了什麼一般。她癱坐在地上一動不動，看著神像……

不知過了多長時間，有腳步聲從她身後傳來，不及回頭，她便喝道：「是你嗎？」

「是我。」漠淡淡一笑，向她走近。

法詩藺的臉卻又紅了起來，她還沒有如此急迫地想見一個男人，這種事對她來說應該是不會發生的。

漠似乎並沒有發現法詩藺的異樣，他自若地步進神廟，在蒲團上盤坐而下。

法詩藺也在他旁邊的一個蒲團上坐下。

「近日可好？」

漠面對神像閉目，輕言問道。

法詩藺突然間竟有些生氣漠對什麼事都是一付淡漠、毫不關心的樣子。

她賭氣道：「不好！」

漠卻依然閉目，輕淡地道：「你應該學會控制自己的情緒。」

「人族本皆是七情六欲之輩，豈像你們魔族冷酷無情。」法詩藺顯得有些氣忿地道。

漠終於睜開了眼睛，望著法詩藺。

法詩藺讓自己情緒穩定了一下，又道：「你是不是很不想見到我？」

沒待漠回答，她又自嘲地笑了一下，道：「是啊，我不應該來這裡，我只是不明白爲何自己會來到這裡。」

漠道：「你是不是遇到了什麼不開心的事？」

「不開心？不，我應該很開心。有一個男人向我求婚，並且送我這個世界上最漂亮、最漂亮的禮物，我不知有多開心。」

漠沒有說話。

法詩藺續道：「你不知那禮物有多漂亮，光彩多耀眼，而且還可以與我的心一起跳動，只有天下最美麗的女子才佩擁有這樣的禮物，可我拒絕了他，你說我是不是一個很傻很傻的女人？」

漠道：「我知道你想哭，那你就哭吧。」

法詩藺突然大笑道：「我爲什麼要哭？我來是要告訴你，你口中所謂的體內有天脈的大皇子，已被偉大的聖摩特五世陛下下令殺了，不用我再替你去殺人了。」說完，她立起身，往山下衝去。

法詩藺在狂奔著，她想徹底地把身上的能量發洩掉，本來她只想找個人說說話，把心中的鬱悶驅散掉，她本以爲漠會聽她說話，知道她心裡所想，可漠臉上的淡漠表情讓她一切想說之話都化爲烏有，而且變得更加鬱悶。

沒有人可以聽她說話，沒有人可以理解她與「紫晶之心」，她與聖魔大帝，她自己都無法理清的微妙關係。

此刻，她感到自己分外的孤獨。

不知跑了多少路，法詩藺終於累得倒在了地上。

躺在地上，她大口地喘著氣，她要把所有的鬱悶都喘掉。

身下，是柔軟的草地，頭上是深邃的夜幕，她的心因此而好受了些。

當她坐起來的時候，意外地發現漠正坐在她旁邊，雖然臉上依舊是淡漠，卻給了法詩藺心中一股暖流。

「可好些？」漠道。

「你怎麼會在這裡？」法詩藺問道。

「我怕你出事，所以一直都跟著你。」

「大皇子已經死了，我對你來說已經沒有利用價值了。」

「我從來沒有把你作爲一種價值來衡量，我是需要你的幫忙，真誠的以心交換的。」

法詩藺望著漠，漠也望著她，法詩藺從他眼中看到了真誠，漠也從她眼中得到了信賴。

漠道：「其實，在我眼裡，你一直是一個很堅強的人，堅強的人一般不會讓別人看到自己的脆弱，我有幸看到了，感到很幸運。」

法詩藺淡淡一笑，月光照在她的俏臉上，有一種淡淡的無奈，

「對每一個自己來說，他都是孤獨的。孤獨是一種心境，並不因環境而異。」漠望著天上的月亮道。

「那你呢？你孤獨嗎？」法詩藺頗爲關注地看著漠道。

「我無謂孤獨不孤獨，生活對我來說本就如此，每一個魔族都是在不見人煙的、暗黑的世界裡長大，生活在自己心裡的世界的，這是對自己心靈的一種煉化，也是一件無可選擇的事情。」漠道。

「那對你們來說，生活本身不就是一種痛苦？」

「所以，很多魔族不能忍受這種痛苦，拚命地想重新佔領這片大陸，將聖主喚醒是他們這一生必須做的事。」漠道。

「現在大皇子死了，你們口中所謂的聖主就不可能重新被喚醒了。」法詩藺有些釋然地道。

「不，他沒有死，他不會如此輕易便死去的，你看到的只是一種假像，一般人是不可能將他殺死的。」漠的眼中射出冷毅的光芒。

法詩藺淡然道：「我也知道他沒有死，那個死的理由實在疑點太多了。」

「所以，我們現在要去面對他。」

「已經找到了？」法詩藺問道。

漠突然把眼睛轉向法詩藺，道：「是的，已經找到了，所以……」

天衣醒了過來，卻發現一個女人壓在自己身上，待他看清是艾娜時，忖道：「難道是她救了自己？」

他想起了受到斯維特不可抗拒力量的攻擊，自己的精神力和功力全部渙散的一瞬間。「看來確是艾娜救了自己。」

他將身上的艾娜移開，暗暗運了一下功力，除了有些頭痛欲裂之外，精神力已經恢復了八九成，功力也已經恢復了四五成。

他又看了一下所處的環境，看來是爲了躲避斯維特的追捕才會來到此處的。

他集中精神力遙感著四周的動靜，除了應有的自然界的聲響外，沒有再感到任何人的存在。

天衣於是從狹小的石縫裡爬了出來，他看了一下藏身之處，這個石縫之隱蔽，除了身在其中，外面根本無法看到裡面能夠藏人，因爲從外面那個斜側的角度看進去，連隻貓爬進去都挺難。他心中不由得佩服起艾娜來，看不出她平時大大咧咧，關鍵時刻倒還挺細心。

他又看了一下四周，依地形，正是與斯維特相約之地，只是四周的樹木雜草皆被大火燒過，變得光禿禿。

他想：「這一定又是艾娜所爲，只有她才能夠將火玩得如此到家。」

他不禁回頭對石縫裡的艾娜笑了笑，卻忽然想起了妻子思雅。

「思雅已經被自己刺死了。」天衣不覺心中一陣絞痛，「可她的屍體呢？她的屍體怎麼不見了？」

第十七章　火女艾娜

天衣四處張望尋找，除了灰燼與燒焦的樹木外，連思雅的一根髮絲都不曾發現。

他的腳步踉踉蹌蹌，身形東跌西撞，彷彿失去了靈魂。

「思……雅……」

他嘶吼著，痛苦的聲音在天地間迴響穿行。

「噗通……」他又昏了過去。

艾娜不知何時已經醒來，她看著天衣，內心充滿了同情。

「嘿嘿，你們終於出現了。」一個陰冷的聲音在艾娜耳邊突然響起。

艾娜回頭一看，一個人，不！是二三十個人正向她與天衣逼來。

她連忙飛身過去將天衣扶起，正欲逃走，卻發現二三十個黑衣人已將她與天衣團團圍住。

「你們今天休想離開這裡。」那個帶頭的黑衣人狠狠地說道。

「讓開，你們可知道我是誰？我是雲霓古國魔法神院大執事的女兒艾娜，你們可認清楚囉。」艾娜頤指氣使地說道。

「今天就算是聖摩特五世的女兒在此，也休想離開這裡。」那帶頭之人又道。

「大膽，竟敢說出如此大逆不道的話來，難道不想活了？你們到底是什麼人？」

「我們是要殺你之人，上！」

刀，二三十柄刀同時向艾娜和天衣砍了過來，刀氣，如肅殺的秋風，讓艾娜感到渾身寒冷。

憑著這刀氣，她已知道，這二三十人絕對不是好惹之輩，而且那帶頭之人的刀氣更是凜冽，使艾娜的骨頭有一種欲裂開之感。更甚者，他的刀是滯後的，也就是說，他的刀在靜待著艾娜的變化而變化。

艾娜的嘴角露出那招牌式的壞壞的笑，道：「想砍我？也不先去打聽打聽我是誰！」

艾娜的口中念念有詞，隨後玉手一揮，「著！」

二三十柄刀陡然停了下來，因爲每一名刀手都感到了身體有灼熱之感，是從褲襠內傳出來的，而且灼熱之感已經變成了被烈火燒烤的疼痛。

原來他們的褲襠已經被火燒著了，連那名帶頭之人也不例外。

二三十名黑衣人也顧不得再砍下去，拚命撲救下身的火苗，要不然那可不是鬧著玩的。

艾娜咯咯大笑，攜著天衣如飛一般跑了。

深夜，湖中小亭。

「你真的決定這麼做？」歌盈看著一個女人的側臉，問道。

這女人的臉因爲失血過多和慘澹月光的映照，顯得異常蒼白，使人想起了一張白紙。是「姐姐」的臉。

「姐姐」望著湖水中倒映著的小亭，點了點頭。

「你下這樣的決定可曾爲你自己想過？也可能，就算你這樣做了，結果什麼都沒有得到。」歌盈再一次提醒著「姐姐」道。

「我已經考慮清楚了，這是我如今唯一可以做的事。」「姐姐」無比堅決地道。

歌盈顯得十分生氣地道：「不，我不同意你這樣做，已經失去了一個大姐，我不想再失去你。」

「就算是大姐活著，她也會贊成我這樣做的。」「姐姐」淡淡地道。

「你可想好，大姐就是因爲這個男人才導致形神俱毀，永遠消失。」

「那是千年前的一個錯誤，誰也沒有得到好處，千年之後，必須有人對這件事情作出承擔。」「姐姐」顯得無比憂傷地道。

「可造成這個錯誤的人不是你，也不是我，是我們族人所造成的，爲何要我們姐妹三人來承擔？難道他們就沒有責任？他們不應該爲此做些什麼嗎？」歌盈大聲道。

「姐姐」突然望向歌盈，道：「這是大姐的遺命。」

是的，這是大姐的遺命，是大姐臨終前唯一的心願，她怎麼可以辜負大姐臨終前的唯一心願呢？

歌盈無奈地苦笑，這又是命，是不可逃避、選擇的命運的安排，由不得自己。

「以神像的共應不能夠喚起他的記憶，以夢的覺示不能夠讓他有所覺悟，以血的刺激，重現千年前的一幕也不能夠讓他找到自己，至多有的只是短暫的忘我，更可怕的是反而激醒了另一個他，我們現在已經沒有多少時間了。」「姐姐」幽幽地道。

「我早就說過，一劍了結他算了，何必做這些婆婆媽媽、煩不其煩的事？」歌盈氣道。

「姐姐」微微一笑道：「又說傻話了。」

「可我實在不願意見到二姐就這樣……」歌盈已經淚流滿面，話已說不下去。

「姐姐」欣慰地笑了，蒼白的臉色泛起了紅潤，很燦爛，像盛放的玫瑰，她道：「這是千年來你第一次稱呼我二姐。」

「二姐，都是我不好。」歌盈投進「姐姐」的懷中。

「姐姐」撫著歌盈的頭，輕聲道：「能爲二姐唱一首歌嗎？我都一千年沒有聽過你的歌聲了。」

歌盈淚眼朦朧地望著「姐姐」，點了點頭。

「古老的陶罐上，早有關於我們的傳說，可是你還在不停地問，這是否值得？當然，火會在風中熄滅，山峰也會在黎明倒塌，融進殯葬夜色的河；愛的苦果，將在成熟時墜落；此時此地，只要有落日爲我們加冕，隨之而來的一切，又算得了什麼？——那漫長的夜，輾轉而沈默的時刻……」

歌盈唱著，唱得蕩氣迴腸，唱得悠揚婉轉，唱得已經熟睡的鳥兒紛紛展翅，唱得沈底的魚兒重新游來……

唱得兩人的眼淚都已直流成行。

影子醒了過來，是歌聲又一次讓他醒了過來，在他內心很深很深的地方，有一種刺痛，他記起了上次夢中的歌聲。

「是的，是歌盈的歌聲，只有歌盈才能唱出這麼美妙動人的歌聲。」影子喃喃自語道。

來不及穿上衣服，他便衝了出去。

湖邊，月色很美，鳥兒紛紛歸巢，魚兒沈入水底。

他四處張望，卻沒有見到歌盈，影子的心中有一種深深的失落。

影子坐在了湖邊，望著湖水愣愣出神，耳邊仍迴響著夢中的那一句，「古老的陶罐上，早有關於我們的傳說……」

「我們的傳說？我們的傳說在哪兒……」影子環顧四周，一片茫然。

「你在尋找歌聲嗎？」一個女人的聲音在影子背後響起。

「是的，我在尋找歌聲。」影子無力地應道，懶得回頭看身後之人。

「我也是。」那女子也有些失落地道，與影子坐在了一起，看著湖水愣愣出神。

良久，兩人都沒有說一句話，只是靜靜地坐著。

突然，影子站了起來，往回走去。

那女子也站了起來，在後面喝道：「你怎麼走了？」

「我要回去睡覺。」影子答道。

「你叫什麼名字？」

「這不關你的事。」

「我叫影，有空找我玩。」那女子在後面大聲喊道。

影子繼續大步地往回走著。

突然，他停住了腳步，他想起了那女子最後所說的一句話。「她叫影？她說她叫影?!」

影子連忙回頭一看，卻發現連半個人影也沒有。

「是做夢？又是在做夢？」影子狠狠地掐了一下自己，發現很痛，他再回顧望了望，還是什麼都沒有發現。

「一定是在做夢。」

他悻悻然地回去了。

第二天，當影子醒來的時候，已經快是中午了，他看到昨天很虛弱的「姐姐」已經先他起來，站在草舍外等他。

「姐姐在等我？」影子走近道。

「是的，我想告訴你，我要走了。」「姐姐」淡淡地道。

此時，「姐姐」正背對著他，他連忙跑到「姐姐」面前，驚訝地道：「姐姐是說自己要走？」

「姐姐」沒有看他，只是道：「有一個人會來接替我，或許是一個你很想見的人。」

影子覺得不可理解，爲什麼「姐姐」突然要走？難道是受了傷這個原因嗎？顯然說不過去。

他道：「爲什麼？」

「沒有任何理由，你我本就是萍水相逢，我只是受人之托，遲早都要分開的。」

「難道你覺得我們只是萍水相逢？難道你不覺得人相處久了會產生感情？」影子急切地問道，他不明白這個神秘冷漠的「姐姐」爲何如此無情，說來就來，說走就走，沒有一絲留戀。

「感情?!」「姐姐」的心弦彷彿動了一下，她已經很久沒聽人說過這個詞了。

「難道你覺得你我之間有感情？你不覺得我除了冷漠之外，其他的什麼都沒有？」「姐姐」反問道，她似乎很久沒有反問一個人了。

「我不知道姐姐其他的還有什麼，但我知道姐姐曾對我以死相救，我還知道人的生命只有一次，人的生命是可貴的。」影子道。

「我說過，我是受人之托，這是一種職責，是對一種承諾的忠誠。」「姐姐」突然又變得冷冷地道。

影子顯得有些茫然，但轉而，他又笑了，大聲地笑了，自語般道：「我什麼時候變得如此婆婆媽媽了？這豈是我？這豈是曾經冷酷無情的我？真他媽環境一變，整個人都跟著變了。」

他笑著對「姐姐」朗聲道：「既然姐姐要走，那我就祝姐姐一路走好，希望今後有機會讓我報答對姐姐的以死相救之恩。」

說完，他便轉身離開了，回到草舍。

「姐姐」站在那兒，她心中問自己：「這是他麼？」

也不知這個「他」指的到底是誰。

雖然身爲雲霓古國皇城禁軍頭領的天衣神秘失蹤三天，但皇城的八萬禁軍一如往昔，井然有序地維護著皇城的安全。

這使得一些別有用心的人不得不取消從中作亂的計劃，因爲整個皇城已經佈防了嚴密的監控，比天衣在時更甚，稍有風吹草動，便立時遭到無情的打擊。

似乎在暗中，有一個神秘的人物接替天衣指揮著所有禁軍，種種跡象表明，這一切都是早有安排的。

三皇子莫西多這些天來很是氣惱，這不單單是因爲遭到了法詩藺的無情拒絕，更重要的是無論他走到哪裡，暗中都有一雙眼睛在盯著他，身爲雲霓古國高貴的皇子，這還是平生第一遭。他想進宮面聖，也被無情駁回，因爲御醫說，陛下身體抱恙，不宜見客，彷彿自己不是他兒子，只是一個外人，這更讓他對皇位的窺視之心生出一種絕望之情。

還有他暗中下了死命，一定要提天衣的人頭來見他的事依然沒有著落。斯維特說，到目前爲止還沒有找到天衣，彷彿憑空消失了一般。儘管如此，斯維特還是保證，一定會提著天衣的人頭來見他，暗雲劍派之人已經在暗中將整個雲霓古國的皇城控制於手掌中，只要有天衣的身影出現，必定逃不過暗雲劍派的劍，只可惜，斯維特身上之傷似乎還沒有痊癒。

所有一切不順心之事皆碰在了一起，叫莫西多怎能不急？所以，三皇子府內的侍從見到三皇子時，無不連大氣都不敢喘一下。

正當三皇子兀自悶氣時，有府中侍衛來報告說，有一位身分極爲尊貴之人在府外候見，侍衛相問，來者卻不願透露身分，說三皇子在府外相見便可認識，顯得極爲神秘。

莫西多皺眉想了想，卻始終想不到是什麼樣的一個人想見他，他百思不得其解地跟著侍衛來到府外大門處。

門外，一個女人掀開了頭巾。

莫西多驚訝得合不攏嘴，他怎麼也不會想到來人會是她。

女子對他展顏一笑，道：「怎麼啦？三皇子不歡迎？還是怪我太過唐突？」

莫西多這才知自己失態，忙陪笑道：「怎麼會？怎麼會？就算是請也不可能把享譽西羅帝國的……」

女子及時打斷他的話道：「殿下還是不要說的好，免得說出來讓人見笑。」

莫西多立時會意，轉而哈哈大笑，他看了一眼跟在女子旁邊的一名劍士，然後便將來人引進了府中。

來人是在西羅帝國有全才之稱的褒姒公主，只是此時不知爲何她會來雲霓古國，並第一個來拜訪三皇子莫西多。

褒姒公主與莫西多對坐而定，那名劍士在褒姒公主身後立著。

「不知這位……」

莫西多指著那名一語不發的劍士還未問完，褒姒公主便道：「三皇子殿下不用理他，他只是一個下人而已。」

第十八章　褒姒公主

莫西多還是看了他一眼，在那人微閉的眼角，他看到了一股煞氣。

莫西多定了定神，便道：「褒姒公主大駕光臨雲霓古國，想必不是爲了觀光遊玩吧？」

褒姒公主輕輕呷了一口侍女遞上的香茗，對著莫西多詭秘一笑，道：「當然不是。」

「哦？」莫西多從她詭秘的笑意中似乎也看出了些什麼，道：「那不知又是爲何而來？」

「我是來向你求婚的。」褒姒公主脫口而出道。

莫西多倒嚇了一跳，不敢相信地道：「你說什麼？」

褒姒公主似乎很滿意自己這話達到的效果，又是一笑，然後便一字一頓地道：「我說，本公主是來向雲霓古國的三皇子求婚的。」

「公主想必是開玩笑的吧？」莫西多又讓自己定了定神，仍是不敢相信地道，他還從沒聽說過一個女人向一個男人求婚的，而且貴爲公主。

「三皇子看我的樣子像是在開玩笑嗎？」褒姒公主一臉正色地反問道。

莫西多仔細地看了看褒姒公主的臉色，是的，她的樣子並不像是在開玩笑，而且沒有一位公主會拿這種事開玩笑，但他實在想不出她向自己求婚的理由，這件事也顯得太不可思議了。當年，他在西羅帝國的時候，雖然與褒姒公主有過數面之緣，相處也頗歡，但尚沒有發展到談婚論嫁的地步，而且，以褒姒公主的才華和美貌，要在幻魔大陸找一個如意丈夫，豈不是輕而易舉之事？怎會主動向人提親？這未免也太有些說不過去了。

莫西多道：「既然褒姒公主如此決定，想必有自己的理由，能夠將理由說給我聽聽嗎？」

褒姒公主滿意地道：「這才像我丈夫應該說的話，既冷靜又果斷。」

莫西多輕輕一笑，道：「你先不要忙著誇我，你還沒有回答我呢。」

「因爲有人替我算過命，說你會成爲我的丈夫。」褒姒公主一臉正色地道。

「算命？」莫西多心中覺得好笑，難道這也可以作爲她向自己求婚的理由嗎？不過他沒有笑出來，他道：「是誰給你算的命？」

「應該說，是誰給我們兩人算的命。」褒姒公主糾正道。

「那又當何解？」莫西多問道。

「因爲我們的命運是聯繫在一起的。」褒姒公主道。

「我們的命運聯繫在一起？」莫西多覺得有些匪夷所思，隨即又問道：「爲什麼？」

「因爲我們的命相屬於煞相，煞相之人一般命運多舛，遇事不順，而且壽命極短。」褒姒公主煞有其事地說道。

到此，莫西多極想知道的是誰給自己算的命，爲何會給自己算這樣一個命，他問褒姒公主道：「不知公主是請何人爲我們算的命？」

「無語。」

「無語?!你是說有『無語道天機』之說的無語？」莫西多十分詫異褒姒公主口中所道出之人的名字，因爲相傳這個人已經從幻魔大陸消失了上百年，不知爲何現在又突然出現？而且無緣無故爲自己算命。但他知道無語的話是有依據的，無語很少說話，更不會打誑語，所算之命無一不準確，其中包括幻魔大陸最偉大的戰神——聖魔大帝。所以無語給他算的命是絕對毋庸置疑的，但他卻不知這與褒姒公主的婚姻有何關係。

莫西多接著問道：「無語大師還說了些什麼？」

「無語大師說，你我之命相屬於煞相，要想破煞之相，必須煞煞結合，才可突破煞相的克制，也就是說，只有兩個同屬煞相之命結合，以煞克煞才有可能突破命相的限制，而且這還有一個條件，必須是生辰八字相同之人才行，否則後果便不堪設想。而這一切，只有你與我才完全一致。」褒姒公主解釋道。

「那結合以後呢？」莫西多忙問道。

「結合之後，便可破除煞相，事業有成，事事順心，福壽延年，而且還可創出一片屬於自己的天地。」

莫西多心想：「原來如此，無怪乎自己所遇之事皆不順，雖然低調謹慎，但仍是不如意居多，原來是命相使然。」

褒姒公主看著莫西多道：「現在三皇子殿下應該明白了吧？」

莫西多輕輕一笑，道：「公主之言尚需考證，不過，能娶公主爲妻是不需要任何理由的。」

湖水中倒映著影子的影子。

他在看著天上的晚霞，不知爲什麼，他發現晚霞竟是如此之美，有一種深入骨髓的刻骨銘心，以前，他卻從未發現過。

「要是能夠將晚霞採下來該有多好啊！」

影子這樣想著，卻不料一個聲音將他心裡的話說了出來。以前，總有一個人在他對一件事或一個東西專注的時候，將他心裡的話說出來。

他猛然回頭。

是影嗎？是影，只有影才知道他心裡在想什麼，只有影才會將他心裡的話說出來。

是的，影子看到了影，看到了他一直在尋找的影。

「你是影?!」

「對啊，我叫影。」

影子將眼前的女人抱在懷裡。

一年多的時間，一年多的日夜思念，他終於見到了影，他深怕自己這輩子再也見不到影，而此刻，影真實地出現在他眼前，有著熟悉的體溫和氣息在他的懷裡。寂寞、空洞、失落、沮喪的心頃刻間被填得充充實實，他不能再失去影，他將影抱得很緊很緊……

「你將我抱痛了。」影突然有些難受地說道。

「對不起，對不起。」影子連忙將自己的雙手鬆了鬆，用臉緊貼著影的臉。

「你放開我好不好？」影帶著商量的口氣在影子的耳邊輕聲道。

影子感到有些詫異，但還是將影嬌小的身軀放開了，他的雙手輕摟著影的腰。

影有些責備地看著影子道：「你這個人真奇怪，一上來就將人家抱得緊緊的，害得人家都有些喘不過氣來了。」

影子有些疑惑，道：「奇怪？以往你不是最喜歡我將你緊擁入懷的麼？」

影道：「什麼『以往』啊，人家還是第二次見到你呢。對了，你還沒有告訴我你的名字。」

「第二次？」影子愈來愈有些弄不清楚了，難道又是在做夢？但這一次顯然不是，難道是自己認錯人了？影子不由得仔仔細細、上上下下審視了一下眼前的女人，他的手也放開了她的腰。

影也上上下下打量了一下自己，道：「難道有什麼不對勁嗎？」

影子一臉正色地道：「告訴我，你叫什麼名字？」

影看了一下影子，嘟著俏嘴道：「你這個人真是奇怪，我不是已經告訴你，我叫影麼？」

影子終於有些確定自己認錯人了，影不會用這種口氣跟自己講話，天下長得相像、叫同一個名字的人何其之多，何況這是兩個完全不同的世界，什麼情況不可能發生？

這時，影子又突然想起：「難道自己在水晶球內看到的女人也是她？」但他馬上又將自己這一念頭給否決了，因爲居里魔法師曾經說過，只有感情相連，才能夠在水晶球內找到自己所要找的人，他懸著的心這才有些釋然。

「嗨，你還沒有告訴我你的名字呢？」

這個自稱爲影的女人有些生氣地看著影子道。

「我……」正欲報出自己是雲霓古國大皇子古斯特的影子將自己的話突然打住了，因爲他的心中又突然蹦出了另一個念頭，那就是：影會不會真的失憶？他道：「我叫影子。」

「爲什麼你叫影子，是不是想占我便宜？」影嘛著小嘴道。

影子心中不由得好笑，這也叫佔便宜？要佔便宜剛才不是已經占了麼？但影子沒有笑，他道：「我確實叫影子。」

影看了影子好半天，發現他不是成心佔便宜之後，才道：「奇怪，爲什麼我好像聽說過這個名字？」

影子看著影若有所思的樣子，心中不由得重新燃起了希望，他道：「影小姐，我有個冒昧的請求，不知可不可以……」

「請求，什麼請求？」影打量著他道。

「我想聞聞你身上的氣味。」影子頗有些尷尬地道。

「爲什麼？難道又想占我便宜？」影有些警惕地道。

「我只是想證實一下你是不是我認識的一個人。」

「我還想證實一下你是不是我想找的那個人呢。」

「你找的人？」影子大感詫異。

「是啊，我找雲霓古國的大皇子古斯特，是姐姐叫我來找他的。」

「姐姐？姐姐現在哪裡？」

「她和小藍一起走了，她叫我來照顧大皇子古斯特。」

影子現在才明白「姐姐」口中說有一個他希望見到的人來接替她是怎麼回事，難道「姐姐」已經知道自己的眞實身分？

影看著沈默不語的影子眨了眨眼，道：「喂，你還沒有回答我，有沒有見過大皇子古斯特呢？」

「我就是。」影子道。

「你就是？你剛才不是告訴我，你叫影子麼？」

「我也叫古斯特。」

「怎麼一個人會有兩個名字？」影的樣子看上去顯得極爲不解。

「因爲我不是雲霓古國的大皇子古斯特，那只是我假冒的一個身分，我的真實身分叫影子，來自另外一個世界，是一個職業殺手，姐姐知道我，你也知道我。」

「什麼『另一個世界』？什麼『職業殺手』？你說的話讓我愈來愈搞不懂了，真不知道你在說什麼。」影沒好氣地道。

「你不用再裝了，你應該知道我是誰，而且你就是『影』！」影子突然無比肯定地道。

影怔怔地看著影子，轉而大笑，道：「你這個人真逗，我還從沒見過你這等有趣之人呢。」

「你不用掩飾了，你就是影。」

影子的眼睛無比犀利地看著影，不讓她有任何逃避、掩飾、轉移的機會。

影不笑了，她同樣望著影子，道：「你憑什麼這麼肯定？」

「感覺、氣息、笑容、眼神……或許這本身就沒有什麼理由。」

影低下了頭，輕聲道：「你不應該這麼敏感的。」

影子突然大吼著道：「可我是爲了你才來到這裡的！」

湖面很靜，平靜的湖面忽然起了風，清風輕撫著湖水，就像一個人想深入另一個人的心，而另一個人一邊接受著，卻又拒絕著。他們相互接觸著，又感到彼此很遙遠，彷彿永遠都無法到達對方的內心深處，所以他們在拚命地撕扯著對方，企圖看看對方的心裡到底在想些什麼。他們或許會看到，或許什麼都看不到，或許本身就不應該企圖看清對方的心。

當虛幻變成現實，當期待變成現實，當思念變成現實……當一切夢想都變成現實時，卻發現自己什麼都不能做，什麼都做不了，而剩下的是什麼？只有他們自己知道，或許他們自己也不知道。

人世間最痛苦的事情莫過於此。

「走吧，我回去給你做飯。」

影說著，便低頭往草舍走去。

影子看著天，看看天上的晚霞，此時天上的晚霞變紫了，除了深入骨髓的刻骨銘心外，還有一種淒豔……

影煮好了飯菜，是一些普通但很精緻的飯菜，影子已經很久沒有吃過這樣的飯菜了，他吃得很香。

影不知從哪裡還弄來了一瓶酒，是他所在的那個世界的酒，也是一瓶他所喜歡的紅酒。

影道：「這是我從那個世界帶來的唯一的東西，我是專門爲你而準備的。」

影子沒有說話，只是專心吃著面前的食物。當影幫他把酒斟滿的時候，他便一口飲盡，影又接著倒了一杯，他又一口飲盡……就這樣，一瓶酒很快便飲盡了，影子始終沒有抬起頭來，也沒有說話，他只恨沒有更多的酒，更多可以讓人醉的酒，就像當初失去影的日子裡一樣。可惜，酒只有一瓶，並不足夠讓一個人醉，但他此刻卻已有了醉意。

他抬起了惺忪的眼睛，看著影，良久才道：「如果說，我現在想回去，我還能夠回去嗎？」

影搖了搖頭。

影子一笑，道：「是的，我也知道不能夠回去，要是能夠隨意在時空中穿梭來往，像科幻故事裡的時空機器一樣，那這個世界可就亂了。」

片刻，影子又道：「如果再有一次的話，你還會來這個地方嗎？」

影又點了點頭。

影子忽然笑了。

影見影子的樣子，道：「這……」

「你不用對我說什麼，我也不想知道什麼，既然無可選擇，我也就只好走這樣的一條路了。」影子道：「爲了結束往日的記憶，爲了對往日的一個總結，我有個小小的要求，不知該不該提？」

影道：「我在認真聽著。」

「我想找回我們在一起的一些片斷。」

影的眼中湧起了淚花，她用力地點了點頭。

影子站起身，然後將影輕輕摟入懷中，用自己溫暖的拇指，輕輕擦去影眼角的淚。

第十九章　生命之源

柔軟的玉手溫柔地繞上了影子的脖子，癡癡的眼神突然有了一種感動的濕潤，那濕潤的香唇緩緩湊近影子的耳朵，用似乎有些哽咽的聲音說道：「影子，你就好好地愛我這一次吧。」

影子情欲高漲，雙唇粗魯地印上了影的雙唇。

影濕潤的眼中流下了兩行淚水，在淚水的滋潤下，她熱烈地回應著影子的動作。

影子的熱吻沿著影的俏臉、耳朵、玉頰、酥胸……由上到下、再由下至上吻遍了影的每一寸肌膚。

影在月光裡，在湖面上，毫不保留，肆無忌憚地發出幸福的聲音。

終於，最後一道防線被深情所融化，一個冰與火的全新世界被點燃，兩個原本陌生的軀體頃刻間融合在了一起。

影子感到了從未有過的激情，生命的力量在一點一點地得到釋放。正當他的激情即將燃盡之時，一股有著光般溫暖的力量通過他的生命之源急速竄入體內，直達丹田，然後由丹田處化作萬千游絲般細小的光束，滲透進他身體經脈穴位的每一處，彷彿是在尋找著什麼，而且這股力量在源源不斷地傳來。

而這時，影子看到影的身體泛著奇異的光芒，而且散發著濃烈的芬芳。

影子感到十分不解，不知道這是爲什麼，爲什麼會發生這種奇怪的事。

影的一隻手便在這時按在了他的百會穴上，同樣有著一股源源不斷的力量進入影子的體內，化著千萬游絲。

兩股力量一上一下、一正一反在他體內急速碰撞，影子感到體內有萬千小型炸彈在發生爆炸，整個體內的經脈全部被毀。

「啊……」影子仰天嘶吼，痛不欲生。

此時，影光潔的額頭上、潔潤的肌膚上出現無數細小的汗珠，她的丹田此時發生急速旋轉，且愈轉愈快……

突然，旋轉的丹田化作兩條繽紛的氣旋遊龍，如同兩條萬花彙成的河流，一上一下，從她的手，從她的下陰部竄出進入影子體內。

天上那顆今晚最爲明亮的、忽明忽暗的星星發出最爲耀眼的光芒，然後化作流星，消逝在天宇之中。

影也倒了下去。

那兩條進入影子體內的氣旋遊龍突然相會他體內的某一處，而此處是他體內經脈被毀以後唯一的一段脈絡，亦即潛藏在影子身體深處的神魔寄居脈——天脈。

兩條氣旋遊龍相碰於天脈之後，立即被天脈所吸收，消失於無形。

影子亦倒了下去。

「怎麼回事？這是怎麼回事？怎麼一點反應都沒有？」歌盈站在湖邊山上的一棵樹上，觀察著所發生的一切，面露慌恐之色。

「不，不應該是這樣，不應該是這樣啊，二姐怎麼會失敗？二姐是不能失敗的啊！」洶湧的淚水從歌盈的眼裡流了出來。

她連忙臨空飛渡，扶起已經昏死過去的影，而此時影卻變成了「姐姐」，她的臉正是「姐姐」的臉。

歌盈連忙以真氣相度，良久，「姐姐」的眼睛才緩緩睜開。

歌盈流著淚道：「這是怎麼回事？這是怎麼回事啊？」

「姐姐」的嘴唇露出一絲苦笑，虛弱地道：「沒想到我的功力和精神力根本就開啓不了他的天脈，反而被他的天脈所吸引。」

「那你爲什麼不早說？」歌盈大聲喊道。

「他的自我欲念太強大了，沒有人可以幫他開啓天脈，唯有他自己的覺悟。我現在才知道凡事不可強求，天意早有安排，我們是改變不了的。」

「你現在說這些有什麼用？你已經爲他耗盡功力，大姐爲他走了，如今你又要爲他而走！」

「姐姐」急促地咳了一下，道：「歌盈，你不要打岔，聽二姐將話說完。」停頓了一下，「姐姐」繼續道：「現在唯一可以幫助他的只有『紫晶之心』，二姐不行了，所以希望你能幫他。」

「不，我不會幫他的。」歌盈斷然道。

「就算二姐求求你了。」「姐姐」的眼睛充滿哀求地道：「我不想當年的悲劇重演。」

「悲劇？悲劇關我什麼事？天下的悲劇多了，我何以每件都管得來？」

「難道你連二姐最後一個遺願都不能夠幫二姐完成？難道你要二姐死得不瞑目？難道……」

「不要說了，我答應你就是。」歌盈實在不願意看到「姐姐」楚楚可憐哀求的眼神，「姐姐」的命運已經夠可憐了，自己怎忍心讓「姐姐」死不瞑目？

「姐姐」欣慰地笑了，道：「謝謝你，歌盈。」

「你現在還說這些無關輕重的話，留一點時間揀重要的說吧。」

「姐姐」又是一笑，只有她才懂得這個外表固執的妹妹歌盈的心。她道：「二姐最後求你一件事，就是希望你能夠將他喚醒，我有話要對他說。」

歌盈看了看「姐姐」，終於什麼話都沒有說，她將另一隻手按在了影子的胸前，真氣緩緩輸了過去。

影子醒了過來，他體內的那段特殊的「天脈」延續伸展，重新給他打造了一段體內的循環經脈。

他睜開眼睛，看到的是夜空，在夢與現實無法區分的際遇中，這一次他並不認爲自己是在做夢。

他看著夜空，只是希望看得更遠。

「你醒了。」他耳邊傳來了「姐姐」，抑或是影虛弱的聲音。

「我不知道何時是醒，何時又是在夢中。」影子望著夜空道。

「是啊，有時我也無法區分。」

「也許，只有一個人當現實和夢都不再擁有的時候，他才能夠區分。」

「也許，就算是他死了，也不一定能夠區分。」「姐姐」望著影子，嘴角露出一絲淒苦的笑意。

「那你爲什麼還要這樣做？」

一顆淚珠自影子的眼角滑落，滴入湖中，清脆的聲音向四周蕩去。

「我之所以自稱爲『姐姐』，是想讓你記住一個人，你不能夠忘記她。」影道。

「我來到這裡，也是因爲她嗎？」

「是的，一切都是爲了姐姐。」

「姐姐？」

影子一笑，「當一個人只剩下一個稱謂的時候，這個人一定是可悲的，我想你口中的姐姐一定是個很淒慘的人。」

「也許在姐姐自己看來，她是幸福的，沒有人可以理解姐姐。」影仰天而望，任由淚水沿著臉頰滑落。

「那你呢？你又是誰？你不是『姐姐』，我想你也不應該叫做『影』，你又是何人？」影子仍只是望著深藍色的夜空。

「我是姐姐的妹妹，我是花之女神。」

「這個名字很適合你，就像你身上的味道，就像你所散發出來的氣息一樣。」

「難道你真的什麼都記不起來了嗎？」影突然無限淒怨地望著影子道。

「記得也好，不記得也好，都沒有什麼關係，人，總是不斷地記起一些事情，又不斷地忘掉一些事情的。也許從現在看來，我還是什麼都不記得的好。」

「有些人你是不能夠忘記的，有些事你必須去面對，這是無法逃避的。」影道。

「那你呢？你敢面對自己麼？在一個人的時候，你有沒有問過自己，你這樣做到底值不值得？什麼都是姐姐，什麼都爲了姐姐，姐姐他媽的是誰，到底爲什麼要這麼多人爲她犧牲?!」影子突然跳了起來，對影怒吼著道。

影渾身一顫，她喃喃道：「自己？我自己？」

「是的，你自己，你從來沒有爲你自己考慮過，你去我所在的那個世界沒有爲自己考慮過，你把我引到這裡也沒有爲自己考慮過，然後想方設法地讓我記起什麼也沒有爲自己考慮過，到現在把自己弄得快要死的樣子還滿口都是姐姐。你以爲我真的不知道你的那顆守護星忽明忽暗是要消逝了，代表著你要死了麼？你以爲我不知道你就是『姐姐』，自你出現的那晚，我便已經聞出了你身上的氣息，我只是想知道你到底是爲了什麼？你把自己又放在哪裡？有沒有真正地愛過我？是的，你沒有，你什麼都沒有！」影子一口氣將心中長期積蓄的不快統統倒出。

「難道一切真的都是爲了姐姐？是的，自己有沒有愛過他？難道自己心裡真的沒有愛過他？」影心裡不停地自問著。

突然，一股幽怨之氣上升，她輕咳了一下，一大口鮮血噴了出來，接著，便是止不住的血從嘴裡流出來。

影只感到天旋地轉，眼前有千萬朵嬌豔欲滴的花朵迅速枯萎，無數花瓣隨風飄揚。

影子震驚了，他的心更痛了，彷彿那止不住的鮮血正是從他身體噴射而出。

他抱住了影，以自己的臉緊貼著影的臉，口中拚命地道：「不要死，千萬不要死……」而雙手想盡各種辦法，封住影的穴位，卻依然止不住血的不斷流出。

影蒼白的臉上艱難地露出一絲笑，那是幸福的笑。

她道：「答應我一件事好麼？」

「不要說話，千萬不要說話。」影子不知道自己的話是怎麼吐出來的，還在不斷地想著各種各樣的辦法止血。

「沒用的，我的守護之星已消逝，我的生命也即將終結，什麼辦法也救不了我。」影艱難地道。

是的，守護之星已消逝，豈可再有活著的機會？影子終於停止了自己徒勞的行爲，他只是望著影，望著曾經帶給自己太多歡樂和憂愁的女人。

影道：「答應我一件事……好麼？」

「又是爲了姐姐麼？你現在還一心想著姐姐！」影子痛苦地道。

「不，這一次是爲了我……我自己。」影虛弱地道。

「你說，什麼事我都答應你。」

「我想你幫我找一件東西，叫做『紫晶之心』。」

「好，我答應你，我一定幫你找到『紫晶之心』。」影子毫不遲疑地答應，而影的話卻猶如一道亮光照亮了他內心某個被遺忘的角落，他的眼前出現了在茫茫大漠中那個身穿黑色戰袍的男人，還有男人手中錦盒內心型紫色的晶石。

「還有一句話，我想……對你……說……」影艱難地道。

「有什麼話你就說吧，我在聽著。」

「我想對……對著你……的耳……耳邊說……」

影子趕忙把耳朵湊過影的嘴唇。

然而，影卻沒有來得及說一個字，一大口鮮血就噴在了影子的臉上。

夜空，突然間暗了。

一片一片的東西從夜空中飄落。

那是雪花嗎？不，那是花瓣，無數美麗淒豔的花瓣從夜空中落下，它們是幻魔大陸所有花的精魂，它們在爲它們的女神而哀悼……

夜空，夜空下的山谷，夜空下的湖面，都是花的海洋。

歌盈沒有哭，她站在遠處看著這一切，只是任憑眼淚在流。

一首歌，這時又唱了起來：

「……彷彿黑暗中熟悉的身影，依稀又聽見熟悉的聲音；點亮一束火，在黑暗之中，古老的陶罐上，早有關於我們的傳說，可是你還在不停地問：這是否値得？當然，火會在風中熄滅，山峰也會在黎明倒塌，融進殯葬夜色的河；愛的苦果，將在成熟時墜落。此時此地，只要有落日爲我們加冕，隨之而來的一切，又算得了什麼？——那漫長的夜，輾轉而沈默的時刻……」

在雲霓古國城外一個廢棄的獵舍中，天衣冷冷地盯著艾娜道：「你不要告訴我這整件事都是你策劃的。」

艾娜不敢看天衣，只是點了點已經不能再低的頭，將那只裝著銀手鐲的錦盒遞給了天衣。

天衣打開錦盒，全身的骨骼發出「咯咯」的響聲。

艾娜偷偷地抬眼看了一下天衣，小心翼翼地道：「我只是想逼你說出大皇子殿下的下落，誰知事情會鬧成這樣，害死了思雅。」

天衣神情極爲冷漠，良久不語，最後只是發出一聲無比淒苦的冷笑。

艾娜看著他的樣子，有些擔心地道：「你沒事吧？」

天衣看也不看艾娜，獨自快步向東城門方向走去。

艾娜在後面大叫道：「喂，你不要命了，暗雲劍派的人隨時都可能出現！」

天衣毫不理會，腳步反而變得更快。此刻，他只想離這個女人愈遠愈好，他怎麼也沒有想到會被一個小女孩以一種很老套的方法所騙，而且致使自己殺死了自己的妻子。

這個世上哪有什麼「情人的眼淚」，就算有，無緣無故怎會落到自己頭上？

他想怪艾娜，他想怪斯維特，但他發現，他所能怪的只是自己，只能怪自己的神經繃得太緊，太過謹慎，導致連最起碼的辨別能力都失去了。

這是上天對即將爆發的危機的一種啓示嗎？如果是，那這種啓示所付出的代價也未免太大了。

艾娜見天衣兀自獨行，只得緊隨其後。

兩人就這樣一前一後，專揀偏僻的道路，從西城門這邊向東城門方向繞去。

艾娜對天衣這種捨近求遠的走法雖然感到不解，但她不敢問，只得在後面不斷地小聲咒罵著：「死天衣，臭天衣……」

當兩人到達離東城門不到五里距離的時候，卻看到一支規模在兩千人左右的鐵甲騎兵向東城門方向行去。

「這不是一直鎮守在北方邊界的鐵甲軍團麼？怎麼突然間有兩千人被調了回來？」天衣看著這支兩千人的軍隊，感到十分不解。

鐵甲軍團是聖摩特五世的皇弟怒哈的親系部隊，有雲霓古國第一軍團之稱，一直與北方的妖人部落聯盟相抗衡，保衛著雲霓古國的北方大門。而且人人都知道，妖人部落聯盟一直是幻魔大陸的一支異類，裡面人族、神族、魔族共混，不分彼此，相互通親繁衍，所以至今沒有人可以分清他們是什麼族，只能稱之爲妖人。傳說，因當初人、神、魔三族的叛逆者代表不滿各自族人對其他族類的敵視，故而各自率領有共同信念者，遠離自己的族類，來到一片荒蕪、苦寒的北方世界。因他們對事情有著基本相同的觀念，故而他們很快結合，開創了如今的妖人部落聯盟。

妖人部落聯盟雖然在平時各自爲政，由三支不同的族系領導，但在遇到重大問題的關鍵時刻，他們都能夠團結一致，抗擊外來的敵對勢力。

多年來，幻魔大陸諸國因不滿這樣一種異類的存在，多次派兵圍剿，都無功而返，有幾次與周邊幾個國家聯合起來共同討之，最後也是失敗，由此可見妖人部落的戰鬥生存能力之強，故而各國都遣精銳之師駐守與妖人部落接壤之地，以防妖人部落的突然侵襲。

怒哈因多次率領鐵甲軍團在抗擊妖人部落的侵襲中有功，長期駐守北方邊界，並且對北方邊界具有高度自治的權力，在行政、經濟上並不怎麼受雲霓古國挾制，而且常年受到雲霓古國的經濟支援，以壯軍需，故而北方邊界的十五城有「國中之國」之稱。

只是不知爲何，鐵甲軍騎突然來到皇城，是聖摩特五世的調令，還是怒哈也捲入即將爆發的事件當中？

「咦，他們是什麼人？」艾娜不知何時來到了天衣身邊，在他耳邊輕聲說道。

第廿章　魔者修為

天衣只是靜靜地思索著自己的問題，並沒有理會艾娜。

艾娜自討沒趣，悻悻然道：「什麼了不起嘛，只不過開了個玩笑，要這麼怨大仇深的麼？」

「那是因爲除了大皇子外，你什麼男人都沒見過。」天衣突然扭轉頭來，沒好氣地道。

艾娜高興地道：「太好了，你終於肯開口說話了，我還以爲你這輩子再也不會理我了呢。」

天衣看了她一眼，隨即又將頭轉了過去。

此時，那兩千行進的鐵甲軍騎突然停了下來。

一聲令下，兩千騎士動作整齊劃一，齊聲落馬，震得塵土飛揚。

艾娜看得心中振奮，忍不住大聲道：「太棒了，這……」

艾娜的嘴突然被天衣捂住了，並抱著艾娜就勢一滾，滾到了一處低窪之地。

艾娜狠狠地在天衣手上咬了一口，天衣不得不把自己的手鬆開。

「做……」艾娜又欲大聲叫嚷。

「噓……」天衣豎起一根手指在自己嘴前，示意她小聲點。

艾娜於是儘量地壓低自己的音量，不解地道：「做什麼？」

「你想讓他們知道我們在偷窺他們？」天衣道。

「知道又怎樣？」

「按照雲霓古國的軍規第一百五十七條：凡偷看軍隊行軍操練者，斬立決！況且這是怒哈的鐵甲軍團，罪加一等！」天衣漠然道。

「哪有這回事，看看有什麼了不起！我看你不是怕我的話被他們聽見，而是想吃我的豆腐。」艾娜氣呼呼地道。

天衣這時不再理會艾娜，他彎著身子向那兩千鐵甲軍望去，卻發現不過片刻時間，他們已經在路邊上建好軍營休整，防衛人員已經各司其職，速度之快，實在令人嘖舌。

天衣也不由得暗中讚歎，他實在想知道，這些鐵甲軍來到帝都到底想幹什麼，怒哈有沒有跟著來？

他看了看天，此刻日已西斜，忖道：「不知他們有沒有收到我所發出的訊息？」

風，蕭蕭地吹著，給人一種秋的愁意。

不知爲什麼，人們要在「秋」的下面加個「心」字，就表示一種情緒。

也許是因爲秋天的風，也許是因爲秋天的落葉，但最根本的是秋天的「心」，是季節的「心」，也是人的心。

在幻魔大陸不知有沒有秋天這個季節，但現在的影子，心中卻明顯有了秋意。

他面對著影的安息之地，任憑著這有些秋意的風吹著自己，吹動著萬千落紅覆蓋著已安息的影。

他知道，人活著就是在不斷地失去，直到自己的生命也失去。

所以，他的愁並不是爲他自己，也不是爲了死去的影，更不是爲了這風、這落葉、這季節，他只覺得自己應該有這種心緒，並將它表達出來，就像喜怒哀樂一樣。

這是對自己過去的一種惦記，也是爲了迎接一個新的開始。

是的，在前兩天他已經有了這樣一種心態，而現在是宣佈它開始的時候。

因爲將他和歷史聯繫起來的唯一的人已經消逝，這代表他已經沒有歷史，他是一個沒有歷史的人，也寓示著他真正成爲幻魔大陸的一份子，一個完全的幻魔大陸的人。

所以他愁嗎？不，他不愁，是上天在愁，是上天在爲一個不屬於它控制之人的誕生在發愁，它透過落葉、透過風表達著自己的愁意。

——上天的愁意！

影子在靜默中睜開了自己的眼睛，他的眼神銳利而深邃，望向遠方，邁開了自己的腳步。

「殿下！」藍兒的聲音在他背後響起。

影子停了下來。

藍兒有些陌生地看著影子，怯生生地道：「我可以這樣稱呼你嗎？」

影子不語。

藍兒走到影子面前，繼續道：「我可以跟著你嗎？」

影子仍是不語。

藍兒心中有些急，接著道：「是姐姐叫我跟著你的，她說你需要照顧。」

影子道：「我不需要人照顧。」說完，他繼續著自己的腳步。

藍兒望著影子漸漸遠去的背影，眼神顯得十分複雜……

影子第二次停下了自己的腳步，這次是因爲風聲，與正常的風聲不一樣的風聲。

有人說，快劍在刺破虛空的時候，會發出像風嘯一樣的聲音。

影子此刻聽到的便是這種聲音，所以他讓自己的腳步停了下來，並且閉上了眼睛。

劍確實很快，還沒來得及讓人感到痛，已經刺進了影子的身體。

但與此同時，一把飛刀也刺了出去。

影子睜開了眼睛，看到的是一張陌生男人的臉。是漠的臉。

漠道：「你很聰明。」

影子道：「你也並不笨。」

漠道：「你知道我爲什麼要殺你麼？」

「當然是不想我活著才殺我。」

漠淡漠的臉上泛出了笑，是冷笑，但冷的同時還夾雜著一絲苦意：「我就是不想讓你活著才殺你。」

「這是每一個殺人者的理由。」

「但我也知道我殺不了你。」

「那你爲何還要殺我？」

「因爲有人可以殺死你。」

劍從影子的身體拔了出去，只要劍尖再進一公分便可要影子的命，但影子在劍氣及體的時候恰好移動了一公分，他的飛刀這時也射了出去，在漠再不可能作出轉機時射了出去，飛刀刺中的是漠的心臟，人體最要命的部位。

在對方給自己造成一個結果的同時，給對方造成一個結果，這是殺手所遵循的最後一條準則，也是對付一個比自己高強百倍的對手的最好選擇。

但影子的飛刀顯然沒有要漠的命，飛刀從漠的心臟部位拔了出來，甚至連血都沒有流出一滴。

影子看在眼裡，卻並不感到詫異，據他所瞭解，在幻魔大陸，當一個人、一個魔或者一個神的修爲達到了一定境界後，普通的兵刃是根本傷不了他的。要想殺他，必須有著幾乎相等的精神意志力以及功力作爲輔助，或者是擁有魔神級別的兵刃。

影子道：「你現在就可以殺我了，根本就不再需要別人。」

漠道：「我發過誓，從不對被我刺中的對手刺出第二劍，更何況我已被你刺中，要是你與我有相當的功力，我已經死了，這是天命讓我殺不了你。」

「天命？」影子一聲冷笑，道：「看來你不是一個好的殺手，也不會成爲一個好殺手。」

「因爲我相信天命？」漠也一笑，道：「我從不信天命，但我這次信了。在殺你之前，我想過你有千萬個不會死於我手上的理由，但我怎麼都沒有想到，以你的修爲，竟可以躲過這致命一劍，並且能以飛刀傷我！另外還有一點我要糾正：我不是殺手，也不會成爲一個殺手。」

影子道：「看來，你永遠都只會是一個失敗者！」

漠詫異，同時心中一驚，更有一種被利劍刺中心臟的痛楚，道：「爲什麼？」

影子看也不看漠一眼，道：「你有著太多的原則，這些原則可以使你走向成功的九十九步，卻又如一道無形的界限使你始終無法邁出最後一步，所以你注定永遠只會是一個失敗者，因爲你沒有一個成功者必備的義無反顧、全力以赴的殺心！」

「殺心?!」

漠想起了往事，每一次的每一次，他的劍始終都未曾沾過一滴血，永遠都處於孤獨的沈睡之中，是他的放棄？還是他的失敗？總之，他每一次都沒有開心過，每一次都有一分沈重添加在自己的心頭。於是，他讓自己學會淡忘，忘記一切該忘記的與不該忘記的，從此他變得淡漠了，臉上寫著的是對任何事物、任何人的不關心。只有這一次，爲了心中的信念，他以爲他有了義無反顧之心，有了必殺之念，所以他毫不猶豫地刺了下去，結果還是被人說成沒有殺心。

「殺心到底是什麼？爲何要讓一個人改變是如此之難？爲何他可以一眼看出自己的弱點？」漠的心中頓時湧現出許多紛繁複雜的情緒。

「那到底如何才算有殺心？」漠冷冷地望著他的「敵人」問道。

影子淡淡地道：「舉起你的劍，從剛才的位置再往左移動一公分！」

漠手中的劍再次舉了起來，對準了影子的心臟！縷縷殺意正通過劍鋒散發出來，讓這個天地籠罩著凝重，增添了一種灰暗的色彩。

影子淡淡地看著漠的臉。

劍沒有動，人也沒有動。

唯有帶著灰暗色調且愈來愈凝重的氣流緊貼劍面打著旋兒，輕輕散去，又重新聚攏。

人們都說，灰色是黑與白的混合體，是中性的色調，中性也說明是沒有立場的象徵。他不知自己該屬於誰，是黑一般的冷酷無情，還是像白色一樣純潔透明。他看不到陽光的同時也不擁有黑暗，他到底擁有什麼？這可能連他自己都不清楚。

漠的心是灰的，他的劍也是灰的，但他現在還擁有一點原則……

突然，一道驚電掠過，寒光一閃，打破了凝重的灰暗。

「鏘……」金鐵交鳴，漠手中的劍落了地，與此同時，還有一顆汗珠在他的額頭滾落。

「你不殺，就讓我來殺，你不是說過，要我幫你殺他麼？」

一個女人冷冷的聲音在影子的耳際響起，讓影子有一種似曾相識之感。

衣袂飄飄，法詩藺站在了漠剛才站立的位置。

「我們好像在哪裡見過？」影子望著法詩藺似曾相識的面孔說道。

法詩藺一臉冷霜，道：「大皇子的記憶倒是好，聽說你失憶了，沒想到還記得曾經在哪兒見過我。」

影子並不反駁，道：「想必是我記錯了吧。」

法詩藺冷冷地道：「無論你記錯也好，記對也好，你今天都得死！」

影子望著法詩藺的眼睛，道：「你也是來殺我的麼？」

「廢話！」

影子自嘲一笑，道：「看來今天出門前沒有看過黃曆。」

法詩藺不解，她當然不知道在地球的東方曾經有一種很古老的記載時間的曆法叫黃曆，她道：「什麼意思？」

影子一笑道：「說了你也不會懂。」

「我也無須懂，我只要能夠殺你就夠了。」

「是麼，你真的要殺我麼？」影子突然逼視著法詩藺的眼睛問道。

如同一道驚電耀亮法詩藺的心田，法詩藺刺出的劍陡然間停了下來，連她自己都不知道爲什麼會停下來，她所明白的只是停下來的一個結果，就像她現在無法避開影子的眼睛一樣。

「你……你這樣看著我幹嘛？」法詩藺有些語無倫次地道。

影子突然哈哈一笑，他的目光移開了法詩藺的眼睛，道：「今天真是有趣，一個是沒有殺心，另一個是心無目的，劍光渙散，沒有殺意。更爲可笑的是兩人都裝出信誓旦旦要殺人的樣子。」

「胡說！你怎知我沒有殺意？」法詩藺有些惶然地道。

「你想騙別人可以，但你要騙自己可就難了。」

「我爲何要騙自己？我今天就是來殺你的！」法詩藺強辯道。

影子厲目再次逼視著法詩藺道：「那你爲何在我的眼神下突然停止了已經刺出的劍？因爲你根本就不知道自己爲什麼要殺人，你的心漫無目的，無所依傍，所以在別人逼視著你的靈魂的時候，你的心就惶然了，因爲你找不到殺人的理由！」

是的，對於一個殺手，在千萬次殺人的洗禮之中，練就的本就是瞬間「殺」的把握，他可以在殺人之前便聞出有沒有殺的氣息，準確地辨別出產生殺意的真正來源。

「難道沒……沒有理由就不可以殺人了麼？」法詩藺極不情願被對方看穿自己內心的真實想法，影子的剖析讓她有一種赤身裸體置身於眾目睽睽之下的感覺。

「是的，沒有理由也可以殺人，但你並不具備這種條件。那是一種對生命的漠視達到極致的境界，除了他自己，天下萬物皆是一種不真實的存在，他殺人就是爲了結束這種不真實，讓他更清晰地看清自己。而你的內心太過細膩，有著太多的幻想。你看到的自己都是不真實的，怎還可以殺別人？」影子微微帶著笑，看著法詩藺道。

漠這時抬起頭來，低著頭的時候，他一直在想著一件事情，一件在他心中一直糾纏矛盾的事情，他以爲他可以在石頭山面對神像的靜默中戰勝另一種心態，可他此刻才發現自己並沒有成功。他道：「我們走吧，今天是殺不了他的。」

「爲什麼？爲了幻魔大陸，你不是一直在等待著這一天麼？」法詩藺不解地望著漠道。

「爲了幻魔大陸？」漠心中苦笑，難道自己真的完全是爲了幻魔大陸麼？還是一直在欺騙自己？臉上重歸淡漠，道：「正如他所說，我們既沒有殺心，又沒有殺意，憑何殺人？」

「我就不信一切皆如他所說，我今天倒非要殺他看一看！」

凝滯在空中的劍有了靈動性，那不是殺心，也不是殺意，它有的只是不忍，是不忍見到一個男人的落寞無助，所以劍有了目的。

有了目的的劍自然是可以殺人的劍！

一束亮光照亮了影子的眼睛，幾乎與此同時，又一柄劍刺進了他的身體。他的身體有一種感覺，這種感覺讓他很舒服。他閉上了眼睛，體驗著這一刻所帶來的快感。不知爲什麼，他的心中似乎早已有了一種期待，期待有這樣的一柄劍來刺中他，彷彿這樣一劍可以卸去積壓在他心頭千萬年的沈重，讓他暢快淋漓。

法詩藺一驚，因爲在她的眼中，突然出現了在神像面前默想時站在孤峰上，睥睨天下的男人……

正自恍惚之時，一道澎湃洶湧的勁氣通過劍柄傳到她的手上。

法詩藺的劍脫手而出，身形被勁氣衝擊得急速後退，那柄劍從影子的胸前倒飛而出，劍柄重重地擊在了法詩藺胸前同樣的部位。

「噗……」法詩藺吐出了一口鮮血，嬌軀倒在了地上。

影子睜開眼睛，看了一眼倒在地上的法詩藺，轉身而去……

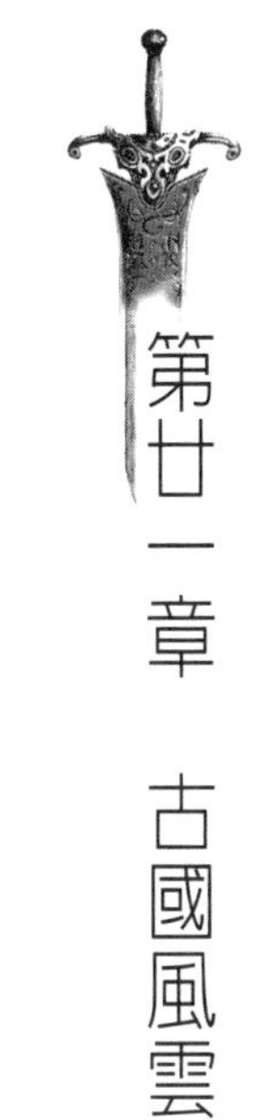

第廿一章　古國風雲

夜。

雲霓古國皇城東城門外，五里處的鐵甲騎兵軍營。

軍營四角八個方位全都以木架支起高高的火盆，照得整個軍營如同白晝。

隨著夜風輕吹，火盆內不時發出「劈啪」之聲。

軍營四周守衛的臉因火光也變得通紅，不時有巡視之人穿梭於軍營各處。

中軍營內，一個戰甲裝束，面目顯得有些清秀之人正手持一本書，全神貫注地投入到書的內容當中，嘴角不時地露出笑意，就連這時一個人掀簾而入也沒有引起他的注意。

來人年約四旬，面目因幹練和智慧的緣故，而變得內斂和穩重，給人一種放心之感。

來人走近那看書之人身邊，搖著頭輕笑一聲，道：「少帥該就寢了。」

看書之人頭也不抬，道：「請叔父讓我再看一會兒，看完這一章，侄兒便就寢。」

來人憐愛地責備道：「已經是領兵爲帥之人了，還整天沈迷在這等不切實際的故事當中，要是讓你父帥知曉，必然會重重責罰。」

那看書之人道：「父帥年紀大了，腦子不開化，這哪是什麼不切實際的故事，這明明是幻魔大陸各國之間的軍事力量分析、資源分析，以及經濟政治的綜合對比，虛擬出一場未來可能出現的戰事，很具有實際借鑒意義。而且我們北方邊界在這裡有舉足輕重的作用，被隱喻為一條蟄伏的毒蛇，隨時都有吞象的可能。」

進來之人看他投入的樣子，搖了搖頭。

這看書之人正是鎮守雲霓古國北方邊界的怒哈大將軍的獨子伊雷斯，中年之人是與怒哈有結義之交的隕星圖。伊雷斯手中所看之書名為《幻魔戰記》，是以眼下幻魔大陸各個國家為藍本所創作的一個戰爭故事，或者說是多個故事。因為這本書只分析出了幾種可能出現的結果，並沒有下定論，也正因為這一點，故而在幻魔大陸備受推崇，特別是有雄心抱負的年輕人。因為在書中出現了一個神秘年輕人，沒有人知道他的來歷和身世，無論出現什麼樣的結果都與這個神秘年輕人有聯繫，所以幻魔大陸的每一個年輕人都希望這個神秘人物是自己。據他們所理解，這個神秘年輕人也並非是一個固定的人，而是各種可能的化身。

隕星圖在伊雷斯身旁坐了下來，道：「少帥可知大將軍這次為何派你前來帝都？」

伊雷斯放下了手中之書，道：「叔父不用擔心，侄兒心中有數，侄兒不會讓父帥失望的。」

隕星圖點了點頭，道：「知道就好，少帥應該銘記大將軍臨行前之言，切不可輕心。」

伊雷斯道：「侄兒謹記叔父教誨，況且有叔父在一旁指點，侄兒又怎會出事？」說完，狡黠地一笑。

隕星圖看在眼裡，也不由一笑，道：「你這個孩子，就知道嘴甜，不知何時才能夠長大。」

伊雷斯突然站了起來，氣勢逼人地道：「所有將士聽令，本少帥命令在天亮之前攻下此城，以壯軍威，違令者斬！若是得勝歸來必有重賞！」

說完之後，忙坐下問隕星圖道：「叔父，侄兒可有父帥的氣派？」

隕星圖笑道：「像倒是有幾分像你父帥，只是這等話千萬不能亂說，我們現在是在皇城腳下，若是被人聽見，是有殺頭之禍的。」

伊雷斯不屑地道：「怕什麼，我們現在是在自己軍中，誰人會聽見？再說就算聽到了又怎樣？兩千鐵甲騎兵足以應付一切！」

隕星圖立時正色道：「少帥千萬不該有此等想法，我們這次前來帝都並非爲逞威風而來，大將軍說過，凡事應當低調，只當是回家探親。稍有不慎，若是遭到別人猜忌，對我們這次來帝都的目的將大爲不利，而且帝都也會對我們北方邊界起疑，所帶來的後果將是不可估量。」

伊雷斯知自己一時興起，忘了大事，忙不迭地向隕星圖陪罪道：「叔父教訓得是，侄兒今後必定戒焦戒躁，以此行的任務爲重。」

隕星圖道：「少帥知道就好。以前我們是在北方邊陲，所見到的只有巴掌大的一片天，故而可以稱雄稱傑。而現在，我們來到帝都，這才真正算是一片大的天空，臥虎藏龍，什麼樣奇怪的人，什麼樣奇怪的事都會遇到，唯有處處小心才是我們應該時刻警告自己的。況且這次來到帝都的不只是我們，整個幻魔大陸，應該來的與不應該來的都將在帝都出現，他們的目的與我們一樣，都是爲了——聖器！」

伊雷斯不解地道：「聖器？聖器到底是什麼？每次聽到叔父和父帥提起的，都是這二個字。」

隕星圖道：「現在，也是該將事實告訴少帥的時候了。聖器指的便是聖魔大帝曾經用過的具有超自然力量的聖魔劍與黑白戰袍！」

伊雷斯道：「對於聖魔劍，侄兒倒是聽說過，只不知這黑白戰袍又是何物？」

隕星圖歎了一口氣，道：「我也不太清楚，好像只是一件可以變換顏色的戰袍，沒有聽說過有其他的什麼特別功效。傳說是一個女人親自爲聖魔大帝縫製的。」

「那它們爲何會出現在帝都呢？」伊雷斯問道。

「聽說，在一個月前，是一位神秘人送到帝都的。」隕星圖道。

「那神秘人又是誰？他爲什麼會將這兩樣聖器送到帝都？」伊雷斯顯然對這個神秘人充滿了好奇感。

「這是所有人都想知道的，但到目前爲止，似乎還沒有人知曉這個原因。」隕星圖有些茫然地道。

「那這會否是一個騙局？」

隕星圖內斂的眼神突然射出奇光，他望著伊雷斯，沒有說一句話。

伊雷斯顯然不習慣被隕星圖以這種目光注視著，不安地道：「叔父，侄兒是不是有什麼話說錯了？」

隕星圖激動地道：「沒有，少帥能想到這可能是一個騙局，讓我太高興了，這足以證明少帥擁有足夠的智慧，今後可以主持北方邊界！」

伊雷斯沒想到自己不期然的一句話會受到叔父的讚賞，大感意外。雖然他平時多與叔父隕星圖在一起，更多的是受到叔父的指點，就算一件事做得讓其滿意，最多也只是點點頭，露出一點笑意，卻沒想到這次會受到他的出口稱讚，當下心中喜不自勝。

正當伊雷斯心中高興之時，隕星圖突然神色莊重地道：「少帥可知還有一件非常重要之事必須記住？」

伊雷斯有些茫然，他不知還有何事給忘記了。

隕星圖給自己斟滿了一杯水，道：「是除了聖器之外的另一件大事。」

「另一件大事？」伊雷斯更是茫然，道：「父帥還跟叔父提到何事？」

隕星圖將裝滿水的杯子向自己的嘴唇漸漸靠攏，望著伊雷斯，神色莊重之極。

「嗖……」一支水箭從杯中射出，撕破虛空，向營帳上方射去。

同時，隕星圖從地面向營帳上方彈射而去，他的一隻手出現了如烈焰燃燒般的赤紅之光。

烈焰魔掌！

手掌撕破營帳，擊中實物，卻是另一隻手掌。

手掌與手掌對拚，烈焰之中燃燒著一團白氣。

「轟……」

烈焰與白氣同時爆裂，強大的勁氣使整個營帳如鼓起的牛皮氣球，隨著「砰……」地一聲，營帳化為無數燃燒著的細布條，散落空中。

隕星圖身形倒退五米之距，方止住身形，並臉現氣血上浮之象。

隕星圖望著什麼都沒有的西方夜空，歎道：「好厲害的掌法，好精深的修為！」

伊雷斯已知發生了何事，下令道：「一隊、二隊聽令，務必將刺客抓到！」

還沒等到有人應聲，隕星圖道：「不用了，人已走遠，憑幾百鐵甲騎兵根本就不可能追到他們。」

伊雷斯走近隕星圖身邊，道：「叔父可知來者何人？」

隕星圖的氣息漸漸平復，道：「帝都有這樣身手的人不多，但現在尚不能確定他們是否是帝都之人。」

伊雷斯道：「那我們剛才所說之話不是全都被他們所竊聽？」

隕星圖微微一笑，道：「我早知道有人在聽，只是不知來路，不敢貿然出手。況且我們所說之言盡是些廢話，給他們聽去了也無妨，現在每一個來帝都之人還不都是為了聖器而來？」

伊雷斯這才釋然，道：「原來叔父心中早有計謀，所謂的另一件大事只不過是吸引偷聽者的注意力，借機傷他的策略。」

隕星圖道：「一支水箭只不過是皮肉之傷而已。」他又望向伊雷斯，接道：「少帥現在應該知道此行之兇險了吧？」

伊雷斯的心中這才有了真切的認同感。

「剛才我要一把火將他們的軍營給燒了，你為什麼阻止？」艾娜氣呼呼地對剛停下腳步的天衣責備道。

天衣摸著胸口被隕星圖的水箭所傷之處，連忙封穴止血，對艾娜的話聞而不答。

艾娜見天衣不回答，心中之氣更盛，道：「死天衣，我告訴你，別以為自己有多了不起，要不是我救你，你的小命早就完了。」

天衣的眼中陡然射出寒芒，逼視著艾娜道：「要是你再如此多廢話，我立時將你的舌頭割下來！」

艾娜連忙用一隻玉手掩住自己的俏口，好像真的怕自己的小香舌被天衣一怒之下割下來一般。

這時，天衣感到一股氣血直往上湧，他強制著壓了下去，忖道：「沒想到隕星圖的修爲竟是如此高深，差一點便要了自己的命。不過，若不是在猝不及防的情況下，他根本就沒有可能傷自己。現在身上之傷主要是氣血不暢所導致，並無大礙。想不到自己這次出來竟是接二連三地受傷……」

艾娜看著天衣老半天，終於忍不住開口道：「天衣，我們什麼時候回城去嘛，我現在已經快受不了了，幾天都沒有睡個好覺，人變得又老又醜。」

天衣冷冷地道：「如果你不想被暗雲劍派之人殺死的話，你現在便可以回城去。」

「他們敢！若是他們敢動我一根寒毛，我爹決不會放過他們的。」艾娜任性地道。

天衣冷哼一聲，道：「恐怕你爹連你是怎麼消失的都不知道。」

艾娜嘛著俏嘴道：「那你說現在我們該怎麼辦才好嘛？」

「等！」

「等？等誰啊？誰還會來救我們？」艾娜不屑地道。

天衣也不多作解釋，默然地調息著上浮的氣血。

艾娜看了他一眼，嘟囔著嘴道：「死天衣，每次都這樣，對人愛理不理的，真不知道當初思雅是怎麼喜歡上你的。」

隨後，便無聊地以一根手指捲著自己的衣角。忽然，她想起了古斯特，歎道：「也不知道大皇子殿下現在怎麼樣了，一點消息都沒有，問這個死人，這個死人一個字也不說。」眉宇間出現了少有的黯然之色。

天衣調息完畢，見艾娜的樣子，心中有些不忍，畢竟她還只是一個不諳世事的小女孩，自己這樣對她是不是有點過分呢？

他道：「你放心，大皇子是不會有事的。」

艾娜頓時有了興致，靠近天衣，抱著天衣的手臂道：「那大皇子殿下現在哪裡？你們爲什麼要設計讓他死？」

天衣說這一句話後就已經開始後悔自己所動的惻隱之心了，因爲艾娜是那種得寸便進尺之人。

天衣板著臉道：「我所能告訴你的只有這麼多，你要想知道得更多，就只有等著以後問他。」

艾娜道：「那你這話不是等於沒說？我早就知道大皇子殿下不會就這樣死掉的。」

天衣道：「那你就當我沒說過。」

艾娜氣道：「死天衣，你真是氣人！」一隻粉拳擊在了天衣身上，而被擊之處正是天衣剛才被隕星圖水箭所射之處，剛止住的血又像水箭般射了出來。

天衣咬牙忍著痛，望著艾娜不知如何是好。

艾娜被天衣的眼神看得心裡發毛，忙道：「我幫你醫好，我很快就幫你醫好，上次大皇子所受之傷也是我幫他醫好的。」說完，便去撕扯天衣胸前的衣服。

「幹什麼？」天衣立刻厲言喝斥道。

艾娜的眼睛濕潤了，委屈地道：「我只不過是想幫你將傷醫好而已，因爲我的魔法是不能夠隔著衣服將你的傷口修復的。」

艾娜楚楚可憐的樣子讓天衣心中一軟，他還從沒見過這愛作怪的女孩流過眼淚。

天衣正欲開口同意艾娜爲自己修復傷口，但他的話並沒有說出口，因爲他的耳朵聽到了一些不屬於自然界和諧的聲響，他集中了自己的精神力，感應著這不和諧的聲響。

艾娜看著天衣的樣子，憑藉多日相處的經驗，也知道即將有情況發生，遂屏息靜氣。

在風聲中，似乎有什麼在滋長著，那不是聲音，也不是任何有形的東西，那是一種氣息，它在風中穿行，卻絲毫不受風的影響。

天衣終於看到了一個黑影，艾娜也看到了，黑影正拖著腳步一下一下向他們走來。

黑影的腳步很緩慢，但同時這種緩慢也演變成了一種沈重，彷彿每一步都不是踏在鬆軟的草地上，而是踏在人的心坎裡。

黑影的腳步又是單薄的，甚至有點踉蹌，給人一種隨時可能被風吹走的感覺。

這是什麼樣的一個人？或者說能夠稱之爲人麼？他身上那充滿鮮血味道的殺氣是一個人應該有的麼？

不，只有長期在黑暗中見不到陽光，只有長期以殘殺爲生存的生物才會有這種氣息，而這裡是充滿文明的雲霓古國的城郊，怎會有這種異類的存在？他們是應該生存在黑暗、荒蕪、沼澤之中才對。

不知不覺中，艾娜的手已緊緊抓住天衣的手臂，她從來不知道什麼叫做害怕，但她現在對這個正在一步步逼近的黑影充滿了恐懼感。

天衣冷冷地注視著那黑影的一步步靠近，他輕輕地將艾娜的手從自己的手臂移開。

艾娜驚惶地看著他，但她已經知道天衣要幹什麼了，她的驚惶又變成了一種擔心。

天衣一下子如離弦之箭般衝了出去，艾娜的心弦陡然間繃得很緊。

但是，接下來的事情讓艾娜萬萬沒有想到。

「哈哈哈……」天衣竟然與那黑影緊緊抱在了一起，發出因多年不見才有的爽朗笑聲。

第廿二章　劍客落日

艾娜驚愕，她發現自己的腦袋已經沒法跟得上事情的發展了。她實在想不明白天衣怎麼會與那黑影緊緊抱在一起，並且發出開心至極的笑聲。「這難道是一種全新的打鬥方式？」艾娜的大腦中出現了連自己也搞不懂的問題。

天衣與那黑影抱了良久，才依依不捨地分開。

「好兄弟，我們終於又見面了。」天衣重重地在那人單薄的身上打了一拳，激動地道，這對於平時拘謹的天衣而言，是不應該有的舉動。

那人也回了天衣一拳，道：「是啊，應該有十年了吧。」聲音中竟有一種歲月磨礪的滄桑和感慨。

「十年不見，你還是老樣子，自身上散發出來的永遠是那種不能讓人接近的氣息，剛開始我還以爲是他們派出追殺我的人呢。」天衣道。

「習慣了，沒辦法，我剛從妖人部落聯盟那荒蕪之地過來，身上難免帶著那裡的氣息，而且我剛才幫你殺了一隊人，身上的血腥味濃了點。」那人解釋著道。

「幫我殺了一隊人？」天衣不解地問道。

「是的，要不是他們，我還不知道你這堂堂雲霓古國的禁軍頭領被人追殺，不能回城呢。」那人取笑著道。

天衣也不由露出一絲苦笑，道：「落日，你不要再取笑我了。」

「落日？你叫落日？」艾娜不知何時用她的魔法在手指點亮一束火光，上上下下將這個顯得單薄、削瘦的男人打量了一遍，剛才的激動變成了一種懷疑和失望。

被天衣稱爲落日的男人，在火光的映照下露出滿臉短短的鬍渣，笑著問艾娜道：「小姑娘，落日還有假冒的嗎？」

艾娜噘著小嘴，不屑地道：「當然，這個年代假冒的東西可多了，什麼豬啊、狗啊，更何況一個鼎鼎大名的遊劍士？瞧你的樣子想假冒落日，也不去拿面鏡子照照自己，落日怎麼會像你這個樣子？」

那人哈哈大笑，接著道：「那落日在你眼中應該是什麼樣子？」

艾娜脫口便道：「落日應該是高大威猛、英俊瀟灑、英雄蓋世……反正不會像你這樣。」

那人又是大笑，道：「真想不到落日會成爲這種人，那我肯定是假冒的。」

「就是！」艾娜道。

「落日，不要跟她開玩笑了，說說你怎麼會來到帝都，想必不是專程來看我這個老朋友的吧？」天衣難得滿臉含笑地道。

此人正是享譽幻魔大陸的兩位遊劍士之一——落日，昔日與天衣一起暢遊於幻魔大陸諸國，結下濃厚感情。十年前，天衣爲了妻子思雅選擇在雲霓古國創一番事業，而落日則繼續過著自己的遊劍生活。至此，一別十載。

落日道：「我在妖人部落聯盟遊歷三載，前些天來到了雲霓古國北方邊界，恰巧聽到了一件事情，所以就跟著這兩千鐵甲騎兵來到了帝都。」

天衣道：「你想必不會爲了聖器而來吧？」心中有些不安。

落日看了天衣一眼，笑著道：「當然是爲了聖器而來，不過，只是來湊湊熱鬧，看看幻魔大陸所有的英雄狗熊彙聚一堂，會演出一些什麼樣的鬧劇。」

天衣心中這才有些釋然，他不願與這最好的朋友之間出現什麼不愉快，更不願有著落日這樣的敵手，那將是一件令人最爲頭痛之事。

天衣又歎息一聲，道：「不管是英雄還是狗熊，對於雲霓古國來說，所面臨的將是空前危機。」

「對你來說，也是空前挑戰。」落日道。

天衣臉色沈重地點了點頭。

「對了。」落日忽然想起了什麼似地道：「你是遭到什麼人追殺？他們爲何要追殺你？」

天衣於是將事情的經過簡略地爲落日講了一遍。

落日沒有說什麼，只是將頭扭向艾娜，笑著道：「想不到艾娜姑娘如此有能耐，竟然將我們堂堂禁軍頭領耍得團團轉。」

艾娜沒有理睬他的話，只是瞪著水汪汪的大眼睛，將信將疑地道：「你真是聞名幻魔大陸的遊劍士落日？」

落日道：「我是假冒的，現在不是豬啊、狗啊都能假冒嗎？更何況一個人？」

而這時，空氣中陡然間有一股肅殺之氣傳來，三人同時警覺。

強烈的陣痛從兩道傷口處傳來，影子強忍著疼痛將傷口包紮緊，然後把衣服穿上，道：「出來吧。」

小藍從一棵樹的後面走了出來，小心翼翼地道：「殿下，你的傷口這樣包紮不行，會發炎的。」

影子何嘗不知道這樣包紮不行？他已經整整找了半個晚上，也沒有找到可以止血消炎的草藥。影子道：「你跟了我一天，想必不是爲了說這句話吧？」

小藍走近影子的身邊，道：「殿下，我這裡有些藥，可以幫助你的傷口迅速癒合。」說完，便從一只小竹籃裡拿出一個漂亮的小陶罐。

影子看了一下小藍手中的東西，道：「既然有藥，爲什麼不早說？」

小藍看著影子的臉色，道：「我是有些怕殿下，所以不敢說。」

「怕我？爲什麼？」影子道。

「因爲殿下變了，變得好可怕，讓人不敢接近。」小藍如實道。

影子看著小藍，道：「是麼？」

小藍又道：「而且殿下身上有著一股冷氣，我一接近你，就想打冷戰。」

影子一笑，道：「冷氣？」此時，他想起了空調。

「殿下笑了，殿下終於笑了。」小藍高興地道，臉上如沐春風。

「難道你從未見我笑過嗎？」影子道。

「雖然只是一兩天沒有見過你笑，但感覺中你好像數十年都沒有笑過了，所以很希望見到你笑，而且你笑過後，身上的那股冷氣就沒有了。」小藍道。

影子望著小藍高興的樣子，道：「你不恨我麼？」

小藍不解地道：「我爲什麼要恨殿下？」

「因爲我把姐姐害死了。」

小藍神色有些黯然，但隨即又露出笑意，道：「姐姐說過，一切皆是宿命中早有安排的，她這樣做只不過是完成上蒼所付予她的使命罷了。」

影子道：「難道你相信宿命？」

小藍道：「我不知道，但姐姐說，她這樣做沒有絲毫的後悔之意。」

「沒有絲毫的後悔之意？」影子重複著這句話，又道：「姐姐還說了什麼？」

小藍道：「姐姐要我照顧你，這些藥都是她先前準備好的。另外，她還叫我告訴殿下，你的身分是雲霓古國的大皇子古斯特，你不會是其他人，也不再是其他人，你只能是大皇子殿下。而且姐姐還說，她知道你不願意去當大皇子殿下，所以，她說，這是對你的最後一個請求。」

影子嘴角露出一絲高深莫測的笑意，極目遠視，道：「她錯了，我會是雲霓古國的大皇子古斯特，雲霓古國的大皇子也只能是我。」

小藍看著影子的樣子，愣了一下，隨後道：「殿下躺著不要說話，小藍現在給你上藥。」

斯維特出現了。

天衣第一眼看到他的時候，便知道他的傷已痊癒，相較於之前，他的精神力似乎更爲強大了，其氣勢已如空氣般滲透進天衣三人所處的空間，雖然無形，但給人的壓迫感卻猶如實物。

「真沒想到，一個到處被人追殺之人，竟然敢在此處大聲喧嘩，生怕別人不知道他在這裡一般。」斯維特在他們三人面前停下，而三人的四周早已被眾多黑衣劍士圍住。

天衣還注意到，在斯維特的身側，有一名懷抱長劍、閉目假寐的老者，在老者身上，他什麼都沒有感覺到，也就是說，老者的修爲已經讓他的氣勢不著於痕。

天衣思量著這名老者，他知道暗雲劍派有兩位異人，他們是昔日向暗雲劍派挑戰，敗於昔日劍主不敗天之手，成爲暗雲劍派的守劍之人。其二人，一人無劍，一人有劍，卻都深窺劍道，殊途同歸。又因其真實姓名不得而知，故一人名爲無劍，一人名爲有劍。天衣此刻見此人懷抱古劍，氣勢盡斂，心想必爲有劍。

天衣沒有理睬斯維特的話，對著老者道：「想必這位便是有劍前輩了。」昔日不敗天在幻魔大陸倍受眾人推崇，被喻爲古今第一劍士，故而，天衣對這位與不敗天同時代之人略爲敬重。

老者一聲不吭，彷彿沒有聽見天衣所說之話，只是獨守著屬於自己的世界。

斯維特道：「天衣，你不用拉任何客套，有劍來此，就是爲了取你性命！」

天衣苦笑著歎息一聲，道：「可惜了，暗雲劍派。」

「你少在此裝蒜，受死吧！」

斯維特的劍刺出，空氣突然裂開，向兩邊狂湧，一道耀亮的劍光破空而進，快如疾電。

天衣欲動，但他的手被落日按住了。

落日輕輕一笑，道：「讓我來。」

天衣沒有再動，落日的眼睛看著逼來的利劍，劍光在他眼眸深處，變成一個漸漸逼近的光點。劍與人的距離在縮短，五米、四米、三米、二米、一米、五十公分、三十公分、十公分……

落日緊縮的瞳孔陡然放大，他眼眸中的那個光點在百分之一秒的時間突然消失。

斯維特疾射而至的劍停止，下墜，掉在了地上。

斯維特惶然，他不知自己的劍爲什麼會掉，他還以爲自己的劍已經刺中了目標，但結果是劍莫名其妙地掉了下來，沒有遇到任何阻力。

有劍倏地睜開了眼睛，道：「好快的劍！」

天衣也震驚，他沒有想到短短十年不見，落日的劍已經快到如斯地步。雖然落日的手中無劍，但他的劍彷彿存在於身體的任何一個部位，化爲氣而存在。剛才擊中斯維特的正是從他的右手指所射出的一縷劍氣，斷了斯維特的手脈，所以斯維特在瞬間感覺不到痛的時候，連劍掉了也不知道。

斯維特終於感到手脈被劍氣切斷的疼痛感傳來，他驚駭地道：「不，這不可能！」

「少主人，他的劍在心中，而你的劍在手中，所以你敗了。」有劍淡淡地道。

落日道：「老人家對劍的悟解實在令人敬佩，僅出一劍，便知道劍在何處。」

有劍道：「我還知道你的劍已經到了一種死角，無法再突破。你的劍雖然充滿『殺』，但你的劍是一柄死劍，只有通過『殺』才能掩飾你劍的死！」

落日一笑，道：「好精闢的分析，至於是不是一柄死劍，只有試過才知道！」

有劍再度閉上了眼睛，道：「老夫不會與一柄死劍相比試的。」

落日又笑道：「也許並不是劍的死，而是人的死！」

有劍的眼睛放出亮光，彷彿他重新看到了一柄充滿生機的劍，但他的眼光又很快黯然了，道：「人死之後豈有可能再有生的劍？」

「也許這個世間確實存在一些不可能之事。」落日繼續笑對著有劍道。

有劍道：「看來今天我們非得有一場比試了。」

落日道：「不是比試，是斯維特生存下去的問題。」

「哈哈哈……」有劍大笑道：「好狂妄的人，好狂妄的劍，我的劍是該見見鮮血的時候了，時間久了，它也許也餓了。」

落日看了天衣一眼，然後又面對有劍，道：「老人家請！」

艾娜此時才深信眼前這個單薄的、瘦削的男人的確是聞名於幻魔大陸的遊劍士落日，只有落日才能在面對敵人時如此優雅自若，只有落日才能在面對強敵時談笑風生。

斯維特對落日十分惱火，道：「有劍，殺了他！」他無法忍受一招敗於落日的奇恥大辱。

有劍出劍！

而誰都沒有想到，他的劍並無劍刃，唯有的只是一隻劍柄。

這是何劍？沒有人可以認得出，連斯維特也不知這是何故，他也從未見過有劍出劍，難道有劍有的僅僅是劍柄？

謎，籠罩著眾人的心頭，但現在已經無暇讓人去想這樣的一件事情了。

無劍刃的劍如同一道宇外極光，剎那間化成無數絲絲縷縷的劍氣，狂風頓時席捲著大地，野草、樹葉紛紛脫離它們生命本身的束縛，被一種全新的生機付予全新的生命力量。

它們像刀？它們像劍？不！它們已經是刀，它們已經是劍，誰都不可否認它們已是可以殺人的武器。

它們全都奔向了落日。

落日不動，他似乎是在等待，也似乎在尋找，尋找著破綻，尋找著有劍的劍心所在。

有刃的劍，無論怎樣變化，其心在劍刃上，那無刃的劍心又在哪裡？因爲沒有劍心，根本就找不到劍的殺勢所在，劍心就是一柄劍的靈魂。

就像人一樣，其心在身軀之內，若是沒有身軀，其心又怎能存在？那只能算是已經消亡的靈魂，是一種不死的意念，它由欲望而成。

對，欲望，殺人的欲望！

落日又笑了。

那些隨著肅殺的劍氣而至的斷草、樹葉在接觸落日那瘦弱身體的一刹那間旋了起來，接著，它們轉變了方向，竟然回頭射向了有劍。

有劍勁氣暗運，劍氣擴散，那些有著生命般的斷草樹葉悉數化爲齏粉。

而這時，落日的劍又到了。

這是一柄真正的劍，通體烏黑，長不足一米，暗斂之中有著欲爆的魔意。

魔意擴散，方圓二十米內竟然有著濃重的血腥味和凶戾的殺意。

有劍面目不驚，手在虛空中幻動，一股強大的強流竟然隨著那柄烏黑之劍而動，彷彿要將這無盡擴散的魔意束縛。

這時，天衣的劍也動了，早在落日看他一眼的時候，他就知道又是他們之間發揮默契的時候了。

天衣的劍如水，不！如傾灑的月光，無孔不入地滲透入周圍的每一寸空間。

他的目標不是有劍，也不是斷了手脈的斯維特，而是那些將三人團團包圍的黑衣劍士。

要想走，就必須先解決他們！

「鏘……」第一聲金鐵交鳴之聲響起，緊接著便發出鮮血噴射的聲音，就像風吹過縫隙時的聲音一樣。

一聲、兩聲、三聲……聲音連成了一片，每一聲都是一劍，每一劍便是一個生命的終結。

劍夠狠，更辣，就像他當初遊歷幻魔大陸時一樣。已經好多年沒有這麼痛快了，是落日又一次讓他找到了這種感覺。

斯維特驚，他的手已經不能再握劍了，在這一刻他成了一個廢人，一個徹底的廢人，他幫不上忙，只能眼睜睜地看著天衣無情地屠殺著那些黑衣劍士，他也第一次見到天衣的骨子裡竟是如此瘋狂。他又一次錯估了天衣。

落日瘋了，不！是他的劍瘋了。那通體烏黑的劍已經成了幻影，在有劍周身不斷變幻，有時像風，有時像雨，有時像電……它在最佳的時候出現各種可能，目的唯有殺，不給有劍任何機會。

因爲他已經找到了有劍的劍心，他知道這劍心的可怕，絕對不能給這劍心自由伸展的空間，他要讓這無刃之劍窒息，至少是爭取足夠的時間，這就是他最初的策略。所以，他先等，再借勢取得了先機，就算有劍以無形氣勁束縛他的劍，也被他強行突破。

有劍似乎看穿了落日的心事，他冷冷一笑，那把劍柄突然爆射出有形劍刃。

奪目的寒光，猶如天際疾逝的流星，有著生命中最爲燦爛的光輝，也是最爲肅殺、最爲霸烈的毀滅。

落日猝不及防，寒光刺穿了他的肋骨，鮮血從落日的身體倒逆而行，寒光變成了赤紅之光。

第廿三章　最佳組合

落日極爲兇殘地一笑，身子往前一挺，赤紅之光透體而過，他的身體接觸了劍柄。

有劍吃驚，但似乎已經晚了，因爲那柄通體烏黑之劍已經逼近了他的生命！

不，不晚，他的左手已經先一步擊中了落日，在落日的劍刺進他的身體要他的命之前。

也許兩者之間的時間差距只有百分之一秒的時間，但這已經夠了。

可這真的已經夠了麼？有劍已經沒有多餘的手了，也就是說，他不可能再對敵人的進攻予以還擊，可這時，偏偏又有另一柄劍從他背後刺到，那是天衣的劍！

在落日看天衣一眼的時候，天衣就知道怎麼做。不僅僅是分頭殺敵，更重要的是在最關鍵的時候，聯手擊殺最強大的敵人。

有劍無疑是最爲強大的，從落日剛開始撼動有劍的鎭靜，繼而逼他出劍，這就已經爲他們的這場勝利奠定了基礎。因爲這樣，有劍將不能輕易地控制局面，與落日的對決本身便是一種失策，而天衣毫不留情的狙殺黑衣劍士，就是爲了爭取時間最後擊殺有劍。

這是多年前默契的一種重現，十年的時間並沒有讓他們忘掉彼此。

天衣的劍從有劍的背後刺穿了他的心臟。

有劍的表情剎那間凝固了，那不是因爲痛苦，也不是因爲他的生命已經停止，他只是顯得有些茫然，他只是有些不解。

他在心裡問自己應不應該輸，他在心裡問自己應不應該死，可是並沒有聲音回答。

所以，他笑了，凝滯的表情剎那間笑了。

「轟……」強大的劍氣從有劍身上膨脹發出，天衣和落日以及他們手中的劍都被逼得倒飛而出。

各自退出二十多米，他們才止住身形，抬眼看時，卻發現有劍已經消失了，化爲烏有。

他們再看時，發現斯維特也已不見了，而且，他們也沒有找到艾娜的身影。

艾娜消失了，與有劍、斯維特一起消失了。

天衣感到自己的心裡突然間失去了什麼。

這時，十名一級帶刀禁衛趕到了，其中一人對著天衣道：「大人，一切皆已準備妥當。」

寂靜的風，在城外悄悄穿行。

法詩藺回到了屬於自己的家，她總是顯得那麼不開心，所以家裡沒有一個人問她。

回到房裡，她就將門緊緊關上。

房間裡光線很暗，她也懶得將燈點上，只是在昏暗之中將外衣脫去，輕解貼身的有著紫色晚霞一般美麗的羅衫，顯露出那半邊被自己的劍柄所傷的酥胸。

光線很暗，但她那潤潔柔滑的酥胸在昏暗之中卻有著暗夜裡晶石般的亮芒，顫動著迷幻般的光暈。那塊被劍柄所傷的地方，在閃著晶石般亮芒的酥胸邊緣卻赫然是內斂著萬丈紫色晚霞色彩的「紫晶之心」！

「紫晶之心。」法詩藺輕輕苦笑，她不明白爲何受的傷都必須是「紫晶之心」的模樣？

她拿出一些藥水往自己的傷口擦拭著，傷口傳出隱隱的疼痛，而她眼中出現的竟是古斯特被自己的劍所刺中的傷口，那疼痛感是從古斯特身上傳來，而並非屬於她自己的。

她毫無自我意識地道：「不知道那一劍有沒有傷到他？」

轉而，她眼中又出現了在孤峰中站立的男人，或者說就是古斯特。因爲在她刺中古斯特的時候，連她自己都分不清，她所刺中的是雲霓古國的大皇子古斯特，還是她在面對神像靜默時，站立在孤峰之巔，睥睨天下的男人……

「怎麼會有藥水的氣味？」

正當法詩藺沈浸在自己的思緒中時，一個男人的聲音突然將她的思緒打斷。

法詩藺驚恐，連忙將自己的酥胸掩蓋，轉身厲言道：「你是什麼人？竟敢闖入我的房間！」

劍「鏘……」地一聲拔了出來，劍鋒直指向房間陰暗角落端坐不動的暗影。

暗影道：「你不要緊張，我只是想聞聞你身上的氣息而已，並……」

「大膽！」法詩藺氣岔至極，她實在不能忍受在暗中偷窺自己的男人，而且說話居然如此從容自若！她心中萬分懊悔竟然沒有及時發現在自己的房間裡有其他外人，以至於……

暗影歎息了一聲，又道：「你真的不用如此緊張，我什麼都沒有看到，只是想聞聞雲霓古國第一美女身上的氣息而已，絕無他意……」

「你還說！」此刻，法詩藺什麼話都聽不進去，她的劍化作一道寒芒，疾刺角落中的暗影。

就在劍即將刺中對方的時候，疾刺中的劍突然凝滯在半空中，寸進不得。

暗影的手指夾住了劍鋒！

法詩藺再度運功推進，卻依然突破不了暗影兩根手指把守的關口。

法詩藺見勢，玉腿化作幻影向對方踢了過去，然而，踢中的卻是如海綿一樣的地方，根本就沒有半點著力之處。

「你不用再費勁了，憑你的修爲根本就不可能傷我，況且我真的沒有惡意，我只是……」

暗影的話再度中止了，是因爲法詩藺的劍。

劍身奇芒大綻，猶如穿透暗雲的陽光，每一道奇芒又猶如一柄光劍。

「砰砰……啪啪……」房間內傳來無數桌、椅以及杯子等物被奇芒射中洞穿、破碎的聲音。

與此同時，還有兩截手指分離、落地的聲音。

劍，挺直而進。

驚愕中的暗影已經不能再從容自若了，將頭一偏，身影飄動，從原來端坐的椅子上消失。

法詩藺冷哼一聲，手中之劍轉勢反手刺出，劍鋒所及，正是暗影的落地之處。

劍刺中了暗影，但僅僅是個暗影，或者說只是一個幻影。

因爲暗影的速度太快，他似乎能夠隨風而動，劍刺破空氣形成的風已經將他的身影吹跑了，只剩下在原地還未消散的幻影。

「住手。」暗影遠遠地與法詩藺拉開距離，道：「我真的沒有其他的意思，我只是……只是想聞聞你身上的氣息而已，我已經聞了許多人了。」暗影強忍著手指被斷的疼痛，無奈地道。

法詩藺冷冷地道：「那你到底是何人？」

「我叫歐。」

「歐？」

「正是。」

法詩藺自是聽說過歐這個人，也知道他以聞女人身上的氣息爲樂，被他選中之人也多爲幻魔大陸才貌雙全、各有特色的女子，只是沒有想到他會突然出現在自己的房間裡。

法詩藺將劍回鞘，道：「下次不要隨隨便便出現在別人的房間裡，特別是我的房間。」

歐自歎道：「測命子曾說過，在我遇到第十個女人的時候，身上必有所失，果不幸被他言中，沒想到斷的是兩根手指。」

「那只能怪你太過輕浮，沒有人會願意在暗中被人偷窺。」法詩藺道。

「可我並沒有偷窺啊，我只是用我的鼻子和我的心神。」歐有些委屈地道。

法詩藺冷冷一笑，道：「你似乎不懂我的意思。一個女人最大的氣度表現所在，就是她獲得尊重的時候，你連女人都不懂，還想用你的鼻子和心神區別每一個女人所具天地之靈秀的特性所在，真是笑話。」

歐辯解道：「可我對女人並沒有不尊重之心，在我的認識裡，女人是上蒼最偉大的創造，是它最美的藝術品，每一個女人都融合了上蒼對美的一種感悟，對此我尊敬還來不及，又何來不尊重之意？」

法詩藺又是冷冷一笑，道：「女人並不是上蒼的創造，更不是一件藝術品，你根本就不懂女人！」

歐十分不悅地道：「我不懂女人？你說我不懂女人？你這分明是對我的一種侮辱！」

他也不再懼怕法詩藺的劍，走上前逼視著法詩藺的美眸。

法詩藺看也不看他一眼，在梳妝台前尋了一個位置坐下，整理了一下自己的衣衫，道：「侮辱你又怎樣？」

「你……」歐氣得不知如何是好，他竭力讓自己保持平靜，道：「那你告訴我，女人到底是什麼？還有什麼更好的言語來形容一個女人？」

「女人是一種『想』，是一種靈魂。每一個女人都是對生命本身的一種感悟，她的美是一種思緒，是對萬物的感悟，是萬物與她產生感情的共鳴，而並非屬於別人的創造，更非一件毫無生氣的藝術品。」法詩藺望著自鏡中反映出的自己道。

歐愣住了，他應該愣住。他曾經以爲自己是天下最瞭解女人之人，是最懂女人之美之人，可這一刻，他發現自己錯了，自己竟是最不懂女人之人！世界上最懂女人的只有女人自己，而男人只是一種附屬品，他只是讓女人更懂得自己的美，就像綠葉與紅花，沒有一片綠葉自詡爲：「我比紅花還要漂亮，我比紅花還要知道什麼叫做美。」

歐突然深深地對法詩藺鞠了一躬，道：「法詩藺，謝謝你，我會記住你的話的，你不僅讓我懂得了女人，更讓我懂得了自己。測命子還對我說過，在我失去一些東西的同時，也會得到更多的一些東西，或許今天我不能透析你美之所在，但終有一天，我將不再用我的鼻子，而是用我的全部心神去感悟你的精彩美妙所在。」

言畢，歐推開了門，走出了房間，並將房門穩穩地關好。

法詩藺望著鏡中的自己，自問道：「他能夠懂我麼？不，他永遠都不可能懂我，在這個世界上，只有一個男人才能夠真正懂我。」

雲霓古國皇城城門在望。

影子正欲舉步向前，卻聽小藍在耳邊道：「殿下是不可以這樣進皇城去的。」

「爲什麼？」影子奇問道。

「一月時間未到，姐姐與聖摩特五世陛下約好，一個月的時間便是殿下重現雲霓古國的時候。」小藍答道。

影子望著城門處進進出出的人，思忖片刻，隨後望著小藍道：「那你說該如何是好？」

小藍高興地一笑，忙從小籃裡拿出一套裝束。

影子笑道：「你這小籃裡可倒是什麼都有。」

小藍道：「小藍答應過姐姐照顧殿下，當然要處處周到才是。」

只片刻間，影子在小藍的幫助下，便已經將那套裝束換好。

小藍看著影子的模樣，掩住小口，強忍著不讓自己發笑，但她花枝亂顫的樣子，更加明顯地突出了她心裡的本意。

影子道：「是不是我的樣子很難看？」

小藍仍只是笑。

影子訝然道：「你要是不出聲，我可將這套衣服脫下來了。」

小藍從籃子裡面拿出一面小銅鏡，強忍著笑，道：「殿下自己看看就知道了。」

從鏡子裡面，影子看到的不是自己，或者說，鏡子裡的模樣連他自己都認不出是自己。鏡子裡面顯出的是一個臉上長滿短鬚、臉型奇瘦、頭髮零亂的落魄之人，身上的衣服破破爛爛，沒有一塊完整的，腳上穿著的鞋每只都有兩個破洞，大腳趾裸露在外，全身最值錢的可能便是懷中抱著的那柄破鐵片似的長劍了。

影子問道：「這是我麼？」

小藍答道：「對啊，這就是你，你現在的身分是一名遊遍幻魔大陸的遊劍士。」

影子看著鏡中的自己半天，道：「遊劍士？我看不像，倒十分像一個乞丐。」

小藍笑道：「都一樣啦，反正在幻魔大陸乞丐與遊劍士沒有什麼區別。」

「可我堂堂雲霓古國的大皇子，再怎麼落魄也不至於是個乞丐吧？」影子心有不甘地道。

小藍咯咯發笑，道：「殿下說笑了，小藍最喜歡殿下說笑的模樣。」

影子道：「你還笑，都是你把我弄成這一副模樣，到時候別人看到我肯定會說：『喂，乞丐，給你一碗飯吃。』」

小藍笑得直捂著肚子，上氣不接下氣地道：「殿下你不知道，在幻魔大陸，最受歡迎的便是遊劍士，特別是女孩子，看到遊劍士都喜歡得要命，恨不得以身相許。」

影子看著小藍的樣子，一本正經地道：「小藍，你什麼時候學壞了，也這樣取笑我？」

小藍忙道：「不不不，小藍並沒有取笑殿下，所說的都是實話。在幻魔大陸，遊劍士確實很受歡迎，因爲每一個做遊劍士之人都必須有足夠的吃苦的勇氣，他們遊遍幻魔大陸，每天都可能遇到危險，隨時都與命運相抗爭，而且見多識廣，歷盡滄桑，最懂得生命的真諦。一般女孩子都喜歡這樣的男人，認爲這樣的男人才能夠給她們安全感，這樣的男人才真正懂得生活。」然後又上上下下地看了一遍影子，強忍著笑道：「特別是像殿下這樣渾身上下沒有一塊完整的衣服，鞋破兩個洞，露出大腳趾，最受女孩子的青睞。」

影子一把摟過小藍的肩，道：「小藍是不是也很喜歡？」

小藍的臉一下子變得緋紅，忙道：「不，不，不，小藍不喜歡遊劍士。」掙扎著逃開。

走至城門口，那些看守城門的禁衛一個個盤問，檢查來往進出之人。

小藍這時低聲在影子耳邊道：「殿下，待會兒若是那些禁衛盤問，你就說你叫朝陽，剛從妖人部落聯盟遊歷回來。」

「爲什麼？」影子問道。

「因爲你這身裝束，只有說從妖人部落聯盟回來，才會有人信，而且他們還會以敬佩的眼光看你。」小藍解釋道。

「這我知道，我是說，爲什麼給我取名叫朝陽？」影子說道。

小藍傲然一笑，道：「這是我特意給殿下取的。」

影子看著她的樣子，追問道：「說說吧，爲什麼給我取這個難聽的名字？」

小藍嘟著小嘴道：「什麼難聽啊，這是人家想了老半天才想到的。」

「那就說說爲什吧。」影子道。

「幻魔大陸有位著名的遊劍士叫落日，我想殿下一定不會比他差，所以給你取名叫朝陽。」

影子想了想，道：「朝陽對落日，確實有些意思。」

小藍聽著影子的讚賞，臉上又露出了可愛的笑意。

看守城門的禁衛果然問了影子的姓名和來歷，卻沒有小藍所說的敬佩眼光，只是上下一遍遍地審視著影子，眼光像利劍。

最後道：「你爲什麼要來帝都？」

影子冷冷一笑，盯著看守的眼睛，道：「遊歷之人還有爲什麼麼？」

看守城門的禁衛毫不避讓，道：「現在乃非常時期，閒雜人員禁止進入帝都。」

「要是我今天定要進入帝都呢？」影子驟然收起臉上的笑意，冷冷地道。

不知為何，那名禁衛突然感到自己的心有些冷，彷彿與自己的身體孤立起來一般，被置於一處冰窖。

不只是他，連影子身後的小藍也有種被冷氣直透身體的感覺，她拉了拉影子的衣角，但影子卻沒有絲毫的反應。

這時，後面傳來喧嘩之聲，排隊進城之人和排隊出城之人連忙擠向一邊，讓開一條大道。大道中間，天衣正率著十名一級帶刀護衛威風凜凜地向城門口走來，落日則與天衣並排走在一起。

所有守城的禁衛連忙立正敬禮，神情肅穆，彷彿迎接天神一般。他們曾經聽說，天衣已經神秘失蹤好幾天，都沒有料到天衣此刻正率領著他那十名一級帶刀禁衛入城。

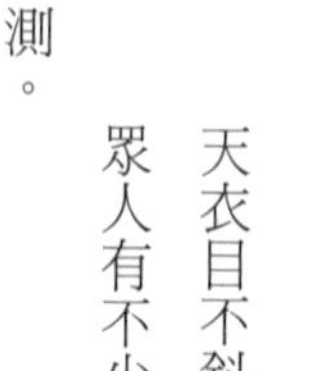

第廿四章　劍士驛館

天衣目不斜視，神情嚴謹傲然，十名一級帶刀禁衛分爲兩排緊跟其後，步伐整齊劃一。

眾人有不少見識過天衣的威武氣派，只是對他身旁瘦小單薄的落日感到陌生，心中紛紛猜測。

十二人的背影漸漸從眾人的視線中消失，一切又恢復正常。

那名守門禁衛看了一眼影子，厲聲道：「還不快走？」

影子輕輕一笑，與小藍向皇城內走去。

小藍進了城，忙向前眺望，尋找著天衣等人的身影，可天衣等人的身影早已消失不見。

小藍道：「剛才那人好威風啊！」

影子道：「怎麼了，是不是看上人家了？有機會幫你介紹一下，他可是雲霓古國鼎鼎大名的禁軍頭領，統領著皇城的八千禁軍。」

小藍似乎沒有明白影子話中的意味，道：「不，我不是說他，我是說他旁邊的那個人。」

影子道：「就是那個單薄瘦瘦的，身上衣服和我一樣破爛不堪的那個？」

小藍點了點頭，目光仍向前尋找著。

影子道：「你的眼光也未免太差了吧，看中這樣一個風吹都吹得倒的人？起碼你身旁的帥哥就比他強。」

小藍停下腳步，白了影子一眼，道：「不理你了。」說完便兀自向前走去。

影子一笑，忖道：「看來這個小丫頭是真的喜歡遊劍士。」

影子和小藍停下了腳步，兩人抬頭望去，在一塊厚足有五公分的木牌上，寫著「劍士驛館」四個字，字跡蒼遒有力，是用劍一氣呵成刻劃出來的，如行雲流水，飄逸不凡，足見寫字之人深厚的劍術修爲。

影子再往牌匾的右下角看去，署名爲「不敗天」。影子聽羅霞講暗雲劍派時提到這個人，說他是幻魔大陸有史以來最偉大的劍士，一手創辦了暗雲劍派，年輕時也曾經是一名遊劍士，遊遍幻魔大陸諸地。

影子扭頭向小藍道：「你帶我來的就是這個地方？」

「對啊，遊劍士嘛，當然要住劍士驛館了，況且這裡有不敗天的提名，當然是最優秀的遊劍士首選之地。」小藍理所當然地道。說完，也不理會影子的反應，大踏步向驛館內走去。

不見不知道，一見嚇一跳。

走進劍士驛館，整個驛館內皆是如影子這般裝束之人，而且樣子一個比一個顯得落魄，衣服一個比一個破爛，彷彿不是這樣，就不足顯示自己是最爲優秀的遊劍士。

整個驛館，猶如一個乞丐會所。

與乞丐有所不同的是，每一名遊劍士都獨自端坐一方，桌面上放著佩劍，面對著酒菜，自斟自飲，一臉的沈默寡言。

小藍嘻嘻笑道：「看到沒有，這些都是真正的遊劍士！」

影子道：「這些都是真正的遊劍士？不知有多少是與我一樣沽名釣譽、虛有其表的冒牌貨。」

小藍不服氣地道：「他們可都是貨真價實的遊劍士，怎麼可能是假的？」

影子指著其中幾個人道：「你看他們，雖然一臉滄桑落寞，滿臉短鬚，頭髮零亂，衣服破爛，可你仔細看他們的臉沒有，一個個臉上雖然顯得滄桑十足，但皮膚細膩光滑，頭髮雖零亂，卻柔順光澤，衣服雖破爛，卻沒有風塵之味，哪像整天遊歷在外，接受風吹、日曬、雨淋的遊劍士？全都是裝出來的，騙騙你這等小女孩還可以。」

小藍仔細一看，卻真的如影子所言，整個驛館內，起碼有一大半人皆是如影子這般裝扮而成的。小藍不敢置信地道：「怎麼會這樣？」

影子不理她，在一張桌前坐下，叫了一些酒菜。小藍仍呆立地站在原地，不可思議地一遍一遍地打量著這些所謂的「遊劍士」。

好半晌，小藍才在影子的對面坐下，有些神傷地道：「原來這個世界上，好多東西都是虛有其表的。」

影子只顧吃著自己的菜，喝著自己的酒。

一個人在影子桌前站定了，是其中一名被影子指爲裝扮的遊劍士。

「遊劍士」冷冷地道：「請問閣下怎麼稱呼？」

影子道：「朝陽。」頭也不抬起。

「幻魔大陸好像沒有你這一號人物的存在。」

「也許在幻魔大陸還沒有人認識我。」

「你可知道我是誰？」

「對此我不感興趣，也不想知道。」

「我是落日。」那「遊劍士」突然大聲道。

整個「劍士驛館」頓時譁然，幾乎所有只顧低頭喝酒吃菜之人的目光都投向了這個自稱爲「落日」的遊劍士，這自稱「落日」的遊劍士很是傲然。

影子將一杯酒飲盡，續又倒滿，卻仍低著頭道：「落日又怎樣？」

此言一出，更是引得眾人側目，誰不知道落日在幻魔大陸眾遊劍士心目中的地位？有眾多人甚至將其列爲偶像，而此刻驛館內這個狂妄之人對落日卻不屑一顧。

小藍看了看這個自稱「落日」的遊劍士，又看了看影子，心中不知影子到底在弄什麼鬼。

自稱「落日」之人冷冷一笑，道：「好大的口氣，我落日遊遍整個幻魔大陸，還從未見過像你這等狂妄之人。」

「狂妄又怎樣？難道你沒聽到我的名字叫朝陽麼？有朝陽在，落日又有何用？只是消亡在黑暗中而已。」影子一邊喝酒，一邊輕淡地說道。

「看來，我們只能用劍說話了。」自稱「落日」之人狠狠地說道。

「鏘……」他懷中所抱之劍突然彈射而出，劃過一道優美的弧線。

自稱爲「落日」之人動作極爲瀟灑俐落地接過空中之劍，劍鋒直指影子，道：「拔出你的劍，我落日從不殺手中無劍之人！」

影子緩緩抬起頭來，道：「你真的想與我比劍麼？」

那人冷冷地道：「你何曾聽說過我落日口出戲言？」

「要是你輸了呢？」

「笑話，我落日怎麼可能輸在一個無名之輩的劍下？」

影子續又道：「要是萬一你輸了呢？」

「這絕不可能！」

「我是說萬一。」

「要是萬一輸了，我落日便向全天下宣佈，你、朝陽是幻魔大陸最爲出色的遊劍士！」

影子一笑，道：「我等的就是你這句話。」接著又大聲地對眾人道：「你們可曾聽清楚落日剛才所說之言？」

只聽一人道：「聽清了又怎樣？你認爲你手中的那塊廢鐵可以勝過落日？」

自稱爲「落日」之人聽了這話，臉上傲然之色更添幾分。

影子又是一笑，道：「在一招之內，我便可勝你！」

聞聽此言，如果要用一句話形容「劍士驛館」內眾人的內心想法，那就是：他們遇到了一個神經病。

在劍士驛館，每年都有不少遊劍士想成名，借機向人挑戰。對於影子這種不知天高地厚之人，他們已經見得多了，當然就不以爲然，而這種狂人的結果往往都是血濺當場。

何況，這個神經有些錯亂之人是向幻魔大陸兩位最爲著名的遊劍士之一落日挑戰，其結果就不言而喻了。

在驛館的半空中，有著兩個吊籃，一高一低，高的那個是代表已經成名的遊劍士，低的那個是代表尚未成名，或者說是想成名的遊劍士。

籃子的作用是爲看客下注作賭而準備，莊家自然是驛館的人。

「呼……」一顆天藍色的晶石在空中不斷地變化著切面，折射著耀眼的天藍色光芒落向那個高高的吊籃中。

天藍色晶石出自於一位裝束比影子還要破爛的遊劍士。在幻魔大陸，除了紫晶石，就屬天藍色晶石最爲珍貴。誰也不曾想過，如此落魄的遊劍士竟有著這等闊綽的手筆。

緊接著那顆天藍色晶石，各種晶石向那個高吊籃紛射而去，其中不乏紫晶石。只片刻間，那只有些年頭，甚至有些破舊的吊籃已被珍貴的晶石所塡滿，似乎誰也不願意放過這樣一次賺錢的好機會。

唯有那只低吊籃，那只代表影子的吊籃空空如也，沒有人願意爲一個不知天高地厚、大言不慚的人而冒險。

驛館內很靜，每名遊劍士仍只是低頭喝著自己的酒，彷彿什麼事情都沒有發生。

「呼……」又有東西往那只高高的吊籃飛去。

有人發出了冷笑，因爲與那些珍貴的晶石相比，這只是一枚印有聖摩特一世頭像的金幣，雖然在普通人看來，這也屬不菲的手筆，但在這些晶石面前，就顯得太寒酸了。

金幣落在晶石上發出「叮……」地一聲清脆之音，但似乎這只高高的吊籃也不能容忍這樣一枚金幣的存在，這枚金幣竟從高高的吊籃上滑了下來，落入了那只代表影子的低低的吊籃。

一位會臉紅的遊劍士連忙把頭低得更低了。

影子與那位自稱爲「落日」的遊劍士站在了試劍台上。劍士驛館早已爲那些想成名的遊劍士準備好了一切。

「拔劍吧！」自稱「落日」之人傲然地對著影子道。

影子笑道：「只怕我的劍一拔出來，你的命就沒有了。我說過，一招之內你必會敗於我的劍下。」

那人狠狠地道：「那就別怪我落日不客氣了！」

人動了，劍也動了。

劍比人快，比人的眼睛看到的任何事物都要快！

一道如蛟龍般的幻影帶著一縷亮彩破空而出，虛空被一分爲二。

人與劍充滿了殺意，也充滿了傲意，更充滿了怒意。一切只因爲一個不知天高地厚的狂妄之徒對一位已成名遊劍士的蔑視。

劍意充滿了每一寸空間。

影子還在笑。

突然，那種笑變成了一道森寒的電光。

那道森寒的電光讓「落日」的眼睛不由得眨了一下，當他再次睜開眼睛的時候，他卻沒有看到影子。

一柄冰冷的劍貼在了「落日」的脖子上，並割開了他的頸部動脈。

血噴射而出，發出像風哨一樣的聲音。

所有人都不能再獨守自己的世界，表現得悠然自若了。

這個自稱爲朝陽之人真的一劍便了結了馳騁於幻魔大陸的著名遊劍士。

眾人啞然。

自稱「落日」之人是一名不錯的劍手，他也有著較爲精湛的劍術，這一點不可否認，單以此點而論，影子絕對不可能殺他，但他僅僅是一名劍手，而並非一名遊劍士，精湛的劍術並不能代表一切，遊劍士則不然，除了具有高超的劍術之外，還有豐富的實戰經驗，以及對敵時十分冷靜的心理素質，這才是殺人時最爲重要的先決條件。

影子不是一名遊劍士，但他曾經是一名殺手，殺手在某種程度上比遊劍士更強，這表現在對敵手的判斷、分析，對環境的綜合利用，以及面對敵人時冷靜的心態。從這一點而言，影子是無人能及的。

他先判斷出「落日」的身分，再以言語相激，讓「落日」失去平穩的心態。另外，他所站之地有一道陽光直射入內，他以劍面反射，讓「落日」的眼睛眨動了一下，這就成了假冒落日之人的致命點。

「落日」死不瞑目地倒在了試劍台上。

那個會臉紅的遊劍士張大了嘴巴，驚訝地看著影子從試劍台上優雅走下。也不知他是爲自己突然贏得那一吊籃晶石高興得合不攏嘴，還是因爲影子高超的殺人技巧。

影子回到了在劍士驛館內自己所訂的房間。

小藍的臉上有些不高興的神色。

影子看了她一眼，道：「有什麼話你就說吧。」

小藍道：「殿下爲何要如此做？」

影子一笑，道：「你不是將我裝束成遊劍士模樣麼？每一個遊劍士不是都想成名麼？」

「我是問殿下爲何要殺死他，他與殿下無怨無仇，就算是假冒別人之名也不用死啊，姐姐是不希望殿下如此做的。」

「有一件事我要提醒你：不是姐姐希望我怎樣做，我便會怎樣做，我與姐姐是兩個完全不同的人！如果你想再跟著我的話，就不要在我面前提到姐姐，我不喜歡聽到這兩個字。」影子說完，倒了一杯水，一飲而盡，便不再看小藍。

小藍陌生地看著影子，呆呆地站在原地。

突然，她笑了，很僵硬的笑，道：「殿下要水洗臉嗎？小藍現在便去爲殿下打水去。」

小藍轉身推開了房門，走了出去，當門再度關上時，一顆淚珠跌落在門坎上，跌得粉碎。

不多時，傳來了敲門之聲，並道：「有人在嗎？」

在影子的允許下，那個會臉紅的遊劍士走了進來，他道：「朝陽兄有時間嗎？」

影子上下看了他一眼，道：「想請我喝酒？」

會臉紅的遊劍士一笑，道：「朝陽兄料事如神，小弟正有此意。」

影子道：「是謝我幫你贏了這麼多錢麼？」

此時，會臉紅的遊劍士手裡包著的正是剛才所贏的晶石。

「也不盡然，主要是想結識一下朝陽兄這樣的一位朋友。」會臉紅的遊劍士說這話的時候，臉有些紅。

「好。」影子面帶笑意爽快地道。

會臉紅的遊劍士高興之下拉著影子的手，道：「走，喝酒去。」

影子看著會臉紅的遊劍士拉著自己的手，道：「外面太嘈雜，不妨就在房裡對飲。」

會臉紅的遊劍士循著影子的目光看到自己的手與他的手交疊在一起，臉又一次紅了，道：「那……那好吧，就如朝陽兄之意。」頭也低了下來。

酒菜很快吩咐了下去。

影子看著會臉紅的遊劍士道：「還不知道怎樣稱呼兄台呢？」

會臉紅的遊劍士忙道：「可瑞斯汀。」

影子道：「好名字。」隨後便自顧自地喝著茶。

氣氛出現了冷場，會臉紅的可瑞斯汀在影子對面坐立不安，不知找何話說才好，影子則只是對茶感興趣，一杯接著一杯地喝著。

幸好要的酒菜已經來了，小藍也跟著走了進來，她陌生地看著可瑞斯汀。

影子介紹道：「這位是家妹，這位是我剛認識的朋友可瑞斯汀。」

相互寒暄認識後，三人面對著酒菜坐定。

影子看著可瑞斯汀的臉，忽然道：「可瑞斯汀的這身裝束，並非你的真實面目吧？」

可瑞斯汀一愣，隨即臉又紅了，道：「朝陽……兄看……看出來了？」

「是的。」影子道。

「朝陽兄是何時看出來的？」可瑞斯汀低著頭道。

「從看到你的第一眼。」影子又補充道：「你不是一個真正的遊劍士，你只是裝扮成遊劍士而已。」

「裝扮成遊劍士？」可瑞斯汀抬起了頭，隨即他輕鬆地笑了，道：「朝陽兄的眼睛真是厲害，這樣也給你看出來了，來！小弟敬朝陽兄一杯！」一口將整杯酒飲盡。

影子看著可瑞斯汀滿臉短鬚，又白裡透紅的臉蛋，心裡想笑，也不點破，道：「可瑞斯汀這次來帝都不知所爲何事？」

可瑞斯汀驚詫地道：「難道朝陽兄不知道？」

影子問道：「帝都最近發生了什麼事不成？」

可瑞斯汀於是將雲霓古國皇城一個月前被一神秘人送來聖魔大帝兩件聖器之事說與影子聽，隨後又補充道：「現在來帝都之人都是爲了這兩件聖器而來，我也是想來開開眼界的。」

影子卻道：「不知可瑞斯汀有沒有聽說過『紫晶之心』這個東西？」

「『紫晶之心』？當然聽說過，那可是每個女孩子心裡夢寐以求的東西。」可瑞斯汀眼裡放著異彩道。

「看你的樣子似乎比女孩子還喜歡囉。」影子說完哈哈大笑起來。

第廿五章　魔使往事

有人說，寂寞是一種境界。

真正守得住這份寂寞的卻沒有幾個人，更多人是在擁有寂寞的時候拚命地逃避寂寞，他們的心害怕孤獨，害怕面對真實的自我。他們拚命地尋找著各種方式，讓自己顯得不再寂寞，在喧嘩浮躁中麻痹著自己，可最後是否寂寞連他們自己都無法分清。只是在每一個清晨醒來的時候，他們找不到自己，不知道自己是誰，不知道自己身在何處。

漠，是在淡漠，他讓自己學會的是忘記，只有不斷地忘記昨天，不斷地忘記記憶，他才能靜下心來，面對著神像默想。

他看起來是寂寞的，也是守得住寂寞的，因爲他從不和自己的心說話。

神廟外的風一陣急過一陣，他的呼吸一下比一下深長，就像兩個完全不同世界的正反對奕，空洞且毫無意義可言。

「噗……」一口烏黑的血從漠的嘴裡吐了出來，那斑駁的神像在暗夜裡更顯得有些暗了。

漠久久地看著鮮血，沒有言語。

他看到的彷彿不是鮮血，而是上千年的歷史的沈澱。他以爲自己已經學會了遺忘，已經忘記了一切，可不想，它們是沈澱在自己不願去視見的角落，只等待有一天重新爆發。

漠仰天長歎：「爲什麼？這到底是爲什麼啊？」

蒼天無語，卻有著一個女人冷淡的聲音響起。

「因爲你想忘記你是誰！」

「可我終究什麼都不能忘。」漠痛苦地道。

「當一個人想忘記一些東西的時候，他往往會讓自己記得更清楚，因爲他總在提醒著自己要忘記，你以爲你忘得了麼？你總是不斷地欺騙自己，不敢面對而已。」

「不，我沒有欺騙自己，我時時刻刻都知道自己在做什麼，應該做什麼。你看，他的面目已經殘駁不堪，那是歲月帶給他的，也是我給他的！你以爲我這些年來真的是在學會遺忘麼？我是在讓自己學會仇恨，我在積蓄著自己的恨意，讓我有一個殺他的理由！」漠發了瘋似地怒指著神像道，形貌極度恐怖。

那聲音冷笑一聲，道：「你有了殺他的理由麼？」

「殺他的理由？」漠的身子不由得搖晃了一下，站立不穩。他想起了刺殺影子的那一幕，他曾經有一次絕好的機會，但他沒有下手。按常理，以他的劍是絕不會讓影子有偏過去的機會的，可他給了影子這次機會，連他自己都不明白當時爲何會這樣，難道只是身不由己？是真的知道自己刺不死他，還是這千年來尚沒有讓他找到一個足夠的理由？

……

千年前，聖靈大殿。（聖魔大帝消失的前一天。）

聖魔大帝高高在上地坐在神座之上，側著身子望著下面的黑魔宗魔主，道：「黑魔主，你可知道在這個世界上作爲一個男人最幸福的事是什麼？」

黑魔宗魔主道：「屬下不知，還請聖主明示。」

聖魔大帝微微一笑，目光從黑魔宗魔主身上轉到大殿頂部有著碧天蒼穹的圖案上，搖著頭悠悠道：「那就是被一個女人所愛！」

黑魔宗魔主愕然，他不知聖主爲何對自己講這些話，而且是單獨一人，心中隱隱有著從未有過的不安。

聖魔大帝凝視著大殿頂部的碧天蒼穹圖案半晌，接著道：「有一個女人，在我來聖靈大殿之前告訴我，她喜歡黑魔宗魔主，也就是你。」說完轉頭微笑看著黑魔宗魔主。

黑魔宗魔主心中不安更甚，他從未見過聖魔大帝以這種口吻和神態對自己說話，特別是聖魔大帝的笑，其中所包含的東西，只有在面對最強的敵手時才會出現的。

「恭喜你，黑魔主。」聖魔大帝道。

黑魔宗魔主連忙單膝跪地，道：「聖主，屬下實在不知聖主之意，如果屬下犯何過錯，請聖主明言責罰，屬下絕無二言！」

聖魔大帝道：「不，你沒有犯下任何過錯，我只不過是想告訴你一件喜事而已，況且你爲幻魔大陸的一統立下的赫赫戰功是有目共睹的，天下誰人不知？」

黑魔宗魔主抬起了頭，他從聖魔大帝的臉上看到的確是由衷之言，因此顯得更爲不解。

聖魔大帝問道：「黑魔主想知道這個對我明言喜歡你的人是誰嗎？」

黑魔宗魔主沒有任何反應，他不知道自己是該點頭，還是該搖頭，也不知是該說想，還是該說不想。

聖魔大帝突然哈哈大笑，震得聖靈大殿的壁頂發出顫動之音。

從笑聲裡，黑魔宗魔主終於捕捉到了一點真實的東西，那就是淒苦。

「一個男人最大的幸事是得到一個女人的愛，一個男子最大的不幸莫過於失去一個女人的愛。對我說喜歡你的人是我的愛妃安吉古麗，也是你從小青梅竹馬的知己。」聖魔大帝顫動著聲音道。

黑魔宗魔主差點失去了支持身體的平衡，他從未想到聖魔大帝會提到安吉古麗，更未想到安吉古麗會喜歡他，雖然在他自己的心裡一直存在著這樣一個夢，一個遙遠得連他自己都不敢去想的夢。他震驚了，惶然道：「聖主千萬不要開玩笑，屬下萬死也不敢有褻瀆皇妃之意！」

聖魔大帝搖了搖手，悲痛地道：「這不關你的事，是她親口對我說的。我曾經答應過她，

要給她幸福，但我給她帶來的只是痛苦，所以我希望你能給她幸福。」

這時安古古麗緩緩地從大殿後面的帷幕中步出，她的風姿總是那樣綽約，讓人想起夜中的百合花。

安吉古麗在黑魔宗魔主身邊跪下，道：「謝聖主成全之恩，安吉古麗來世必定以死相報！」

言畢，起身，拉著黑魔宗魔主的手往聖靈大殿外走去。

聖魔大帝突然暴喝道：「站住！」

兩人背對著聖魔大帝停了下來。

聖魔大帝從神座上一步一步走下，來到黑魔宗魔主面前，整理了一下黑魔宗魔主有些零亂的頭髮，又正了正黑魔宗魔主身披的戰甲，鄭重地道：「我祝你們幸福！」

兩人離開聖靈大殿，狂暴的笑聲透過聖靈大殿直沖九天雲霄。

黑魔宗魔主在安吉古麗的牽引下如靈魂出竅般快步向前走去……

是夜。

黑魔宗魔主府邸。

黑魔宗魔主終於讓自己出竅的靈魂找到該安息的地方了，他冷靜地望著安吉古麗，道：

「你能告訴我爲什麼嗎？」

安吉古麗卻道：「我好冷，你可以抱抱我麼？」

黑魔宗魔主道：「你還沒有回答我的問題，我實在不清楚到底發生了什麼事情。」

「我只是想你抱抱我，我好冷。」安吉古麗哀求地望著黑魔宗魔主。

黑魔宗魔主沒有言語，面對著這樣楚楚可憐的目光，他沒有勇氣拒絕，緩緩向安吉古麗走去。

安吉古麗一下子投入黑魔宗魔主的懷中，緊緊地抱著他道：「好溫暖，我已經好長時間沒有感受過這種溫暖了。」

黑魔宗魔主站立著不敢動，他的手也不知該放向何處。

「抱著我，用你的手抱著我，就像當年你從黑城裡將我救出一樣。」安吉古麗又道。

黑魔宗魔主的手不可抗拒地抱著了安吉古麗，在她的面前，他總是顯得那麼脆弱。

兩人久久地這樣相互擁抱著，黑魔宗魔主發現自己的手不自覺地將安吉古麗抱得很緊，恨不得與她相融在一起。他意識到自己正在犯一個天大的錯誤，但他並不想去改正這個錯誤，也忘了去問到底發生了什麼事。

「呼……」一陣狂暴的風突然將安吉古麗從黑魔宗魔主的懷中捲走。

當黑魔宗魔主醒悟過來時，他看到了聖魔大帝被痛苦所扭曲變形的面容。

聖魔大帝狠狠地盯著安吉古麗道：「你以爲我真的會讓你離開我麼？不，沒有人可以離開我，只有我遺棄別人！」

安吉古麗平靜地道：「我知道你會來的，我已經做好了一切心理準備，你動手吧。」

聖魔大帝冷冷一笑道：「你倒是很瞭解我。」

安吉古麗道：「我不是瞭解你，沒有人可以瞭解你，我是瞭解我自己，我早知道會有今天的。」

「難道你不怕我殺了你？」

安吉古麗笑了，她的笑很燦爛，就像怒放在陽光下的百合花，道：「我早就期待著死，因爲死總比痛苦的活著好。」

聖魔大帝仰天大笑，道：「好一個死比痛苦的活著好！難道我沒有給你一點點溫暖？沒有給你一點點幸福？」

安吉古麗道：「我也曾經這樣想過，我認爲你會給我幸福的，我也期待著有一天會得到你的幸福。可這一等，就是五十年，五十年不是很長，但對我來說，比一千年還漫長！每一天，我期盼著，從日出東方到月上西樓，從黃昏到黎明，我等到的永遠是沒有靈魂的軀體。直到今天，我才知道，原來我是在做一場夢，在期待著一個永遠沒有結果的結果，你永遠都不可能真正屬於我，哪怕一點點，都是奢望！」

淚，從安吉古麗的雙頰滑落，一顆接著一顆，如同連成串的珍珠。

聖魔大帝道：「跟我回去吧，我會給你所要的，我會給你幸福的。」

「不！」安吉古麗道：「你不要再欺騙自己了，你的心已經被一個人占滿，再也不可能容下其他任何人。我的離去讓你痛苦，並非因爲你對我的愛，而是這有損你聖魔大帝在人、神、魔三族眾人心目中的地位，故而做出傷心欲絕的樣子。」

聖魔大帝笑了，他看著安吉古麗，道：「看來愛妃是真的理解我，既然你生不如死，那我就成全你！正如你所說，我是不能因爲你而有損我在人、神、魔三族眾人面前的形象的！」他望著天，自我憧憬道：「我要給她一個好印象，我要讓她知道我是天下最優秀、最了不起的男人，整個幻魔大陸沒有我做不到的事！哈哈哈……」

聖魔大帝的手突然抓住了安吉古麗。

安吉古麗扭頭笑對著黑魔宗魔主，道：「不要爲我傷……」

黑魔宗魔主疾呼道：「不要！」

但是那閃電般的一擊，萬鈞的力量落在了安吉古麗的身上，瞬間，那怒放的百合在空氣中化爲烏有。

黑魔宗魔主靜靜地看著聖魔大帝。

聖魔大帝若無其事地望著他道：「對了，從今天起，你不再是黑魔宗魔主，就賜予你黑翼魔使的身分吧。」

說完，聖魔大帝狂笑著離開了黑魔宗魔主的府邸。

黑魔宗魔主，不！應該是黑翼魔使在虛空中尋找著，尋找著消散在空氣中的百合，而他的手抓到的只是虛無……

……

漠在虛空中抓著，他仍舊什麼也沒有抓到，他的身子一個趔趄，跌在了地上，千年前的回憶一下子變成了現實。

原來，人最痛苦的事情不是失去什麼，也不是遇到一次次的打擊挫折，而是在回憶中醒來，這比不能忍受的寂寞更讓人痛苦。

這時，那個女人的聲音又響起，她道：「今天我來此，是爲了告訴你，聖女要見你。」

「聖女？」

要想成爲一個英雄，也許是一件很難的事情，因爲這必須有著良好的天分，還要有著後天的勤奮刻苦，最後再加上際遇，這些結合在一起，才能造就一個英雄。

但有時候成爲一個英雄也是很容易的事，只要你有著足夠的智慧便行。

影子一刹那間就成了一個英雄，姑且不論這樣一個「英雄」是否名符其實，但在幻魔大陸眾多崇拜遊劍士的女孩子心目中，他是一個不折不扣的大英雄，因爲他符合她們對英雄的憧憬，就在一夜之間聲名迅速崛起。

所以，劍士驛館所彙聚的女孩子是有史以來最多的，她們都想見識一下這個一劍就將昔日的英雄落日擊敗的，新誕生的英雄——朝陽。

影子和可瑞斯汀從窗戶上望著被堵在劍士驛館門外，擠滿整整一條街的女孩子。

可瑞斯汀道：「看來朝陽兄已經成爲帝都最受女孩子歡迎的人物了。」

影子道：「這可不是什麼好事，成天被她們尖叫著名字，連覺都睡不好。」

「朝陽兄就不用謙虛了，誰不希望自己迅速成名，成爲這些女孩子心目中的英雄？就算是今後娶老婆，也不愁找不到漂亮的女人。」

影子一笑，道：「這倒也是，我先前就很擔心，像我這樣落魄的遊劍士肯定找不到老婆的，如此一來，卻也真的省了這份心事。」

可瑞斯汀饒有興趣地望著影子問道：「不知道朝陽兄希望娶什麼樣的女子爲妻？」

「這我倒沒有仔細想過，不過首先必須漂亮是肯定的。」說著影子抬起了可瑞斯汀的下頜，左右看了看，道：「要是像你這樣，滿臉短鬚、頭髮零亂的女孩子，我是一定不會喜歡的。」

可瑞斯汀的臉刷地一下變得緋紅，他打了一下影子的手，道：「朝陽兄說什麼胡話，我可是個大男人。」

影子道：「我只是打個比喻罷了，不過看你老喜歡臉紅的樣子，倒像一個女孩子。」

可瑞斯汀連忙低下了頭，樣子有些忸怩地道：「人……人家從小……就這樣。」

影子哈哈大笑，道：「這個樣子就更像了。」

就在兩人說笑打鬧之時，有人在門外通報道：「朝陽大英雄，有人找您有要事相商。」

可瑞斯汀看著影子。

影子望著地面輕輕一笑，道：「就說我現在有貴客在此，不宜再見他人。」

門外之人又道：「找朝陽大英雄的是一位極為高貴人物，無論如何還請朝陽大英雄相見一面。」

影子斥道：「何來廢話，難道我現在相見的朋友就不夠高貴麼？」

門外之人忙道：「小的不是此意，只是……」

影子打斷道：「只是什麼，還不快走？少來打擾我與朋友取樂。」

「是的，小的這就離去。」門外傳來通報之人離去的腳步聲。

可瑞斯汀不解地道：「求見之人必為帝都舉足輕重之人，朝陽兄為何拒人於千里之外？」

影子笑道：「要是我乃隨便被別人傳見之人，也不用遊歷幻魔大陸，以求成名了。」

可瑞斯汀立時會意，道：「那倒也是，男兒志在四方，貴在自由，豈可受縛於他人？這樣有違遊劍士求道者之精神。」

影子道：「還是可瑞斯汀瞭解我。」

可瑞斯汀的臉又一次紅了。

影子往窗外的人群望去，意外地發現羅霞也混雜在眾多女孩子中間，她正抬頭向自己這邊望來。影子連忙將視線轉向一邊，不與之對視。

可瑞斯汀發現影子的異樣，也看見了正抬頭望來的羅霞，道：「咦，難道朝陽兄認識那佩劍的女孩子？」

影子裝著茫然道：「你說的是誰？」朝下四處張望尋找。

可瑞斯汀怪怪地看著他，也不言語。

這時，求見之人又一次來了。

一個聽起來十分有涵養的聲音在門外道：「朝陽兄有貴客在此，不知有否打擾？」

影子知道聲音的主人是誰，於是道：「既然又有貴客來了，不如進屋一起同敘。」

門開了，進來的是三皇子莫西多。門外，有四名侍衛站立兩邊。

三皇子莫西多道：「聽說朝陽兄一劍擊敗著名遊劍士落日，真是可喜可賀。」

影子輕輕一笑，算是還禮，道：「還不知兄台怎樣稱呼呢？」

莫西多道：「在下之名不足掛齒，只是希望能夠結識朝陽兄這樣的英雄。」

影子道：「既然兄台不願相告，在下也不強人所難，朝陽也算認識了兄台。」

莫西多一愕，他沒想到影子的語鋒竟是如此厲害，還未說過兩句話，便被對方下了逐客令。這對他一向引以爲傲的機智應變來說，不能不說是一種侮辱。他忍著心中的不快笑道：「朝陽兄果然沒有讓我失望，不但劍快，而且語鋒更快，實在讓在下感到不虛此行。」

「哦？」影子頗感意外地道：「兄台此行難道是專程來聽朝陽下逐客令麼？」

莫西多氣得怒火中燒，臉上卻一點也沒有表現出來，仍滿帶笑意地道：「當然不是爲了聽朝陽兄下逐客令，而是想請朝陽兄有空到府上一敘，在下乃雲霓古國的三皇子莫西多。」

影子心中不由得佩服莫西多的喜怒不形於色，聽他自報家門，佯裝惶然道：「原來是三皇子殿下，在下適才實是多有得罪。」

第廿六章 把握時機

可瑞斯汀也驚訝於眼前之人竟是雲霓古國的三皇子莫西多，不由得爲他的氣度所折服。

莫西多毫不介意地一笑，道：「不知者無罪，何況本皇子就是喜歡朝陽兄這種性情直爽、機智過人的真英雄。」

影子自愧道：「在三皇子殿下的大度面前，朝陽實在是感到汗顏。」

莫西多心中怒意頓時消散，道：「朝陽兄不用如此自愧，最爲高興的是今天我們能夠相識，有此足矣，何必在乎其他呢？」

影子道：「對，殿下說得甚是，若是朝陽太過自責，就未免顯得有些婦人之氣了。」

兩人相對哈哈大笑。

莫西多注意到可瑞斯汀，於是道：「不知這位又怎樣稱呼？」

可瑞斯汀忙道：「在下可瑞斯汀，與朝陽兄也是剛剛相識。」

莫西多道：「原來是可瑞斯汀兄，剛才失禮怠慢之處，還請多多包涵。」

可瑞斯汀忙道：「不敢。」

見時機已成熟，莫西多道：「本皇子後天在府中聊備薄酒，不知朝陽兄與可瑞斯汀兄肯否賞臉？」

影子有些爲難地道：「朝陽乃區區一遊劍之人，豈敢踏步殿下府上？況且本人從來習慣於不受拘束，若是到殿下府上必然渾身不自在。」

莫西多本以爲水到渠成，沒想到影子又加推辭，道：「朝陽兄是否瞧不起本皇子？」

影子見他軟的不行來硬的，道：「朝陽並無此意，所說之話盡是由衷之言，怕是一不小心壞了殿下府上規矩，惹人笑柄。」

莫西多冷冷一笑，道：「我看朝陽兄是嫌本皇子官小位卑，與你如日中天的聲名不相般配。」

影子也不多作解釋，道：「要是殿下如此認爲，朝陽也無可奈何。現在得罪殿下，也比日後在府上得罪殿下強。」

可瑞斯汀在一旁也不知影子心中到底有何想法，並不敢擅自多言，只是心中爲他著急。

莫西多的臉色漸漸收斂，他的眼中漸漸浮現殺意。對於一個想坐擁天下之人而言，他深深明白，要是一個人才不能爲己所用，唯一的辦法便是格殺勿論，以免落入對手之手，增添後患。

影子當然感到了莫西多的殺意，他就是想看看莫西多的心有著怎樣的尺度，他毫不避讓地迎上了莫西多殺意愈積愈濃的雙眼。

房間陡然很靜，三人的呼吸聲清晰可聞，空氣中有種讓人窒息的味道。

時間也在這種令人窒息的氣氛中緩緩流逝。

「哈哈哈……」莫西多突然大笑。

在某種時機達到不可轉折的時候，笑是一種很好的辦法，因爲它既可以融解僵持的氣氛，又可以掩飾內心的真實想法。

莫西多是一個會笑之人，他聰明地把握了這樣一種方法，道：「我曾懷疑朝陽兄徒有虛名，整個帝都所傳之言是一種訛傳，現在，本皇子終於相信，朝陽兄是真正的英雄！只有真正的英雄才能夠臨危不亂，只有真正的英雄才能夠不被強權所壓，而且進退有度，朝陽兄的表現毫不含糊地證明了這一點，這才是我莫西多需要的朋友。從這一刻起，朝陽兄已經是我莫西多肝膽相照的朋友了！」

說完，起身站起，又道：「明天中午，在三皇子府，本皇子盛情相邀朝陽與可瑞斯汀兩位貴客，務必請兩位蒞臨。」也不等兩人有任何回話的機會，無比瀟脫地轉身離去。

影子心中不得不重新審視莫西多，能夠如此張馳有度、瀟灑自若地控制局面，非一般人所能及，更重要的是，他對自己有著這樣的自信。

可瑞斯汀卻有些不明白這期間到底發生了何事，他茫然地問道：「我們明天去嗎？」

影子被激起了鬥志，大聲道：「去，怎麼能不去？」

漠來到了一個地方，是聖女約他相見的地方，迷霧籠罩著這樣一條狹長凹地，給人一種死亡的陰鬱。

很久以前，漠曾經來過這個地方，那次是爲了救安吉古麗。

這裡有個名字，叫做黑城，他不知聖女爲何約他在此處相見。

迷霧中，他看到了一個背對著他的背影，他知道，那是聖女，於是他停下了腳步。

「是黑翼魔使麼？」聖女淡淡地道。

「聖女。」漠應道。

「知道我爲何要找你嗎？」

「不知。」

聖女又道：「聽說你想殺聖主？」

「是的。」

聖女沈默不語，半晌才道：「你不能殺他。」

「爲何？」漠看著迷霧中的背影問道。

「因爲他是聖主，他是我們魔族復興的希望。」聖女答道。

「魔族復興的希望？」漠冷笑道：「那只會讓更多人死於非命，飽受戰火的煎熬，讓幻魔大陸生靈荼炭而已。」

「可也會讓整個幻魔大陸從此復興，人、神、魔三族再次和平共處。」聖女道。

「那只不過是一個不可實現的夢想而已，人、神、魔三族是絕對不可能和平共處的，何況現在不是很好麼？天下還算太平。」漠道。

「可你知道我們的族人是生活在怎樣的一種環境當中嗎？每天有多少人在疾病、黑暗中死去？他們死時，連陽光都未來得及看上一眼。」聖女道。

「那又如何？生死有命，只能怪他們自己不幸，出身於魔族。」漠不屑地道。

「難道你真的對族人沒有一點感情？」聖女問道。

「感情？我的心早已死了。」

聖女突然冷冷地道：「可你別忘了你也是魔族，魔族皆背負著族人復興的希望。」

「我說過，我的心早已死了。」漠也冷冷地道。

「作爲魔族新一代聖女，聽到你的話我很傷心。」說完，聖女在迷霧中轉過了身來。

漠的心突然停止了跳動，因爲他看到了千年來一直想念著的臉，一張百合般透明高貴的臉，也是安吉古麗的臉。

「是你嗎？」漠的聲音發出激烈的顫動之音。

「你認錯了，我不是安吉古麗，族人都說我像安吉古麗，可我不是，我是新一代聖女，黑翼魔使。」聖女冷冷地道。

「不，不可能，你騙我，難道你不想認我了麼？」漠激動地跑上前抓住聖女的手，激動地道。

「啪……」聖女給了他一個耳光，冷冷地道：「你敢對本聖女無禮？」

漠的心一下子冷靜了下來，是的，安吉古麗早在一千年化爲烏有，永遠消失，豈有活著的道理？眼前的聖女只不過與她長得相像而已。他自嘲地一笑，道：「打得好。」

聖女望著他道：「我身爲魔族的聖女，背負著魔族復興、重新回歸幻魔大陸的重任，絕對不容許有任何人阻礙魔族復興的計劃，更不允許有任何人殺聖主！黑翼魔使既然不能爲族人出力，我也不加強求，不過，我也不想親手殺了你。」

漠望著聖女的眼睛，臉色淡漠，毅然道：「沒有人能夠強迫我！」

說完，一步一步地向迷霧深處走去。

聖女冷冷地看著他的背影在迷霧中變得模糊，沒有言語，只是她眼中的堅毅之色比漠更盛。

禁衛將軍府上，一個大大的浴池蒸騰著水氣，泛著陣陣硫磺的氣味。其實，說這是一個浴池，還不如說是一個天然溫泉，只是經過了改造而已。

聖摩特五世有心，爲了讓疲勞了一天的禁衛頭領能夠暫時放鬆一下，特賞賜了他這個帶有溫泉的府邸。由此可見聖摩特五世對天衣的器重，因爲這樣的溫泉在雲霓古國都只此一處，就連皇宮內也沒有。

水氣彌漫當中，天衣與落日一絲不掛，赤裸裸地躺在溫泉的水中，閉目養神。

好多年了，他們都沒有這樣坦誠相待。

「你知道你死了嗎？」天衣閉目懶洋洋地道。

「知道。」落日也同樣有氣無力地回答道：「聽說還是敗在別人一招之內，連還手的機會都沒有。」

「對此，你有何看法？」天衣道。

「沒什麼看法，這種事情又不是第一次遇到。有一次，人家還當著我的面說，他是鼎鼎大名的落日，讓我哭笑不得。」落日無奈地道。

「那你當時有什麼反應？」天衣頗有興致地問道。

「有什麼反應？我只能恭敬地道：『您是大人物，我惹不起您。』見機就溜。」落日道。

天衣忍不住哈哈大笑，把肚子都笑痛了，笑過之後，道：「真有你的，多少年了，還是這副德性。」

落日也笑了，道：「那該怎麼辦？難道一劍將他殺了不成？我惹不起，難道還躲不起嗎？」

天衣睜開了眼睛，望著落日道：「難道你不在乎他們敗壞你的名聲？」

落日無所謂地道：「我一介遊劍士有什麼好名聲，衣服又破又爛，頭髮亂七八糟，有時，一兩個月都洗不了一個澡。不像你，堂堂雲霓古國的禁軍頭領，統領最爲精悍的八千禁軍，當然不允許別人壞了你的名聲。」

「嗨嗨嗨，說你，怎麼扯到我頭上來了？每次都這樣，欺負我是不是？」

「什麼欺負你啊，我說的可是大實話，你看這溫泉，是一般人能夠享用的嗎？要是一輩子都躺在這裡，該有多好啊！」落日的樣子看上去非常陶醉地道。

「愈說你還愈來勁了，那你下半輩子就躺在這裡，給這水泡死拉倒。」天衣沒好氣地道。

「這也比餓死，或者被別人莫名其妙地殺死強。死了以後，在地府見到那些鬼，可以自豪地說：『我這一輩子是享受死的。』多威風！」

天衣一腳蹬了過來，罵道：「去你的，我聽這話怎麼像在罵我？」

落日睜開眼睛一笑，道：「你現在才明白啊？」

兩人就像小孩子一樣嬉笑打鬧著，把水不斷地潑向對方，盡情盡興。

也不知過了多長時間，兩人都顯得累了，靜靜地望著一朵剛好在上空路過的雲。

天衣感慨地道：「要是一輩子都這樣，該有多好。」

落日突然正色地望著天衣道：「你打算怎樣對付暗雲劍派？」

天衣依然看著空中流動的雲，狠狠地道：「他們殺了我的妻子，此仇我必報！況且艾娜現在在他們手上，我一定要將她救出來。雖然事情由她而起，但畢竟她屢次救過我的命，不過現在我只會等，我要等到他們按捺不住，等到他們的幕後主使露出馬腳！」

落日詫異地道：「還有幕後之人？」

「是的，他們已經做了雲霓古國律法所不容之事，只是苦於沒有證據。」天衣道。突然，他又扭過頭來，不解地望著落日道：「你怎麼突然對這些事情感興趣了？以前你不是最討厭陰謀和政治的麼？」

落日詭秘一笑，道：「難道你不知道問題悶在心裡會把身體悶壞嗎？我只是讓你說出來，放鬆一笑而已。」

天衣沒好氣地道：「總是喜歡這般作怪。」他的心裡卻湧起一股溫暖的感覺。是啊，只有最知心的朋友才知自己所想，能夠幫自己暫時找到快樂。

一個念頭陡然在天衣心裡形成：「要是落日能夠幫助自己該有多好。」可他很快又打消了這個念頭，落日是不會涉足這些理不清的政治陰謀的，他所嚮往的是那種自由無拘束的生活，要不然，只怕早就功成名就了。

落日見天衣半晌不語，道：「你在想什麼？」

天衣道：「我在想你什麼時候該找個女人了，不然人家會說你有問題的。」

「神經病。」落日沒好氣地罵道，可他的腦海中卻不由得浮現出了一個女人曼妙的背影。

這些年自己遊遍幻魔大陸，難道真的只是因爲喜歡那種自由無拘束的遊歷生活？他知道這只是一個騙別人、騙自己的藉口。他內心深處所想的，是希望能夠再一次看到連在夢中都不能消亡的背影，晚霞中，她向天際走去。

天衣看著落日，沒有言語，他知道最好的朋友心裡所想，他知道在落日的心中有一個永遠都在追尋的夢，甚至用去一輩子的時間也不可能有收穫的夢。因爲落日看到的那個背影，只是短暫出現的海市蜃樓，或許在這個世界上根本就沒有這樣一個真實的人。

「我們什麼時候去見識一下那個叫朝陽的人？」落日突然道。

天衣一愣，他沒有回過神來，但隨即，他便明白了，道：「是不是他讓你想起了什麼？」

落日沒有回答，卻道：「難道你不覺得落日與朝陽是不可能同時處於世間的嗎？兩者注定有你沒我！」

羅霞終於決定踏進劍士驛館，只因她看到了一張陌生的臉，但卻熟悉的眼睛。在她認爲，在這個世界上，一個人身上是不可能存在這兩種極端矛盾的。

此時，天已經黑了，那些圍立在驛館外盼望見到心目中大英雄的女孩子，也終於由於睏乏饑餓而帶著失望離去。

羅霞站在影子所在的客房門外，正在考慮是該敲門進去，還是偷偷潛入時，卻傳來了影子的聲音。

影子道：「羅侍衛長既然來了，就不妨進來一敘吧，站在門外會招人閒話的。」

羅霞心中一喜，這聲音不正是這些天來自己日夜盼望聽見的麼？她毫不考慮便將門推開。

然而，很快，羅霞便爲自己的大意後悔。

黑暗的房間裡，一道暗影猛地向她撲了過來。

雖然在暗淡的光線中不能見到她的花容失色，但整個驛館的人都聽到了一聲深入骨髓的尖叫。

什麼叫做「羊入虎口」，或許正是羅霞此刻的情形。

夜，在靜謐中緩緩流淌。

在雲霓古國的皇城，有一個地方叫做天壇，天壇的正中央是太廟。

太廟是雲霓古國皇家供奉歷代祖先的地方，是絕對不允許褻瀆的神聖之地。

天壇高九十九米，是皇城最高的建築，經由當年幻魔大陸最好的風水大師測量，再由最優秀的工匠歷經十年，精心建造而成。

天壇呈一圓形，直徑一百米，東西南北四個方位有四條粗石壘砌的石階直通其上，每條石階只有九百九十九級，是經過精確計算的，其上雕刻著各種圖案，或吉祥，或威嚴，或神聖，象徵著權霸天下，萬世永昌。

此刻的太廟，在四隻熊熊燃燒的大火鼎的映照下，神聖不可侵犯，特別是太廟面對正東方的蒼龍，在暗夜裡顯得極為威嚴。

寂靜的夜空下，太廟很靜，輕拂的夜風煽動著四隻火鼎上的火苗，就像是有一個女人的手在輕撫著它們，顯得異樣乖巧和柔順。

自從一個月以前，聖魔大帝的兩件聖器聖魔劍和黑白戰袍出現在太廟之後，這裡的看守就比以前多了十倍以上，並且由魔法神院的四大執事直接負責，以防有任何不測情況的發生。

如果說，一隻蚊子想接近天壇百米之內，必定會被發覺；如果再近太廟一米，必會被無情擊殺，連怎麼死的都可能不明白。對於這一點，是毫不誇張的事實。

太廟的安全防線是由四大執事合力佈置的，其中除了人員的合理運用，相互策應無隙可擊之外，最重要的一點便是以四大執事的元神締造的結界，只要有任何一人出了事，或是有人私闖太廟，其他三人必定同時警覺，並在第一時間作出反應，除非四人同時死去。但這幾乎是不可能的，以四大執事的修為，沒有人可以將他們同時擊斃。

此時，大執事天音，二執事天虛，三執事天律，四執事天無，各自守著自己的方位，閉目假寐，神情極其肅穆。

驀然，四人的眼睛同時睜開。

皇城的第一縷陽光投在了太廟面對正東方的蒼龍之上，萬物甦醒，無波無瀾中又過去了一夜。

第廿七章　傷感之約

一輛裝飾豪華舒適的馬車停在了劍士驛館的門外。

影子與可瑞斯汀大跨步走進了馬車內，所有人都知道，這是三皇子府上的馬車。

進了馬車，可瑞斯汀第一句便問：「朝陽兄昨晚可聽到一聲女人的尖叫？」

影子含笑道：「當然聽到了。」

可瑞斯汀道：「聽叫聲傳來的方向，應該是朝陽兄所住一帶才是。」

影子含笑反問道：「難道可瑞斯汀沒有聽到這一尖叫聲正是從我房間傳出的嗎？」

可瑞斯汀一愕，臉又一次紅了，道：「朝陽兄真愛開玩笑，老是捉弄小弟。」

影子大笑，他實在是喜歡看這個可瑞斯汀臉紅的模樣。

可瑞斯汀見影子笑，心中捉摸不定，又問道：「難道朝陽兄昨晚真的叫了女……人？」

影子又一次反問道：「難道你不覺得以我現在的聲名，女孩子自動送上門很正常麼？」

可瑞斯汀低頭道：「那也是，可……」他終究什麼也沒有說出口。

馬車經過一條石板築成的大道，再往右轉入羅浮大街，朝著羅浮大街東面的三皇子府駛去。

與此同時，一個人也離開了劍士驛館，來到了有「劍之神殿」之稱的暗雲劍派。

她就是羅霞。

羅霞對站立兩旁的侍衛道：「麻煩你們通報一下法詩藺小姐，就說大皇子府的侍衛長羅霞求見。」

兩旁的侍衛打量了一下羅霞，不敢怠慢，一人慌忙進去通報。

在他們的記憶中，羅霞除了隨大皇子古斯特來到暗雲劍派之外，獨自一人前來，還尚屬第一次，況且此刻乃大皇子被聖摩特五世賜死之後的非常時期。

不多時，法詩藺迎了出來。當她聽到這個消息的時候，確實大感意外，她心中想到的是大皇子是否因爲自己刺了一劍而發生了什麼意外，雖然她親眼看到那個曾經令她非常討厭之人安然無恙地離去。

法詩藺的心中有些忐忑不安。

羅霞見到法詩藺，展顏一笑，道：「法詩藺小姐近日可好？」

法詩藺卻道：「不知羅侍衛長找我有何要事？」

羅霞笑著道：「法詩藺小姐總不至於喜歡站在太陽底下與我說話吧？」

法詩藺頓感自己的失態，連忙將羅霞引進府內自己的房間。

兩人對坐而下，侍衛奉上茶水。

羅霞看著房間內簡單至極的佈置，訝然道：「沒想到法詩蘭小姐是如此潔雅之人。」

房間內除了一面鏡台外，就是一張床，兩把坐椅，再無其他東西。

法詩蘭淡淡地道：「東西太多了，總覺得沒處放，倒讓羅侍衛長見笑了。」

羅霞道：「羅霞豈敢有見笑之意?實是對法詩蘭小姐的清居簡樸欽佩有加。我總覺得，這樣才算是一個女人內修的最高境界，這樣的女人才算是有高尚情操的女人。」

法詩蘭道：「你這是罵我麼？」

羅霞誠懇地道：「這是我的真實想法，只恨自己沒有這份心境。」

法詩蘭輕輕一笑，道：「羅侍衛長想必不是爲了談怎樣才算是一個女人而來吧?法詩蘭實在不擅於打啞謎。」

羅霞正色道：「當然不僅僅如此，大皇子曾經對我說過，他最喜歡的人是你，現在他被陛下賜『死』，你能夠去見見他嗎？」

法詩蘭從羅霞身上移開了自己的視線，而她的視線又恰好落在了鏡子上，她看到了鏡中的那個自己。

不知爲何，當她的心裡每一次充滿矛盾的時候，總能看到另一個自己。

從另一個自己心裡，她又看到了那個站在孤峰之上，傲視天下的人。

但她聽到自己說：「我不會去見他。」

羅霞一笑，道：「大皇子殿下早已猜到你不會去見他，他說，你的口背叛了你的心。」

法詩藺冷冷一笑，道：「他太過自信了。」

羅霞又道：「大皇子又說，今晚他會在你們上次相見的地方等你。他說，你們應該是早已相識了的，或許是在十年前，或許是在百年前，或許是在千年前。當他見到你的時候，他感到他的眼睛穿越了時間與空間的限制。」

法詩藺的心突然被一道閃電照亮了，她看到了自己，她看到了自己正從紫色的雲霞中飛來，她還看到了一個小男孩正坐在山頂，看著雲霞發呆，那個男孩有一雙熟悉的眼睛……

突然，她感到自己的心一陣劇烈的疼痛，將她從虛幻中拉了回來。

她看了一下房間，卻發現羅霞已經走了。

她又看到了鏡中的另一個自己，她問自己是否該去，鏡中的自己卻沒有回答。

羅霞走出了暗雲劍派，她口中喃喃自語道：「好噁心的對白，真不知他是從哪一本書裡看到的，我就不相信法詩藺憑這樣會去見他！」

她轉念又一想：「怎麼現在的大皇子與原先的大皇子一樣好色？」她想起了昨天晚上，臉上不覺紅霞上湧，像熟透了的蘋果。

「砰……」失神間，羅霞一不小心撞在了一棵樹上，惹得一旁的路人大笑不止。

影子再一次見到了莫西多，與他在一起的還有一個女人，一個漂亮驕傲的女人——西羅帝國的褒姒公主。在褒姒公主的背後，則是那個沈默不語的持劍之人。

褒姒公主驕傲地道：「聽說你一劍殺死了落日？」

影子一笑，迎著這個驕傲的女人的目光，道：「也許吧，別人都這麼說，連我自己都有些相信了。」

褒姒公主道：「你不覺得你殺的可能只是一個自稱落日之人，而並非真正的落日？」

影子道：「真正的落日也好，自稱落日也好，這只能是屬於別人去猜測的問題，而並非我應該關注的事。對我來說，我只是殺了一個人，與殺死一條狗沒有什麼本質的區別。」

「那你覺得，你現在能夠站在三皇子府是因爲你殺了一條狗嗎？」褒姒公主步步相逼道。

坐在一旁的可瑞斯汀不由得爲影子而緊張，依他這些天對影子的瞭解，影子很可能說出令人十分難堪的話，甚至可能禍及生命。

果然，正如可瑞斯汀擔心的那樣，影子輕描淡寫地道：「如此理解也未嘗不可。」

莫西多面現陰鬱之色，道：「朝陽兄如此說，是否覺得本皇子是與屠夫爲伍之輩？」

褒姒公主傲慢地看著影子，大有看影子出醜之意。

影子在眾目睽睽之下，卻突然上上下下將自己打量了一遍，深深地歎息了一聲道：「唉，要是當初知道自己能夠成為一名出色的屠夫，也不用在幻魔大陸到處遊蕩了，害得衣服破了沒人補，一二個月都沒有洗澡。」

眾人先是一愣，隨即哈哈大笑，無不為影子的幽默機智而喝彩。

影子的眼睛看到，驕傲的褒姒公主在笑的同時，美眸中泛動著一絲神采。

大廳內唯一沒有反應的便是那站在褒姒公主身邊之人。在他的生命裡，也許沒有任何事情是可以讓他感興趣的。

褒姒公主見影子在看她，道：「朝陽大英雄是不是責怪本公主的刻意刁難？」

影子不知褒姒身分，在他的印象裡，雲霓古國沒有這樣一位公主，道：「既然是公主，刁難一下別人是理所當然之事，反而會讓我感到榮幸，若是公主對我不理不睬，那倒是我的一大失敗。」

褒姒公主直言不諱地道：「我發現，我開始有些喜歡上你了。」

三皇子莫西多這時介紹道：「這位是西羅帝國的褒姒公主，本皇子昔日寄居西羅帝國之時，多番得到公主的照顧，此次也是遊歷至此。」莫西多並沒有打算真正地向影子介紹這位向自己求婚的公主。

影子極為客氣地道：「能夠得到褒姒公主的垂愛，朝陽實是榮幸之至。」

閒聊片刻，吃罷款待賓客的盛宴，莫西多借著幾分醉意道：「不知朝陽兄對何事比較感興趣？不妨說來，今日我們姑且放縱一樂。」

影子道：「我一個遊歷之人，談不上對何事有興趣，只是每天從一個地方到另一個地方，今天重複著昨天的事情而已，不像殿下及公主精通各種才藝。」

「讓我來爲你們唱支歌吧。」這時候，西羅帝國最富才情的公主道。

莫西多的臉上泛起了欣喜之情，他知道，能夠欣賞到褒姒公主美妙的歌聲，是幻魔大陸男人最值得驕傲的事情之一，傳說她的歌聲不是人在唱，而是她在替天而唱，是天界所存在的韻律，通過她的口傳出。

褒姒公主看了影子一眼，背對著眾人走了出去。在她的面前所出現的是三皇子府美麗的花園，各種奇花競相鬥豔。褒姒公主側著身子，倚窗望著園中的花草，便唱了起來。

她的歌聲悠長清遠，嫋嫋飄揚在白雲與藍天之間，讓人感到，她是在對著整個大地唱歌。影子的腦海中刷地換過一面景象，他的眼前所看到的不再是褒姒公主，而是歌盈，是歌盈在唱歌……

那熟悉的歌詞，那熟悉的旋律讓一些模糊的、陌生的畫面不斷地在影子腦海中混雜出現，最後，他看到了影，看到了影在自己的懷中死去，不！又不是影，是另一個女人，是法詩藺？是歌盈？是羅霞？是褒姒……

影子突然跟著唱了起來：

「古老的陶罐上，早有關於我們的傳說，可是你還在不停地問：這是否值得？當然，火會在風中熄滅，山峰也會在黎明倒塌，融進殯葬夜色的河；愛的苦果，將在成熟時墜落。此時此地，只要有落日爲我們加冕，隨之而來的一切，又算得了什麼？——那漫長的夜，輾轉而沈默的時刻……」

褒姒公主早已停下了自己的歌唱，她看著影子，眼中浮動著淚花。莫西多也看著影子，可瑞斯汀同樣看著影子，連那個站在褒姒公主身邊的木頭，他的心中也被一種很厚重的東西充盈著。

良久，大廳內沒有一個人說話。

但終於，褒姒公主開口了，她顫著聲音問道：「你能告訴我，這首歌是在爲誰而唱嗎？」

影子無奈地一笑，道：「我也不知道，我只是在不經意間聽到這首歌而已。是公主美妙的歌聲讓我想起了它，情不自禁唱了起來，失禮之處，還請公主原諒。」

褒姒公主有些凄然地道：「這是我聽到的最美妙的歌，我以前總以爲自己所唱的歌是這個世界上最好最動聽的。」

影子歉意地道：「朝陽引起公主傷感，實是抱歉。」

「不。」褒姒公主道：「我應該感謝你才對，謝謝你讓我聽到了這個世界還有更好的歌，你能教我唱這首歌嗎？」

影子此時很是爲自己的失態後悔。他這些天一直在讓自己改變，他要塑造出一個全新的自我，他以爲自己已經忘記了過去，可爲何這歌聲讓他失去了理智呢？他絕對不能讓這種情愫在自己的心裡再延續下去！現在，他不是正一步一步地往自己所要走的方向走麼？

影子道：「對不起，公主，這首歌只能由一個女人唱，這是屬於她的歌。」

褒姒公主擦了擦自己的眼睛，笑了笑道：「我明白了，這首歌只能是屬於一個人的，就算是我唱了，結果也只能是破壞了這首歌的美。」

莫西多這時插口道：「想不到朝陽兄不但劍好，歌唱得也好，實在讓本皇子大開眼界。」

這時，一個侍衛走近，在莫西多耳邊輕言兩句，隨即離開。

莫西多對著影子道：「剛才，我府中一位門客聽說朝陽兄劍術超群，剛好他也是一位十分熱衷於劍之人，所以想向朝陽兄請教一二，不知朝陽兄意下如何？」

影子似乎早已料到會有這種情況發生，淡淡一笑，道：「能夠與三皇子殿下府上貴賓較量，實在是對朝陽的一種抬愛。」

莫西多本以爲影子會設法推辭，加以拒絕，沒想到影子竟是如此爽快地答應，心中頗感意外。不過，這對他來說實在是一件好事，免得多費口舌，或是另行它計。在一個人爲他所用之前，他必須確切地知道此人的實力，這是他所一貫遵守的宗旨。

「傳方夜羽在論劍場候見。」莫西多道。

當莫西多領著影子、褒姒公主、可瑞斯汀及那緊跟褒姒公主其後、形如木頭之人到達時，在論劍場上，早有一人靜候以待。

莫西多將影子引至那人面前，介紹道：「這位是我府上的門客方夜羽，與朝陽兄一樣，昔日也是一名遊劍士，在幻魔大陸曾頗有一些名氣。」

影子不知，但可瑞斯汀及褒姒公主十分清楚，這方夜羽在十年前與落日、天衣等人一同被列爲十名最有潛力的遊劍士，只是與天衣一樣，他突然間退出了遊劍士的行列，不想現在卻出現在三皇子府中，並成爲其門客。

影子對方夜羽笑了笑，以示招呼，方夜羽同樣以笑相還。

莫西多道：「現在兩位已然相識，剩下的時間就交給兩位自己支配。」說罷，便轉身離開論劍場，與褒姒公主及可瑞斯汀同坐論劍場外的坐席上。

方夜羽道：「聽說你殺了落日？」

影子答道：「別人是這麼說的，他自己是這麼說的，我卻不知道。」

「聽說你一劍就殺了他？」

「如果可以用一招殺人，沒有人願意用兩招。」

「那你自信可以在幾招內敗我？」

「一招。」影子淡淡地道。對他來說，只能一招將對方擊敗，其他別無選擇。因爲他已經一招殺死了落日，據他瞭解，沒有一個遊劍士的修爲超過落日，他相信眼前這個曾經的遊劍士也不會。所以，他必須一招之內擊敗方夜羽，儘管在他看來，眼前的方夜羽比劍士驛館內的「落日」修爲遠不止高出兩倍，可他已經做好了一切準備，他今天就是爲此而來。

方夜羽一笑，道：「相信你會讓我心服口服。」

影子將手中的那塊「廢鐵」一丟，亮出一柄飛刀，道：「我就用這飛刀與夜羽兄比試。」

方夜羽臉色一沈，道：「這等雕蟲小技，你未免也太小看我方某了！」

「在我看來只有用這飛刀才算是對夜羽兄的尊重。」影子道。

方夜羽冷哼了一聲。

在幻魔大陸，一個成名的遊劍士是絕對不屑於飛刀這類兵器的，只有不入流之人才會用這種下三濫的兵器，抑或對於一個人表示輕視時才會用這種東西。在他們的眼裡，飛刀這類東西根本就傷不了人，更遑論殺人了。

請續看《幻影騎士》卷二

戰神之路 卷1 職業殺手（原名：幻影騎士）

作者：龍人
發行人：陳曉林
出版所：風雲時代出版股份有限公司
地址：105台北市民生東路五段178號7樓之3
風雲書網：http://www.eastbooks.com.tw
官方部落格：http://eastbooks.pixnet.net/blog
Facebook：http://www.facebook.com/h7560949
信箱：h7560949@ms15.hinet.net
郵撥帳號：12043291
服務專線：(02)27560949
傳真專線：(02)27653799
執行主編：劉宇青
美術編輯：許惠芳

法律顧問：永然法律事務所 李永然律師
北辰著作權事務所 蕭雄淋律師

版權授權：蔡雷平
初版日期：2014年4月
初版二刷：2014年4月20日
ISBN：978-986-5803-95-7

總經銷：成信文化事業股份有限公司
地　址：新北市新店區中正路四維巷二弄2號4樓
電　話：(02)2219-2080

行政院新聞局局版台業字第3595號 營利事業統一編號22759935
©2014 by Storm & Stress Publishing Co.Printed in Taiwan
◎ 如有缺頁或裝訂錯誤，請退回本社更換

定價：280元　特價：199元
版權所有　翻印必究

國家圖書館出版品預行編目資料

戰神之路／龍人著. -- 初版-- 臺北市：風雲時代，
2014.03 -- 冊；公分

ISBN 978-986-5803-95-7（第1冊；平裝）

857.7　　103001635

有華人的地方就有

龍人的作品